나 혼자만
레벨업

파피루스

나 혼자만 레벨업

Only I level up

추공 장편소설

VIII

파피루스

목 차

1. 출전

1. 출전

지옥의 모습을 그대로 옮겨 온다면 이러한 모습일까?

하늘은 걷히지 않는 먹구름으로 가득 찼고, 대지는 피와 비명과 재와 악취로 뒤덮였다.

오직 파괴만을 위해 어둠에서 태어난 군주들은 이 땅 위에 존재하는 모든 빛들을 철저하게 지워 나갔다.

그 선두에는 용제가 있었다.

잿더미가 된 도시 위에 올라선 용제의 시선이 주변을 훑었다.

'놈은 어떻게 된 거지?'

그 이후로 그림자 군주는 여전히 모습을 보이지 않고 있었다.

그가 기감을 사용해 자신 앞에서 존재감을 드러냈을 때, 용제는 그것을 그림자 군주의 선전포고라고 생각했다.

그래서 오랜만에.

차원의 틈새를 헤매는 동안 식어 버렸던 용제의 심장이 아주 오랜만에 다시 뜨겁게 뛰기 시작했다.

자신의 목숨을 위협할 수 있는 몇 안 되는 적이 자신에게 이빨을 드러냈다.

진짜 전쟁이 다가온다.

'파멸의 군주'에게 서로의 광기가 뒤섞이는 전쟁이란 선물과도 같은 것.

이 기쁨을 무엇과 비교할 수 있을까?

그러나 기대했던 일은 일어나지 않았다.

그대로 자취를 감춘 그림자 군주는 동족의 나라 하나가 완전히 소멸하는 순간까지 끝내 나타나지 않았다.

물론.

혼세의 모든 병력이 합쳐진 천만 대군을 십만이 겨우 넘는 병사들로 막아선다는 것은 자살행위나 다름이 없겠지만.

그러나 애초에 도망칠 생각이었다면, 굳이 자신의 위치가 발각될 위험을 감수하면서까지 위협을 가해 오지는 않았을 터다.

'……놈은 무엇을 노리고 있는가?'

시간이 갈수록 조금씩 용제는 초조해졌다.

언제 어디서 그림자 군주의 공격이 시작될지 모르는 만큼, 휘하의 병력들을 보다 더 신중하게 움직일 수밖에 없었다.

진군 속도가 늦어지는 것은 당연한 일.

이는 하루빨리 눈엣가시를 제거한 뒤 지배자들과의 싸움을 대비하고 싶은 용제에게 상당히 거슬리는 일이었다.

혹시.

'동족이 전멸하고 나서 그들을 모두 그림자 병사들로 만들 셈인가?'

그러나 마나를 다룰 줄도 모르는 인간들을 병사로 만들어 봐야 파멸의 군단 앞에서는 큰 도움이 되지 않는다는 사실을 놈도 알고 있을 텐데.

그때.

용제의 상념을 방해하는 목소리가 들려왔다.

"인간들이 옵니다, 주군."

그를 호위하는 고대 용 중 하나가 인간들의 공격을 알렸다.

이미 마나를 다룰 수 있는 인간, '헌터'들은 이 나라에서 모두 사라졌다고 생각했는데.

의아하다는 표정의 용제가 고개를 들어 올리자 하늘에서 수도 셀 수 없을 정도로 많은 미사일들이 쏟아졌다.

쿠구구구구구구구구궁-!

나약한 피조물들의, 보기 안쓰러워질 만큼 보잘것없는 발악.

인간들은 마나가 깃들지 않은 자신들의 무기로는 군단의 털끝도 건들 수 없음을 알면서도 지겹도록 포기하지 않았다.

'……지루하군.'

용제의 눈썹이 꿈틀거렸다.

초조함은 성가심으로, 성가심은 곧 노여움으로 변해 갔다.

[너희들은 나서지 마라.]

병사들에게 주의를 준 용제가 이 땅 위에 내려선 이후 처음으로 자신의 진정한 본모습을 드러냈다.

마수들에게서 조금이라도 더 시간을 벌기 위해 목숨을 걸고 출진한 조종사들은 순식간에 시야를 까맣게 덮어 버린 어마어마한 재앙의 형태에 할 말을 잃었다.

"어머니……."

조종사들의 경악도 잠시.

곧 재앙의 입에서 일직선으로 뿜어져 나온 파멸의 숨결이 모든 전투기들을 집어삼켰다.

콰아아아아-

단 1분.

군인들의 목숨은 1분도 벌지 못한 채 덧없이 사라져갔다.

그러나 그들의 희생으로는 성이 차지 않았던 용제가 고개를 하늘로 쳐들고 끔찍한 포효를 터트렸다.

크아아아아아아아아아아아-!

그것은 그림자 군주에게 보내는 선전포고였다.

* * *

진우도 포효를 들었다.

그는 생각을 정리하느라 잠시 감고 있었던 눈을 슬며시 떴다.

'……때가 됐다.'

눈을 뜨자 베르가 만들어 놓은 숙소 내부가 시야에 들어왔다. 쓸데없이 크기만 한 방에는 어둠과 정적이 내리깔려 있었다.

안식의 순간과 흡사하기 때문일까?

진우는 황량한 공간 안에서 맛보는 어둠과 정적이 싫지 않았다.

그때 이 백색 성채를 보고서 베르를 혼냈던 것이 괜히 미안해진 진우가 나직이 녀석을 불렀다.

"베르, 고맙다."

진우의 그림자 안에서 조용히 대기하고 있던 베르가 어둠 위로 슬쩍 고개를 내밀었다.

"왕이시여……."

"알고 있다."

진우는 베르가 할 말을 사전에 미리 잘랐다.

그 옆에서.

벨리온이 스르륵 올라왔다.

"너무 위험합니다, 주군."

그러자 기다렸다는 듯 이그리트까지 나와 무릎을 꿇고 머리를 조아렸다.

"저도 같은 생각입니다, 주군."

세 군단장들이 모두 진우의 계획을 만류했다.

진우가 그들을 바라보았다.

그림자 병사들은 군주의 목숨이 끊어지기 전까지 죽지 않는다.

그들이 염려하는 것은 어디까지나 군주의 안위.

그러나 때로는 위험을 알고 있으면서도 움직이지 않으면 안 되는 순간이 있다.

진우에게는 지금이 바로 그 순간이었다.

"아스본…… 전대 그림자 군주는 내 그런 점이 좋았다고 했다."

다소 무모하게 느껴지는 일에도 일단 부딪치고 봤었던 점이.

진우가 말을 이었다.

"만약 그가 나와 같은 상황이었다면 그는 어떻게 했을까?"

"……."

전대 그림자 군주의 행적을 떠올린 벨리온은 차마 대답을 할 수가 없었다.

모든 광휘의 파편들이 절대자를 처단하기 위해 일제히 반란을 일으켰을 때, 단신으로 그들을 저지하려 했었던 이가 전대 그림자 군주인 아스본이었다.

그라면 어떤 상황에서라도 자신이 해야 할 일을 멈추지 않을 것이다.

거기까지 생각이 미치자, 벨리온은 조아리고 있던 고개를 들어 올렸다.

진우는 웃고 있었다.

'그분과…… 닮았다.'

진우의 얼굴에 아스본의 얼굴이 겹쳐 보였다.

과연.

다시 고개를 숙인 벨리온이 진우에게 진심 어린 맹세를 했다.

"마지막까지 주군과 함께하겠습니다."

다른 군단장들도 같은 생각인지 더 이상의 만류는 없었다.

좋아.

"진작 그랬어야지."

진우가 씩 웃었다.

이제는 정말로 시간이 얼마 남지 않았음을 느낀 진우는 주머니에 넣어 뒀던 핸드폰을 꺼내 들었다.

아마도 지금이 가족들에게 연락할 수 있는 마지막 기회.

'……'

그러나 결국 통화 버튼을 누르지 못했다.

사랑하는 이들의 목소리를 듣고 나면 여기서 더 앞으로 나아갈 수가 없을 것 같았다.

그런 느낌이 들었다.

콰직.

진우의 손에서 산산조각 난 핸드폰이 떨어졌다.

그들의 목소리를 듣는 건 이 싸움이 끝난 후로 미뤄도 충분하다.

다시 한번 마음의 각오를 다진 진우가 이차원의 창고를 열어 '카미쉬의 분노'들을 손에 쥐었다.

그리고.

입고 있었던 티셔츠를 길게 찢어 끈처럼 만든 다음 단검을 쥔 손에 둘둘 말았다.

묶지 않더라도 손이 미끄러져 단검을 놓치는 일은 없겠지만, 그 나름대로 전의를 다지기 위한 행동이었다.

티셔츠를 찢어 만든 끈은 단검들을 양손에 단단히 고정시켜 주었다.

사라진 상의 대신 드러난 탄탄한 상체의 근육이 숨을 들이마시고 내쉴 때마다 살아 있는 것처럼 움직였다.

'좋아.'

전투 전의 고양감이 조용히 어깨 위에 내려앉는다.

심장은 가볍게 뛰고 있었다.

던전으로 들어가기 직전 온몸으로 퍼져 나가던 이 고양감이 진우는 항상 마음에 들었었다.

몸도 마음도 준비를 끝냈다.

후-

짧게 호흡을 내뱉은 진우의 눈에서 섬뜩한 안광이 빛을 냈다.

머릿속으로 몇 번이나 시뮬레이션했던 작전이 또다시 진우의 뇌리를 스쳐 지나갔다.

실수는 없어야 한다.

각오의 무게가 굳어 있는 얼굴 위로 나타나자 그의 투지를 읽어 들인 군단장들도 고개를 끄덕였다.

진우가 힘주어 말했다.

"시작한다."

* * *

한국 헌터협회 협회장실.

우진철은 언젠가 조부님이 하셨던 말씀을 떠올렸다.

사건의 심각성을 알고 싶으면 뉴스 진행자의 표정을 주시해라.

과거 한국을 강타했던 전란과 재해들을 몸으로 겪어 왔던 조부님은 어린 우진철을 무릎에 앉히고 이렇게 말했었다.

"진행자의 얼굴이 밝으면 아무것도 아닌 일이다. 진행자의 얼굴이 어두우면 조금 조심해야 할 일이다. 그러나 진짜 두려워해야 하는 순간은……."

여성 앵커의 얼굴을 살피던 우진철이 자신도 모르게 중얼거렸다.

"진행자가 담담한 얼굴을 유지하려고 할 때다."

진짜 위험한 일이 생겼을 때 뉴스 진행자들은 시청자들의 동요를 막기 위해 최대한 평정심을 유지하려고 한다.

그 각오가 드러나는 순간을 절대 놓쳐서는 안 된다고 조부님께서는 늘 말씀하셨었다.

TV 속의 앵커는 조부님의 말씀처럼 담담한 얼굴과 목소리로 지금 미국에서 일어나고 있는 소식을 전하고 있었다.

—……막기 위해 나섰던 헌터들과의 연락이 두절되자 미 정부는 급히 군부대를 출동시켜 시민들이 대피할 시간을 벌고 있으며…….

우진철은 눈을 질끈 감았다.

지구 반대편에서 일어나고 있는 참극을 계속해서 지켜보고 있을 자신이 없었다.

그는 진우의 기억을 통해서 적들의 규모를 정확히 보았다.

장담하건대, 그것은 막을 수 없는 재앙이었다.

최강의 전투력을 보유하고 있던 미국이라는 나라가 그 괴물들의 손에 처참하게 무너지고 있었다.

지금 인류가 할 수 있는 일이라고는 그저 기적이 일어나기를 기도하는 것뿐.

그러나.

어떤 기적이 일어나야 저들을 막을 수 있단 말인가?

자꾸만 꼬리에 꼬리를 물고 이어지는 불길한 상상에 우진철은 상념을 떨치려는 듯 고개를 절레절레 저었다.

기적이라.

'그러고 보니…….'

성진우 헌터와 연락이 끊긴 지도 벌써 사흘이 지나갔다.

우진철은 각국 대표들을 한데 모은 자리에서 수십 개의 게이트를 만들어 내던 진우의 능력을 보았다.

성진우 헌터는 마음만 먹으면 얼마든지 다른 세계로 달아날 수 있었다.

어쩌면 벌써 안전한 곳으로 대피했을지도 모른다.

설사 정말로 그렇다고 한들 누가 그 선택을 욕할 수 있을까?

파괴를 위해 태어난 천만의 병사들과 혼자 맞서든가, 아니면 그들의 손길이 닿지 않는 곳으로 도망치든가.

우진철은 본인의 손에 선택권이 주어진다고 해도 전자를 택하겠다는 장담을 할 수가 없었다.

그러니 이제 정말로 기도하는 수밖에 없는 것이다.

"부디 우리를……."

우진철은 대답이 돌아올 리 없는 협회장실의 천장을 가만히 올려다보며 말했다.

"……우리를 버리지 마시옵소서."

그런데 바로 그때.

"……?"

화들짝 놀란 우진철의 시선이 TV로 고정되었다.

그의 동공에서 지진이 일어나고 있었다.

*　*　*

"으아아악!"

무패를 자랑하는 최강의 미 공군도 군단의 힘 앞에서는 캐나다 군대와 별다를 바가 없었다.

쾅!

엔진이 파손된 전투기의 파일럿이 급하게 비상 탈출을 시도했다.

아래로 떨어져 내리는 동안 순식간에 전멸당하는 동료들을 목격한 그는 처절한 비명을 내질렀다.

"안 돼!"

펑, 퍼엉, 펑!

여기저기서 터져 나오는 폭음과 섬광들.

정신이 혼미해질 정도로 혼란스러운 상황 속에서도 그는 죽어 가는 동료들의 이름을 불러 댔다.

급속도로 가까워지는 지면.

바닥에 곤두박질치기 전에 다행히 낙하산이 펴졌다.

몇 바퀴쯤 땅을 구른 그가 극심한 현기증에 속에 든 것을 모두 게워 냈다.

웩- 웩-

눈가에 맺힌 눈물은 통증 때문일까, 아니면 아무것도 할 수 없었던 무력함에 대한 원망일까?

그러나 주어진 시간은 얼마 없었다.

온 사방에서 코를 찌르는 화약 냄새와 비릿한 피 냄새가 진동하는 가운데, 저 멀리서부터 생명체의 숨결을 느낀 마수들이 새까맣게 몰려들고 있었다.

급하게 낙하산 줄을 떼어 낸 파일럿이 허리에 차고 있던 총을 뽑아냈다.

"죽어! 죽어, 이 개새끼들아!"

탕! 탕! 탕! 탕!

몇 발의 총성이 귀청을 따갑게 울려 댔지만 괴물들의 발목을 붙잡아 두기엔 역부족이었다.

딸깍, 딸깍, 딸깍.

총알이 떨어지자마자 파일럿은 후회했다.

마지막 한 발은 자신의 최후를 위해 남겨 뒀어야 하는 건데.

파일럿의 손이 힘없이 아래로 축 늘어졌다.

망연자실 서 있는 그의 앞에 가장 빠르게 도착한 괴물은 바퀴벌레와 흡사하게 생긴 혼세의 주민이었다.

사사사삭!

시야를 덮어 가는 거대한 벌레형 마수들을 보며 다리에 힘이 풀린 파일럿은 그 자리에 털썩 주저앉았다.

그의 입에서 절망에 찬 신음 소리가 흘러나왔다.

"젠장……."

바로 그 순간.

콰가가가가가각!

벌레들이 보이지 않는 거대한 짐승의 손톱에 할퀴어진 것처럼 일제히 찢겨 나갔다.

"지저스!"

울먹이는 눈동자가 애타게 기적의 원인을 찾아 나섰다.

그는 곧 자신의 눈앞에 내려서는 한 동양인 남자를 발견할 수 있었다.

비록 뒷모습뿐이었지만.

남자가 들고 있는 독특한 모양의 단검 두 자루를 보고서 그 남자의 이름을 예상하는 것은 어려운 일이 아니었다.

"성진우…… 성진우 헌터?"

진우가 파일럿을 돌아보았다.

아군인지 적군인지 분간하기 어려울 정도로 강렬한 진우의 표정.

그 눈빛에는 '도망가라'라는 뜻이 담겨 있었다.

아니나 다를까.

전방에서는 방금 죽은 마수들보다 더 많은 숫자의 적들이 달려들고 있었다.

파일럿의 목소리가 높아졌다.

"아무리 성진우 헌터 당신이라도 혼자서는……."

그러나 그의 말은 이어지지 않았다.

콰가가가각!

진우가 '카미쉬의 분노'를 휘두르자 또다시 마수들이 마치 종이 인형처럼 형편없이 찢겼다.

약간의 시간을 번 진우가 다시 파일럿을 돌아보았다.

"가!"

"네, 네!"

그제야 엉거주춤 일어서는 데 성공한 파일럿이 전력을 다해 달아났다.

잠깐 그의 뒷모습을 향했던 진우의 시선이 다시금 앞으로 옮겨 갔다.

방금 두 번의 일격으로 수십의 적을 베었지만 그건 아주 거대한 빙산의 매우 작은 조각일 뿐.

그 수백 배는 되어 보이는 적들이 싸움의 냄새를 맡았다.

이것이 전쟁의 첫걸음.

일단은 이 벌레들에서부터 시작한다.

후-

짧게 심호흡한 진우가 자신에게 몰려들고 있는 혼세의 병사들을 향해 이 전쟁의 전환점이 될 한마디를 내뱉었다.

"일어나라."

2. 덫

2. 덫

진우의 명령이 떨어지자마자.

키에에에엑-!

방금 갈가리 찢겼던 벌레들이 일제히 그림자 병사가 되어 일어났다.

전에도 전투 중에 죽은 마수들을 되살려 병사들로 합류시키곤 했었지만, 이 녀석들은 그때와는 급이 다른 병사들.

그림자 군주의 힘을 억제해 오던 시스템 탓에 생전보다 능력이 떨어지는 그림자 병사가 생성됐었던 과거와 달리, 그림자 군주 자체가 된 지금의 진우는 시스템 제어에서 벗어나 완전한 그림자 병사들을 만들어 낼 수 있게 됐다.

키엑-!

죽기 전보다 훨씬 더 고강해진 그림자 병사들의 몸에서 검은 증기가 불타오르듯 솟구쳤다.

혼세의 병사들이 강하면 강할수록 그들의 그림자에서 뽑아낸 병사들 역시 강해지는 것은 당연한 이치.

지금까지 세계를 파괴해 왔던 그 막강한 힘이 이제 스스로의 목을 조르게 되리라.

사기가 충만한 신병들에게 진우가 첫 번째 명령을 내렸다.

'마음껏 날뛰어라.'

키에에에에에에에엑-!

벌레형 그림자 병사들이 혼세의 병사들을 향해 맹렬히 돌진했다.

진우도 같이 뛰쳐나갔다.

앞서 보냈던 벌레형 그림자 병사들을 순식간에 추월한 진우가 최전선에 선 오크들의 한복판으로 뛰어 들어갔다.

크학!

당황한 오크들과 그들 사이에 드문드문 섞여 있는 오거들이 마구잡이로 무기를 휘둘러 댔으나 그따위 공격이 닿을 가능성은 제로.

사방에서 쏟아지는 공격을 가볍게 피해 내던 진우가 단검을 휘두르자, 오크들이 돌풍의 중심에 휘말려 들어간 것처럼 무참히 쓸려 나갔다.

단검을 내리그을 때마다 검날에서 뻗어 나가는 검은 오러가 오크들은 물론, 그들이 밟고 있는 대지까지 전부 짓이겨 놓았다.

그야말로 폭풍.

오크들의 입에서 비명이 터져 나오는 속도보다 훨씬 더 빠르게 그들의 머릿수가 줄어 가기 시작했다.

그때.

진우의 머리 위로 그늘이 길게 드리웠다.

진우가 고개를 들었다.

고오오-

얼굴을 올려다보려면 고개가 아플 정도로 거대한 거인이 자신을 내려다보며, 놈의 팔 길이에 맞먹는 육중한 돌기둥을 들어 올리고 있었다.

그동안 인간을 얼마나 잡아먹었는지 입가가 핏자국으로 시꺼멓게 덮여 있는 놈이었다.

진우의 미간이 구겨졌다.

놈이 돌기둥을 내려치기 전에, 진우가 한발 앞서서 움직였다.

눈 깜짝할 사이에 거인의 가랑이 아래까지 접근한 진우가 역수로 쥔 '카미쉬의 분노'를 힘껏 휘둘렀다.

스걱!

단검 끝에서 일렁이던 검은 오러가 거인의 굵은 발목을 깨끗하게 절단했다.

우어어어어!

졸지에 한쪽 발목을 잃어버린 거인이 몸을 비틀며 비명을 내지르다 결국 균형을 잃었다.

뒤쪽으로 기울어지던 거대한 신체가 급격하게 무너져 내렸다.

쿠우웅-!

거인의 뒤쪽에 자리 잡고 있던 수많은 괴물들이 그 어마어마한 몸뚱이를 피하지 못하고 비명횡사했다.

이젠 그림자 병사들의 차례.

쓰러진 채 숨을 헐떡이고 있는 거인 위로 벌레형 그림자 병사들이 올라타기 시작했다.

사사사사삭-

거인은 벌레들을 떨쳐 내기 위해 몸부림쳤지만, 벌레들은 순식간에 거인의 얼굴까지 도달했다.

곧 벌레들의 게걸스러운 식사가 시작됐다.

으어어어어어!

비명을 질러 대던 거인의 경련은 금방 끝이 났다. 그러나 그것은 거인의 최후가 아니었다.

또 한 번, 그림자 군주가 명했다.

"일어나라."

그러자.

우어어어-

벌레들에게 뜯겨 얼굴의 형태가 거의 사라진 거인의 사체 옆에서 거인과 같은 크기의 그림자가 그 거대한 몸을 느릿하게 일으켰다.

거인의 사체 밑에서도 하나둘 그림자 병사들이 기어 나왔다.

오크들의 사체에서 만들어진 그림자 병사들은 이미 무기를 움켜쥐고 이전의 동료들을 노려보고 있었다.

어느새 백이 훌쩍 넘는 혼세의 병사들이 그림자 군단으로 들어왔다.

우웅.

거인 병사가 움직이자 적들이 움찔했다.

그들을 무시한 채 몸을 깊숙이 숙인 거인 병사는 아래에 누워 있는 본체의 손가락을 펴 돌기둥을 뺏어 들었다.

이제 돌기둥은 거인 병사의 무기가 되었다.

후두둑, 두둑.

돌기둥에 묻어 있던 흙덩이들이 바닥으로 떨어져 내렸다.

거인 병사는 죽기 직전에 돌기둥을 휘두르지 못한 것이 한이라도 된 것처럼, 어깨 뒤로 돌기둥을 힘껏 당기며 일격을 준비하고 있었다.

그제야 혼세의 병사들은 자신들이 상대하고 있는 적이 어떠한 권능을 가지고 있는지 깨닫게 되었다.

주춤주춤.

전쟁을 즐기던 그들이 겁을 먹고 뒷걸음치기 시작했다.

그들이 느끼고 있는 두려움이 전장의 공기를 타고 와 진우에게 생생히 전해졌다.

진우가 군주들의 언어로 그들에게 말했다.

[무엇을 두려워하는가?]

반격은 막 시작되었을 뿐.

이 정도로 두려움을 느끼기에는 아직 한참 이르다.

진우의 두 눈에서 섬뜩한 안광이 번들거렸다.

그 순간.

부웅!

거인 병사가 있는 힘껏 휘두른 돌기둥이 대지를 스쳐 지나가며 적들을 작은 장난감처럼 한꺼번에 쓸어버렸다.

콰가가가가각!

* * *

전장에 진우가 등장한 직후.

경계를 늦추지 않고 있었던 용제는 그림자 군주의 기척을 감지해 냈다.

'동쪽 끝.'

자신을 중심으로 해서 뻗어 나가 있는 병력들의 동쪽 끝에서.

그림자 군주가 나타났다.

용제보다는 조금 늦게 고대 용들과 다른 군주 하나도 그림자 군주의 움직임을 느꼈다.

마령들의 왕, 환계의 군주가 용제에게 아뢰었다.

[지금 당장 전군을 이끌고……]

그러나 용제는 손을 들어 올려 그의 말을 잘랐다.

수하들은 의아한 얼굴을 했다.

그 누구보다 그림자 군주의 등장을 기다리고 있었던 이가 바로 지금 눈앞에 서 있는 파멸의 군주다.

그런데 어찌하여 그는 그림자 군주가 대놓고 전쟁이 시작되었음을 알려오는데도 움직이지 않는 것인가?

이 순간에도 혼세의 병사들은 빠르게 그림자 군단이 되어 가고 있을 터.

초조함에 환계의 군주, 인간의 몸에 들어가 작은 키의 중년 남자 모습을 하고 있는 그가 다시 입을 열려 하던 그때.

용제가 먼저 말했다.

[그림자 군단…… 망자들의 군대는 어디에 있는가?]

용제는 아득하게 떨어져 있는 거리에서도 그림자 군주의 그림자 속에 그의 병사들이 없음을 놓치지 않았다.

'그럴 리가……?'

환계의 군주가 급히 눈을 감았다.

곧 동쪽 끝, 그림자 군주가 싸움을 시작한 장소의 허공에 마법으로 만들어진 거대한 가짜 눈이 나타났다.

마법의 눈은 전장의 모든 것을 훑어보았다.

'……!'

용제의 말 그대로였다.

피보라가 휘몰아치는 전장 한복판을 활보하는 그림자 군주, 그의 그림자에 있어야 할 군단의 기척이 감지되지 않았다.

눈을 뜬 환계의 군주가 용제를 바라보았다.

용제의 눈빛에는 분노와 의문이 반반쯤 뒤섞여 있었다.

'도대체…….'

그림자 군주는 무슨 생각으로 자신을 지켜 줄 군대도 없이 전장에 발을 디뎠는가?

언뜻 보기에는 그를 제거할 최고의 기회.

그러나 적의 의도를 짐작조차 할 수 없는 상태에서 무턱대고 전군을 움직일 수는 없었다.

어쩌면 그것이 적의 진짜 목적인지도 모른다.

안개에 시야가 가려진 것 같은 불안감이 용제의 발목을 붙들었다.

고대 용 중 하나가 걱정스레 용제를 불렀다.

[군주시여…….]

용제가 눈을 부릅뜨자 고대 용들이 고개를 숙였다.

위압감으로 그들의 입을 다물게 만든 용제는 진우가 날뛰고 있는 동쪽을 바라보았다.

혼세의 병사들은 빠르게 줄어들고 있었다.

그리고 그만큼 놈의 병사들이 늘어나고 있었다.

결정을 내려야 했다.

한시라도 빨리.

그러나 예상과 전혀 다른 방향으로 펼쳐지는 전쟁의 양상에, 예측이 불가능한 움직임에 용제는 결정을 내릴 수가 없었다.

용제의 미간이 구겨졌다.

'그림자 군주…… 너는 무엇을 노리고 있느냐?'

* * *

어느 순간부터.

진우는 생각하며 적을 베는 것을 그만두었다.

그러기엔 적의 숫자가 너무 많았다.

아군의 숫자도 빠르게 늘어가고 있었지만, 그것이 무의미하게 보일 만큼 적이 많았다.

흡.

거칠게 숨을 들이마신 후.

진우는 사고가 아닌, 감각에 몸을 맡겼다.

그러자 오직 살육만을 위해 완성된 기계처럼 신체의 한계를 아득하게 초월한 반사적인 움직임이 수없이 반복되었다.

단 한 번의 공격에 수백의 괴물들이 찢기고.

"일어나라!"

수백의 그림자 병사들이 새로이 합류한다.

거대한 해일이 밀려 들어와 모든 것들을 집어삼키듯, 그림자들이 서서히 전장을 검게 물들이기 시작했다.

진우가 움직일 때마다 검은 파도가 일어났다.

"으아아-!"

마나를 섞어 터트린 진우의 일갈에 전방에 있던 괴물들이 일제히 나가떨어졌다.

고막이 터졌는지 귀에서 피가 줄줄 흐르는 괴물들이 고통에 찬 신음을 흘리며 정신을 차리지 못할 때.

그들 앞에 그림자 병사들이 들이닥쳤다.

온 사방에서 울리는 괴물들의 비명이 전장을 가득 채워 나갔다.

그러길 얼마나 지났을까?

진우는 이제까지 상대해 왔던 혼세의 병력들과는 전혀 다른 존재들의 접근을 감지했다.

고개를 들자.

하늘을 까맣게 뒤덮은, 수백이 넘는 비룡들과 그들 위에 탑승해 있는 인간 형태의 용족, 용인족들의 모습을 볼 수 있었다.

'파멸의 군단이 움직이기 시작했나?'

그러나 어디에서도 용제의 기척은 느껴지지 않았다.

아직인가.

하지만 실망할 필요는 없다. 시간은 많이 남아 있으니까.

놈이 움직이길 주저한다면 움직여야 할 이유를 만들어 주면 되는 것.

키악!

선두에 선 용인족이 기합을 내지르자 기수를 돌린 비룡들이 일제히 진우에게 쇄도했다.

순간 진우의 눈에 강한 힘이 실렸다.

용제가 움직여야 할 이유.

하찮은 수하들로는 감당할 수 없을 압도적인 힘으로.

진우가 자신을 향해 쏟아져 내리는 비룡들을 향해 두 손을 뻗었다.

'지배자의 권능.'

그리고 하늘을 쥐어짜듯 양손에 힘을 주고서 보이지 않는 무언가를 아래로 끌어당겼다.

대기의 마나는 그림자 군주의 의지에 응했다.

벌 떼처럼 몰려오던 수백의 비룡들이 하나의 예외도 없이 전부 보이지 않는 손에 움켜잡혀 바닥에 내리꽂혔다.

콰과과과과과과광—!

그야말로 장관.

끝날 줄 모르는 비룡들의 추락에 지축이 마구 뒤흔들렸다.

가공할 힘.

아무런 제한이 없는 그림자 군주의 능력에 진우 본인도 놀라움을 감추지 못했다.

그러나 놀라고 있을 틈은 없었다.

비룡들 뒤에 가려져 있던 드래곤이 모습을 드러냈다.

진우는 드래곤의 입에 맺혀 있는 에너지를 목격했다.

'……!'

아니나 다를까.

불꽃만으로 이뤄진 끔찍한 드래곤의 숨결이 하늘 위에서 쏟아져 내렸다.

콰아아아아아아—!

목표물에게 정확히 브레스를 뿜어낸 드래곤이 다시 고도를 높였다.

적의 기척은 잡히지 않는다.

내 브레스에 적이 녹았는가?

안전한 위치까지 올라왔다고 생각한 드래곤이 그림자 군주의 생사를 확인하기 위해 지면을 내려다보았다.

불꽃이 가라앉고, 연기가 걷혔지만.

그림자 군주의 흔적은 어디에서도 보이지 않았다.

'놈은 어디에……?'

그때.

머리 위에서 느껴지는 기척.

오싹한 느낌이 목 뒤를 스쳐 갔지만 때는 이미 너무 늦어 버린 상태였다.

―네놈!

드래곤이 위를 올려다보기도 전에, 놈의 머리를 밟고 서 있던 진우가 '카미쉬의 분노'를 내리찍었다.

콰직!

단검 끝에서 쏘아진 날카로운 오러가 드래곤의 머리를 관통해 턱 아래를 뚫었다.

당연히.

숨통이 끊어진 드래곤은 비행 능력을 잃고 하염없이 아래로 떨어져 내렸다.

급속도로 가까워지던 지면이 곧 드래곤과 충돌했다.

쿠웅!

축 늘어져 있는 드래곤의 머리 위에서 뛰어내린 진우가 적들에게 걸어가며 뒤도 돌아보지 않고 말했다.

"일어나라."

그러자 등 뒤에서 드래곤과 수백의 용인족들이 천천히 몸을 일으켰다.

* * *

용제도 느꼈다.

다른 군주들의 오합지졸 병사들과는 비교조차 불가능한 자신의 군대.

파멸의 군단 일부가 그림자 군주의 손에 넘어갔다.

이제는 놈에게 무슨 꿍꿍이가 있든 더 이상 방관할 수 있는 수준을 넘어섰다.

파멸의 군단이 그림자 군주에게 먹히는 것을 막아야 한다.

[놈을 친다.]

용제가 출전을 기다리고 있던 고대 용들에게 명했다.

[너희들은 나를 따라와라.]

그리고 만약을 대비해 환계의 군주에게는 다른 명령을 내렸다.

[너는 여기에 남아 그림자 군단의 기습을 대비해라.]

[그리하겠습니다.]

용제와 고대 용들의 앞에 동쪽 전장과 연결된 수백 개의 게이트가 생겼다.

놓치지 않는다.

분노로 번들거리는 용제의 안광이 게이트 속으로 사라졌다.

고대 용들도 게이트로 뛰어들었다.

그림자 군주의 계속된 도발에 움츠리고 있던 파멸의 군단이 움직이기 시작했다.

* * *

격렬한 힘의 소용돌이가 맞부딪치고 있는 동쪽과 달리, 서쪽 끝에서의 고요한 전투는 이제 끝을 보이고 있었다.

최후 방어선을 펼쳤던 미군은 몰려온 마수들의 이빨과 손톱에 처참하게 찢겨 나갔다.

그들이 마지막으로 희망을 걸었던 것은 헌터들의 무기.

그러나 레이드를 위해 만들어진 헌터들의 무기를 일반인들이 제대로 다룰 수 있을 리가 없었다.

미군은 빠르게 무너져 갔다.

"으아아악, 으아악!"

서쪽 군단의 선봉도 행동이 민첩하고 감각이 예민한 벌레들이 맡았다.

사사사삭-

벌레들이 군인들에게 접근했다.

두두두두두두두두!

탄환을 무시한 채 밀고 들어온 벌레들은 기어코 군인들을 물어뜯기 시작했다.

"으아아악!"

생존자들이 뒤로 물러서며 총을 난사해 댔으나 효과는 없었다.

그렇다고 저 괴물 벌레들을 상대로 검을 휘둘러서 싸운다는 것은 더더욱 상상할 수 없는 일이었다.

이러지도 저러지도 못하는 사이.

키익.

동료들을 모조리 먹어 치운 벌레들이 다음 먹잇감을 향해 고개를 돌렸다.

살아남은 이들의 차례였다.

소대장이 굳은 얼굴로 옆의 병사들을 돌아보았다.

병사들은 고개를 끄덕였다.

민간인들의 대피 시간을 벌기 위한 작전에 동원된다는 사실을 알았을 때부터 이미 각오했던 일이었다.

소대장은 수류탄을 꺼냈다.

이 조그만 현대 화기로 적을 제거할 수는 없어도, 자신들이 적의 먹잇감이 되는 일은 피할 수 있다.

소대장이 안전핀을 뽑아냈다.

그러자 심상치 않은 분위기를 감지한 벌레들이 괴성을 지르며 미친 듯 소대장에게 달려들었다.

키아아아아아아악-!

다가오는 벌레를 바라보고 있는 소대장의 눈이 커졌다.

그야말로 순식간.

찰나에 코앞까지 다가온 벌레들이 그를 향해 날카로운 턱을 벌리는 그때에.

그 벌레들보다 한발 빠르게 소대장 앞에 선 누군가가 그의 수류탄을 뺏어 손에 들고는 벌레들의 공격을 등으로 막아 냈다.

소대장은 시야를 가로막고 있는, 자신보다 머리 두 개는 더 큰 남자를 멍히 올려다보다 말했다.

"토, 토마스 안드레?"

한쪽 눈을 찡긋한 토마스가 벌레들을 향해 돌아서며, 들고 있던 수류탄을 한 놈의 입 안에 쑤셔 넣었다.

타격은 없겠지만 이상한 게 배 속으로 들어오니 놀라긴 하겠지.

즐거운 상상에 한쪽 입꼬리를 씩 올린 토마스가 커다란 주먹을 휘둘러 벌레의 머리를 후려쳤다.

투콰!

머리가 사라진 벌레의 몸뚱이가 멀찍한 곳에 떨어졌다.

"아차…… 이러면 놀라지도 못하려나?"

뒷머리를 긁적이는 토마스 뒤로, 급하게 달려 나온 다수의 최상급 헌터들이 벌레들과의 싸움을 시작했다.

키에에에에엑!

키아악!

고통에 찬 벌레들의 괴성이 요란히 울려 퍼졌다.

살아남은 군인들은 자신을 도우러 온 이들이 누군지 금방 알아보고 환희에 찬 미소를 지었다.

"스, 스케빈저!"

"스케빈저 길드 헌터들이다!"

"아아! 하나님, 감사합니다!"

뛰어난 헌터들로 구성되어 있는 길드답게 상황은 깔끔히 정리됐다. 그러나 안도할 틈도 없이 또 다른 마수들이 그들 앞으로 까맣게 몰려왔다.

토마스의 예리한 시선이 놈들을 훑었다.

오크, 오거, 트롤, 미노타우로스, 사이클롭스 등등.

전부 던전에서 흔히 보던 녀석들.

수가 많다고 해도 이런 것들쯤은 자신에게 아무것도 아니었다.

'다만…….'

별것 아닌 놈들 사이에 무시무시하게 강한 자가 하나 섞여 있다.

토마스에게 겁을 먹어 괴물들이 움직이지 못하듯, 토마스도 그 한 놈 때문에 움직일 수가 없었다.

잠시 상황을 지켜보는 것 같았던 그 녀석이 천천히 앞으로 걸어 나왔다.

[너는 그때 그 인간이군. 송곳니 군주에게 죽기 직전까지 갔었던, 지배자의 약해 빠진 그릇.]

요인들의 왕은 비릿한 미소를 지었다.

짐승의 힘을 가지고 있다고는 하나 기본적으로 사냥에 특화되어 있는 송곳니 군주와는 다르게, 오크나 오거 같은 요인들을 지배하고 있는 자신은 육체를 이용하는 근접 전투에 특화되어 있다.

그러니 고작 한 줌도 안 되는 근력을 믿고 까부는 인간이 우스워 보일 수밖에.

요인들의 왕, 강체의 군주가 자신의 마나를 있는 그대로 발산했다.

기선 제압.

너 따위는 눈 한 번 깜빡하기도 전에 목을 따 버릴 수 있다는 자신감의 표현이었다.

그런데.

[……?]

새파랗게 질려 가는 뒤의 헌터들과 대조적으로, 지배자의 그릇은 여유를 잃지 않고 있었다.

뭔가 생각해 둔 것이 있는가, 하는 생각이 잠깐 군주의 머릿속을 스쳐 지나갔을 때.

"……이렇게 하면 되는 거겠지?"

토마스가 혼잣말하듯 중얼거렸다.

그러자 그의 발아래에서부터 퍼져 나가기 시작한 어둠이 순식간에 일대의 지면을 뒤덮어 버렸다.

군주의 눈썹이 꿈틀거렸다.

'그림자……?'

이것은 그림자 군주의 스킬.

하지만 그가 여기에 있다면 그 강력한 힘의 근원을 자신이 눈치채지 못했을 리가 없다.

그 순간, 토마스의 뒤에서 낯익은 목소리 하나가 들려왔다.

[오랜만에 다시 뵙습니다, 요인들의 왕이시여.]

정중하지만 위협적인 목소리로 인사를 건네는 총군단장 벨리온의 뒤편으로.

토마스의 그림자에 숨어 조용히 때를 기다리고 있었던 13만의 그림자 병사들이 일제히 솟아 올라오고 있었다.

3. 유인

3. 유인

그림자 군주의 밑에서 마지막까지 살아남은 13만의 정예 그림자 병사들이 최대한 기척을 지운 채로 인간의 그림자에 숨어 있었다.

이건 덫이었다.

졸지에 그림자 군단과 정면에서 마주치게 된 강체의 군주는 수렁으로 빨려 들어가는 것 같은 아찔함을 느꼈다.

'당했다.'

현재 그가 이끄는 서쪽 군단은 그림자 군단을 상대할 힘이 없다.

게다가 그 그림자 군단의 선봉에 선 이들이 벨리온과 이그리트이니 자신의 안위까지 걱정해야 할 위기였다.

아마도 그림자 군단, 아니 그림자 군주는 이를 노린 것일 터.

'……알려야 한다.'

강체의 군주는 다급히 용제와 교신을 시도했다.

그러나.

어떤 힘이 밖으로의 교신을 차단하고 있었다.

'설마……?'

그림자 군주는 여기까지 생각해 둔 것인가?

강체의 군주는 연락을 방해하는 힘의 근원을 찾기 위해 황급히 기감을 발동시켰다.

그러자 이그리트의 옆에서 뭔가를 움켜쥔 채 열심히 주술을 펼치고 있는 하이오크 주술사를 발견할 수 있었다.

'……!'

놈의 주술이 모든 연락을 방해하고 있었다.

진정한 그림자 병사로 재탄생한 후 '탐욕의 구슬'의 힘까지 빌린 장군급 병사 어금니의 주술은 능히 그 정도의 위력을 갖고 있었다.

씨익.

어금니는 자신이 예전에 모시던 왕과 시선이 마주치자 수줍게 얼굴을 붉혔다. 그러면서도 끊임없이 자신이 펼친 주문을 멈추지 않았다.

어금니의 미소에 농락당하고 있다는 느낌을 받은 요인들의 왕, 강체의 군주는 속에서 강한 분노가 솟구쳐 올라왔다.

[감히 너희들 따위가!]

아니, 이건 그림자 병사들은 물론 그림자 군주의 머리에서 나올 만한 전략이 아니다.

늘 적 앞에서 피할 수 없는 죽음을 선고해 왔었던 그림자 군단의 방식이 아니었다.

이것은.

'인간들의 방식.'

인간이었던 현재의 그림자 군주가 전쟁의 양상을 비틀고 있었다.

놈에게는 군주로서의 자존심도 없단 말인가!

분노한 강체의 군주가 온몸의 근육을 팽창시켰다. 터질 듯 커진 근육에 굵은 힘줄들이 튀어나왔다.

강체의 군주가 일갈했다.

[놈은 군주의 자격이 없다!]

순식간에 어금니의 앞까지 도약한 강체의 군주를 베르가 막아섰다.

쿠웅-!

군주의 양손을 맞잡고서 힘겨루기를 시작한 베르가 코앞에서 그를 노려보며 마수어로 말을 건넸다.

[방금 그 말…… 취소해라. 주군을 모욕한 죄는 무겁다.]

그러나 강체의 군주는 베르의 팔을 비틀어 버릴 듯 힘을 주며 외쳤다.

[감히 일개 병사 따위가 군주의 앞을 막아서는가!]

그러자.

키에에에에에에에에엑!

귀청을 찢을 것 같은 포효가 터져 나옴과 동시에 베르의 덩치가 두 배 이상 부풀어 올랐다.

* * *

용제는 보았다.

자신이 잠깐 망설였던 사이, 수없이 죽어 나간 혼세의 병사들과, 죽어 간 병력의 숫자만큼 늘어나 있는 그림자 병사들을.

게이트를 빠져나온 용제의 두 눈에 불꽃이 튀었다.

그 시선의 끝에.

하나의 거대한 폭풍이 되어 혼세의 군단을 통째로 집어삼키고 있는 진우가 있었다.

반드시.

반드시 놈을 죽여야 한다!

용제가 아직 본모습을 드러내지 않은 채 인간의 형태로 급히 입에서 파멸의 숨결을 쏘아 냈다.

콰아아-!

잠깐 섬광이 번쩍인 순간.

무아지경으로 혼세의 병력들을 밀어붙이던 진우가 그 찰나의 타이밍을 놓치지 않았다.

'놈이다!'

진우의 신형이 사라지고.

그 근처에 있었던 혼세의 병사들과 그림자 병사들 모두가 숨결에 노출되어 흔적도 없이 사라졌다.

콰아아아아아아아-!

도약했던 진우가 약간 떨어진 곳에 내려섰다.

숨결을 그친 용제가 자신을 노려보고 있었다.

용제의 뒤쪽에 열린 무수한 게이트들 속에서 고대 용들과 용들, 그리고 용인족들이 모습을 드러냈다.

광룡들의 왕, 파멸의 군주.

그가 이끄는 파멸의 군단 본대였다.

하루만에 온 세상을 멸망시킬 수도 있는 병력들이 그림자 군주

하나를 잡기 위해 총동원되었다.

그리고 그들의 가장 앞에.

왕 중의 왕, 군주들을 다스리는 군주, 용제가 있었다.

'…….'

진우는 용제에게서 느껴지는, 끝이 보이지 않는 강대한 힘에 마른침을 꼴깍 삼켰다.

그 즉시 진우의 지시에 따라 혼세의 병사들과 사투를 벌이고 있었던 그림자 병사들이 빠르게 물러섰다.

용의 군대가 용제의 뒤에 선 것처럼, 그림자 병사들이 진우의 뒤에 섰다.

용제가 조소했다.

[그 보잘것없는 병사들이 너의 전부더냐?]

적의 병사를 죽여 급조한 몇천 단위의 그림자 병사들.

하지만 저쪽에는 천만에 가까운 병력들과 수백의 용들, 그리고 가장 위협적인 존재인 용제가 있다.

진우도 서로 간의 병력 차이를 모르지 않았다.

그래서 이런 방법을 선택했다.

"가라!"

진우는 한곳으로 끌어모았던 그림자 병사들을 다시 출격시켰다.

용제의 얼굴에 의문이 떠올랐다.

'내 병사들을 보고서도 정면으로 맞붙겠다고?'

정신 나간 짓!

그러나 용제의 의심에도 불구하고 그림자 병사들은 그대로 밀어닥쳤다.

용들이 그들을 향해 거센 불꽃을 뿜어냈다.

화아아아악—!

그런데.

불꽃에 휩싸인 그림자 병사들이 재생 과정 없이 소모품처럼 사라져 갔다.

용제는 금방 이 병사들이 시간 벌이용임을 알아챘다.

'놈은……?'

용제가 기감을 확장시켰다.

그림자 군주는 자신의 그림자를 통해 어디론가 도망치고 있었다.

용제는 그 치졸한 수에 실소를 흘렸다.

놈은 이런 식으로 치고 빠지기를 반복해 혼세의 병력들을 천천히 갉아먹어 갈 작전이었겠지만, 거기에는 놈이 미처 생각하지 못했던 결정적인 오류가 있었다.

바로 자신이 놈의 뒤를 쫓아갈 수 있다는 것.

용제는 진우의 그림자가 서쪽 전장과 연결되어 있다는 사실을 알아챘다.

'저쪽인가!'

절대 놓치지 않는다.

용제는 진우가 사라진 곳을 향해 게이트를 생성해 그리로 뛰어들었다.

그가 한걸음에 게이트를 빠져나왔을 때.

'…….'

그는 자신을 빙 둘러싸고 있는 13만의 대군을 볼 수 있었다.

게다가 그게 끝이 아니었다.

용제를 기다리고 있던 진우가 나직이 말했다.

"……일어나라."

그러자.

진우가 도착하기 전에 진짜 그림자 군단에게 전멸당했던 서쪽 군단이 전부 그림자 병사가 되어 일어났다.

용제는 이제 20만에 육박하는 그림자 병사들을 둘러보며 말했다.

[이걸 노렸던 거였나?]

적을 자신이 원하는 전장으로 유인해 우위를 점한다.

월등한 수적 열세에 놓여 있는 그림자 군단이 전쟁에서 이기려면 반드시 필요한 작업이었겠지만.

용제의 얼굴에 비웃음이 가득 찼다.

[가소롭구나.]

드디어.

그림자 군주가 무슨 의도를 가지고 있었는지 알게 되었다.

비록 그 과정에서 서쪽 군단 전부를 잃기는 했지만, 그 정도 대가로 그림자 군주를 잡을 수만 있다면.

'병사들의 절반을 잃어도 아깝지 않다.'

두려움이란 앞을 예측할 수 없을 때 나오는 것.

하지만 상대방은 이제 발가벗겨졌다.

[그림자 군주여.]

용제가 웃으며 진우를 돌아보았다.

[너는 나만이 너를 쫓아올 수 있다 생각했겠지만…….]

너는 틀렸다.

용제의 뒤에는 혼세에서 가장 마법에 뛰어난 군주가 있었다.

곧 그림자 군단의 기습에 대비하고 있던 환계의 군주가 두 전장을 잇는 게이트들을 셀 수 없이 만들어 냈다.

고작 20만밖에 되지 않는 그림자 군단 앞에서 끝도 없이 많은 혼세의 병사들이 쏟아지고 있었다.

어떠냐?

이로써 너의 계획은 무참히 박살 나고 말았다.

오판은 너를 죽음으로 몰아갈 것이다.

용제는 득의양양한 얼굴로 진우를 보았다.

[너의 패배다.]

그런데.

진우가 웃었다.

득의양양한 얼굴로 자신을 바라보는 용제를 향해 진우는 미소를 지었다.

'걸려들었다.'

자신의 의도대로.

용제가 움직였다.

용제도 아주 잠깐 진우의 얼굴에 나타났다 사라진 미소를 놓치지 않았다.

'……웃어?'

아니나 다를까.

그림자 병사들의 소환이 일순간 해제되어 그림자 군주의 그림자 속으로 빨려 들어갔다.

놈은 대체 무슨 생각일까?

지금 그림자 병사들을 거둬들인 것은 자살행위나 마찬가지.

시간을 벌어 줄 병사들이 없으면 다른 곳으로 도망가지도 못한다.

아무리 그림자 병사들을 잃고 싶지 않다고 해도, 적에게 등을 보이며 달아날 정도로 멍청한 녀석이라고는 생각하지 못했었는데!

용제는 진우가 다른 움직임을 취하기 전에 먼저 거리를 좁히고 들어왔다.

동시에.

혼세의 병력들도 전부 용제를 따라서 진우를 향해 덤벼들었다.

헐레벌떡 게이트를 빠져나온 수만, 수십만 병사들의 시선이 진우 하나에 고정되었다.

그때.

진우의 코앞까지 다다른 용제가 진우에게 손을 내뻗었을 때.

순간 진우의 눈이 드래곤의 눈처럼 변했다.

그제야 용제는 무언가 일이 잘못 돌아가고 있다는 사실을 깨달을 수 있었다.

[너……!]

찰나의 정적이 끝나고.

'…….'

진우의 입에서 거친 포효가 터져 나왔다.

주위에 있는, 자신보다 약한 모든 대상을 절망에 빠뜨리는 영혼의 외침!

[크아아아아아아-!]

드래곤 피어.

'카미쉬의 룬석'을 통해 얻은 용족 최악의 스킬.

아군과 적군을 구분하지 않는 스킬의 위력 때문에 그동안 관심을 보이지 않고 있었지만.

'지금은 다르다!'

용을 잡기 위해 모였던 수백 명의 최상급 헌터들을 나락으로 떨어뜨렸던 그 스킬이 이제 반대로 용들에게 쏘아졌다.

[아아아아아아-!]

카미쉬가 헌터들을 스턴 상태에 빠뜨렸듯, 그림자 군주가 용의 병사들을 경직시켰다.

그림자 군주의 깊은 마나에서부터 발산된 드래곤 피어에서 자유로울 수 있는 존재는 오직 용제 하나뿐.

주위의 모든 적군들을 일순간 멈추게 만든 진우가 용제의 팔을 잡았다.

[이놈이……!]

용제의 미간이 구겨졌다.

그의 팔을 잡고 있는 손에 힘을 주며, 진우가 씩 웃었다.

"너는 나 좀 따라와라."

4. 모든 것을 걸고

4. 모든 것을 걸고

진우의 발밑에서 시작된 원형의 그림자가 용제의 발아래까지 삼킬 정도로 넓어졌다.

용제의 얼굴이 굳어졌다.

'놈은 처음부터 이 순간을 위해서……?'

혼자서 전장에 나타난 것도, 그림자 군단을 뒤로 돌려 서쪽을 정리해 둔 것도, 그리고 이리로 자신을 유인한 것까지.

모두 이 순간만을 위해서였던 것인가?

비록 적이지만.

용제는 한순간 그림자 군주의 치밀함에 감탄했다.

자신을 움직일 수밖에 없게 만들고, 뻔히 보이는 수작으로 한순간 자신을 방심시켰으며, 의외의 수로 결국 원하는 바를 이루었다.

'……거기서 드래곤 피어를 사용할 줄이야.'

용제는 한 방 먹었다는 얼굴이 되었다.

그 표정을 보고 진우는 용제의 팔을 붙들고 있는 손에 더더욱 힘을 주었다.

'됐다.'

실수는 없었다.

이제 몇 걸음만 더 앞으로 나아가면…….

곧 그림자가 진우와 용제를 삼켰다.

잠깐 두 사람을 덮쳤던 어둠이 빠르게 지나가고, 둘은 위치가 지정되어 있던 출구로 빠져나왔다.

자신이 원하는 진짜 전장으로 용제를 초대하는 데 성공한 진우가 재빨리 용제에게서 멀어졌다.

이로써 자신의 병사들과 멀찍이 떨어지게 된 용제는 신기하다는 눈빛으로 주변을 둘러보았다.

[여기는……?]

"너희가 있던 곳의 반대편."

정확히 반대편이라기엔 오차가 좀 있지만 그만큼 떨어진 장소.

일본이었다.

거인들의 왕이 죽으며 어마어마한 양의 마나가 농밀하게 스며들어 간 땅.

마나로 강화된 땅과 공기로 파멸의 군주와의 싸움에서 발생될 거대한 충격을 버텨 낼 수 있으리라.

그림자 병사들의 노력으로 그 많던 나무들이 다 깎여 나간 수해 지역은 황량한 벌판만이 끝없이 이어져 있었다.

그중 유난히 눈에 띄는 것은 언덕 위 지어져 있는 거대한 백색 성채.

용제가 검은 깃발이 걸린 백색 성을 가리켰다.

[저것은 너의 성인가?]

"……그렇다."

[그림자 군주의 성치고는 형편없는 규모군.]

어째서일까?

잠깐이지만 베르에게 미안한 마음이 드는 것은.

그러나 놈의 장단에 맞춰 주고 있을 필요는 없었다.

객기인지, 허세인지 묘하게 여유를 부리고 있는 용제에게 진우가 진심으로 경고했다.

"네 죽음을 기념하는 건물로는 딱 적당한 크기라고 생각하는데."

드디어, 용제의 시선이 진우에게 고정되었다.

진우는 그 시선을 피하지 않았다.

[…….]

진우를 바라보던 용제가 잠시 눈을 감고 수하들에게 교신을 시도해 보았다.

아니나 다를까, 그 어떠한 신호도 잡히지 않았다.

그림자 군주의 힘을 빌린 누군가의 주술이 연락을 방해하고 있었다.

용제는 그림자 군주가 처음부터 자신을 이곳에 고립시키기 위해 모든 것을 준비하고 있었다는 사실을 실감했다.

감았던 눈을 슬며시 뜨자.

눈앞에는 그림자 군단 전원이 자신을 둘러싸고 있었다.

분명 천만 대 일이었을 터인 싸움이 어느새 주체가 뒤바뀐 채 이십만 대 일이 되어 있었다.

용제는 포위되었다.

[그런가……. 내 병사들이 나를 찾을 때까지 내가 버틸 수 있느

냐, 없느냐 하는 싸움인가.]

그러나 용제의 표정은 상황에 비해 어둡지 않았다.

압도적인 숫자로 적을 압살해 버리는 싸움도 맘에 들지만, 그 반대인 상황에서 적을 밀어붙이는 싸움도 역시 즐겁다.

요컨대 자신은 전쟁을 위해 태어난 존재.

피와 비명, 광기, 파괴가 응어리져 휘몰아치는 전쟁을 위해서라면 자신의 파멸조차 마다하지 않을 파괴의 화신.

그래서.

파멸의 군주는 웃었다.

[진짜를 보여 주지.]

말을 맺는 용제의 얼굴에서 미소가 사라졌다.

진우도 뭔가를 느꼈다.

인간의 한계를 아득히 초월한 감각의 경고가 계속해서 이어졌다.

오싹.

등골이 서늘해짐과 동시에 온몸에 소름이 쫙 돋았다.

그때.

뭔가 비현실적인 장면처럼.

용제의 입에서, 듣고 있는 것만으로도 그대로 심장이 멎을 것 같은 무시무시한 포효가 터져 나왔다.

캬아아아—!

용들을 다스리는 자, 용제의 드래곤 피어.

생전 들어 보지 못했던 공포가 강한 충격파처럼 그림자 군단을 덮쳤다.

아아아아—

끊임없는 진동이 무수히 대기를 뒤흔들었다.

땅도 흔들렸다.

지진과 같은 흔들림 속에서 병사들이 느끼고 있는 극한의 공포와 고통, 혼란을 감지한 진우가 급히 그림자 군단을 거두어들였다.

아아아아-!

그 과정에서 아찔한 현기증을 느낀 진우가 잠시 비틀거렸다.

포효를 끝낸 용제가 창백해진 안색의 진우를 보고 한쪽 입꼬리를 올렸다.

[이것이 진짜다.]

진짜 드래곤 피어.

그 끔찍한 충격을 떨쳐 내기 위해서 진우는 세차게 고개를 저었다.

용제는 차분히 말을 이었다.

[네가 팔을 잡았을 때 나는 그 팔을 뿌리칠 수도 있었다.]

그러나 그러지 않았던 까닭은.

용제가 말했다.

[이렇게까지 나를 몰아붙인 너에게 감탄했기 때문이다.]

진우는 자신을 칭찬하고 있는 용제를 의아하다는 눈으로 보았다. 그러나 용제의 진중한 눈빛에서는 조금도 비웃는 기색이 없었다.

[같은 군주의 입장에서, 너와 조용히 대화를 나누고 싶어졌다.]

드래곤 피어에 흔들렸던 호흡이 정상으로 돌아온 진우가 자세를 바로 하고 경계를 늦추지 않았다.

여전히 입을 굳게 다물고 있는 진우에게 용제의 말이 이어졌다.

[너도 그림자 군주의 기억을 이어받았다면 알고 있겠지만…… 우리의 진짜 적은 이 땅이 아닌, 저 하늘 너머에 있다.]

지배자들의 군대.

그들에게 주어진 처음이자 마지막 사명은 어둠에서 태어난 군주들을 섬멸하는 것.

당연히 그림자 군주도 예외가 될 수 없다.

[나는 너를 제거하고 그들을 대비할 생각이었다. 그러나 너의 싸움을 보고 생각이 바뀌었다. 너는 아스본과는 다른 재능을 가지고 있다. 나는 그 재능에서 우리의 위대한 승리를 보았다.]

용제가 진우를 향해 손을 내밀었다.

[네가 이 손을 잡는다면 나는 네가 원하는 대로 하겠다.]

진우의 시선이 용제가 내민 손으로 내려갔다.

[네 가족을 살리기 원한다면 그렇게 해 주겠다. 네 나라를 구하기 원한다면 그렇게 해 주겠다. 이 땅에서 내가 떠나길 원한다면, 좋다. 나와 내 병사들은 조용히 떠날 것이다.]

용제의 손에 잠시 머물렀던 진우의 시선이 점점 올라가다가 용제의 얼굴에서 멈추었다.

그는 자애가 가득한 표정을 하고 있었다.

[네가 이 땅의 주인이 되어라. 저 언덕에 있는 작은 성 따위가 아니라 행성 전체의 주인이 되는 것이다. 너에게는 그럴 자격이 있다. 너는 단지.]

용제의 입가에 부드러운 미소가 떠올랐다.

[이 손을 잡기만 하면 된다.]

서로 힘을 합쳐 지배자의 병사들을 물리치기만 하면.

너와 너의 가족, 너의 나라.

나아가 이 땅 위의 모든 이들이 평화와 자유를 얻을 것이다.

용제는 그렇게 약속했다.

[어떤가? 그림자 군주여.]

제안에 끌린 것일까?

조용히 자신의 말을 경청하고 있던 그림자 군주의 얼굴에 옅은 웃음이 흘렀다.

용제도 따라 미소를 지었다.

[나와 함께하겠는가?]

그러나 진우는 딱 잘라 말했다.

"웃기지 마."

얼굴이 굳어지는 용제에게 진우가 툭 쏘아붙였다.

"날 죽이고 싶어서 어떡해야 할지 모르겠다는 눈을 하고 있는 놈을 믿으라고?"

[하하…… 으하하하하하!]

용제는 이마를 짚고서 한참 대소를 터트렸다.

웃음에도 마나가 실려 있는지 그가 웃음소리를 낼 때마다 진우의 심장이 쿵쿵 울려 댔다.

그가 이마에서 손을 뗐을 때.

그의 부릅뜬 두 눈에는 파충류의 눈동자가 번들거리고 있었다.

[그것참, 숨길 수가 없군.]

회유는 실패했다.

속여 넘길 수 없다면, 남은 길은 전력을 다해서 파괴하는 것뿐.

용제가 숨기고 있던 본심을 드러냈다.

그의 온몸에서 감출 수 없는 악의가 넘쳐흘렀다.

[네 모든 걸 걸고 내게 부딪혀 봐라, 그림자여!]

신우의 눈이 커졌다.

순간 숨 막히는 열기가 후욱 밀고 들어왔다. 급히 도약해 멀찍이 떨어진 진우는 보았다.

눈앞에 불타오르는 산이 하나 생겨나 있었다.

끓어오르는 용암에 생명력이 깃들어 스스로 용의 형태가 되었다면 이러한 모습일까?

끊임없이 타오르고 있는 용의 모습을 보면서 진우는 언제나 불타고 있었던 '악마성'의 외견을 떠올렸다.

살아 있는 성과 인간의 싸움.

그 궤를 달리하는 위용에 질릴 만도 하건만, 진우는 차분히 '카미쉬의 분노'를 쥐었다.

쿠웅-!

용제가 한쪽 발을 구르자 땅 전체가 뒤흔들렸다.

'온다!'

진우는 자신을 밟아 죽이려는 용제를 피해 그의 간격 바깥으로 달려 나가며 비룡 '카이셀'을 불러냈다.

키아악!

이미 날 준비를 하고 있었던 비룡은 그림자에서 튀어나오자마자 곧바로 날아올랐다.

그 위에 진우가 올라탔다.

진우는 최고 속도로 고도를 높이는 카이셀의 방향을 틀어 용제가 있는 쪽을 향하게 했다.

그러기를 기다리고 있었다는 듯 용제가 파멸의 숨결을 쏘아 냈다.

"아래로!"

용제의 입에서 눈부신 섬광이 터져 나옴과 거의 동시에 카이셀이 급강하를 시도했다.

모든 것을 지우는 불꽃.

섬뜩한, 새하얀 빛이 진우의 머리 위쪽을 스쳐 지나갔다.

콰아아아—!

쏟아지는 숨결을 이리저리 아슬아슬하게 피해 가며, 카이셀은 주인의 지시에 따라 용제에게 나아갔다.

후우우우…….

숨결이 그쳤을 때, 카이셀은 어느새 용제의 이마 위까지 근접해 있었다. 진우는 그 비룡 위에서 모든 마나를 끌어모았다.

'잘했다, 카이셀'

마나는 오른손에 꼭 쥔 '카미쉬의 분노'로 흘러들어 가고 있었다.

최후의 한 방을 위한 검은 오러가 넘실거렸다.

있는 힘껏.

진우는 가지고 있는 모든 힘을 실어 용제를 향해 단검을 휘둘렀다.

쉬익—!

그 어떤 것이라도 단숨에 헤집어 놓았던 검은 오러가 짐승의 발톱처럼 여러 갈래로 흩어져 용제의 머리를 때리고 지나갔다.

콰가가가가가가가가각!

그런데.

'이럴 수가!'

진우의 눈이 번쩍 뜨였다.

불타고 있는 두꺼운 비늘에 흠집조차 생기지 않은 용제가 멀쩡한 얼굴을 자신을 향해 들어 올리고 있었다.

진우의 미간이 구겨졌다.

'또 브레스인가?'

파멸의 숨결을 대비해 급강하를 준비했던 진우에게 귀청을 찢는 것 같은 끔찍한 굉음이 들려왔다.

크아아아아아아아아-!

드래곤 피어!

첫 번째 경험으로 어느 정도 내성이 생긴 진우와 달리, 비룡은 용제의 포효를 견디지 못하고 경직되고 말았다.

진우가 미처 카이셀을 거둬들일 시간도 없이, 용제가 토해 낸 무자비한 불꽃이 덮쳐 왔다.

화르륵-!

카이셀은 아래로 곤두박질치는 와중에도 몸을 비틀어 진우를 반대편으로 떨어뜨리고, 정면에서 쏟아지는 파멸의 숨결을 자신의 몸으로 받아 냈다.

"안 돼!"

순식간에 재도 남지 않고 흩어지는 카이셀을 보며 진우가 외쳤다. 그러나 진우의 바람에도 불구하고 카이셀은 흔적도 없이 지워졌다.

크윽.

아랫입술을 질끈 깨문 진우가 마나를 쏘아 내 순식간에 용제의 가슴 부근까지 날아갔다.

그러곤 떨어지지 않게 용제의 비늘을 꽉 붙들었다.

치이이익!

고온에 진우의 손바닥이 타들어 가기 시작했다.

"으윽!"

이를 악문 진우가 다른 손에 쥐고 있는 '카미쉬의 분노'를 머리 위로 쳐들었다.

역수로 쥔 단검 끝에 검은 오러가 일렁거렸다.

콰직!

힘껏 내려친 단검이 비늘을 뚫고 들어갔다.

그러나 그것뿐.

콰직! 콰직! 콰직!

아무리 내려쳐도 비늘 안에 있는 용의 피부에 작은 상처를 남기는 데 그칠 뿐이었다.

그때.

목 뒤로 오싹한 느낌을 느낀 진우가 뒤를 돌아보았다.

'……!'

용제의 거대한 팔이 다가오고 있었다.

진우는 그걸 피해 아래로 뛰어내렸다.

마나의 힘으로 지면과 부딪칠 때의 충격은 없었으나, 또다시 그 위로 파멸의 숨결이 가차 없이 쏟아졌다.

콰아아아아아아아-!

다시 한번 가까스로 파멸의 숨결을 피해 낸 진우가 숨을 몰아쉬었다.

"하아, 하아, 하아……."

수차례 공격을 퍼부었으나 용제는 아직 그대로, 마치 태산같이 그 자리를 지키고 있었다.

거인들과는 비교할 수 없는 방어력과 공격력.

그들과 같은 방법으로 용제를 공략할 수는 없었다.

'좀 더 강한 힘이…….'

강한 힘이 필요하다.

철갑을 두르고 있는 거인을 맨손으로 쓰러뜨릴 힘이.

눈에 잘 띄지도 않는 작은 크기의 벌레가 사람을 어찌해 볼 수 없듯이, 산을 잡으려면 자신도 산이 될 수밖에 없는 것이다.

그런데.

'잠깐…… 철갑?'

진우의 머릿속에 뭔가가 번개처럼 스쳐 지나갔다.

어둠의 힘으로 평범한 크기의 갑옷을 만들어 낼 수 있다면, 그 갑옷을 훨씬 더 크고 두껍게 만들 수도 있지 않을까?

생각이 거기까지 미쳤을 때.

진우의 발아래에서 그림자가 퍼져 나가기 시작했다.

[……?]

용제도 변화를 느꼈다.

그림자에서 올라오는 검은 액체 같은 것이 그림자 군주의 몸을 겹겹이 감싸며 크기를 급격하게 불려 나가고 있었다.

'이놈이 또 무슨 수작을?'

그러나 호기심보다는 본능이 먼저였다.

용제가 그 정체불명의 검은 덩어리를 향해 파멸의 숨결을 쏘아 낼 준비를 끝낸 순간.

뒤쪽에서 뭔가가 톡톡 건드리는 느낌이 들었다.

'……?'

뒤를 돌아보았더니.

주술을 위해 구석에서 몸을 숨기고 있었던 어금니가 용제의 등에다 불기둥을 쏘아 대고 있었다.

용제와 눈을 마주친 어금니의 손에서 탐욕의 구슬이 떨어졌다.

데구루루.

벌벌 떨고 있는 어금니에게 용제의 살기가 쏟아졌다.

[네놈 따위가 감히…….]

용제가 방향을 틀었다.

당연히, 숨결의 방향도 어금니에게로 옮겨 갔다.

용제의 입에서 막 숨결이 쏘아지기 직전.

어느새 하늘까지 솟아오른 거대한 검은 그림자가 용제의 머리를 힘껏 후려쳤다.

투쾅-!

측면에서 가해진 어마어마한 충격에 밀려나면서.

용제는 보았다.

하늘까지 맞닿을 만큼 거대한 검은 그림자가 그곳에 서 있었다.

존재해선 안 될 것이 나타나 세계가 거부반응을 일으키는 것처럼.

그 거대한 검은 그림자의 어깨 위로 검은 번개가 수천, 수만 번 끝없이 내려치고 있었다.

'……영체화?'

아니, 그럴 리가.

원래 광휘의 파편들 중 하나였던 그림자 군주는 따로 숨겨진 형태가 없이 그 자체가 본래 모습이었다.

그런데.

지금 그림자 군주는 어떻게 저렇게 거대한 형상을 하고 있단 말인가?

콰가각!

다리에 힘을 주자 지표면이 사과 껍질같이 얇게 깎여 나가며 용제가 제자리에 멈춰 섰다.

'설마……?'

하나의 가정이 뇌리를 스쳐 지나가자, 용제의 눈동자가 흔들렸다.

'놈은…… 죽음의 힘을 지상에 불러들이고 있는 건가?'

어떻게.

어떻게 불과 얼마 전까지 평범한 인간이었을 뿐인 자가 죽음의 힘을 이렇게까지 깊이 있게 다룰 수 있단 말인가?

[그렇구나.]

용제의 입에서 나지막이 탄성이 흘러나왔다.

[너는 삶과 죽음의 경계에서 오랜 시간을 보내온 자로구나.]

전대 그림자 군주인 아스본이 인간 따위에게 자신의 완전한 힘을 넘겨줄 수 있었던 이유.

이 인간은 힘을 받기 전부터 지금까지 줄곧, 자신만의 전쟁을 하고 있었던 것이다.

삶을 위하여.

전대와 달리 눈앞의 그림자 군주를 조금은 얕보고 있었던 용제의 마음속에서 경의가 떠올랐다.

[…….]

그리고 잠시나마 인간의 나약함을 이용해 그를 지배자들과의 싸움에 이용해 먹으려 했던 자신을 반성했다.

'반드시…… 놈을 지금 죽여야 한다. 역시 놈은 너무 위험해.'

자신이 그러하듯 거대한 그림자 군주 또한 자신을 가만히 노려보고 있었다.

거대한 그림자 군주.

진우는 상상을 초월하는 크기로 변해 버린 자신의 손을 내려다보았다.

'이게…… 이게 나라고?'

손가락 끝을 움직여 보았다.

어둠 그 자체가 되어 버린, 거대해진 육신이 자신이 생각하는 대로 움직이고 있었다.

크기만 커진 것이 아니다.

몸 안에서.

이 거대해진 육신 내부에서 끝을 짐작조차 하기 힘든 아찔한 힘이 끝없이 솟구치고 있었다.

산을 쓰러뜨리기 위해 본인도 산이 된 것이다.

진우가 아래로 숙이고 있던 고개를 들어 올렸다.

저기.

파멸이 달려오고 있었다.

쿠웅—!

거친 불꽃과 검은 번개가 사방으로 튀었다.

진우가 뒤로 뻗은 다리에 힘을 주어 용제의 돌진을 막아 냈다.

힘은 호각!

잠깐 팽팽했던 힘겨루기를 이어 가던 용제가 진우의 어깨를 물어뜯었다.

물린 부위에 시뻘건 불꽃이 튀었다. 진우는 당황하지 않고 놈의 뿔을 잡아당겨 머리를 떼어 냈다.

그리고 얼굴에 다시 한 방.

투쾅!

이번엔 용제도 물러서지 않았다.

크아아아!

떨어짐과 동시에 순간적으로 달려든 용제가 그 거대한 아가리를 쩍 벌리고 진우의 옆구리를 물었다.

"크으으으윽!"

용제와 싸움을 시작한 뒤, 처음으로 진우의 입에서 참을 수 없는 신음이 터져 나왔다.

쾅! 쾅! 쾅!

진우가 팔꿈치로 용제의 머리를 내려찍었으나, 그대로 진우를 하늘 위로 들어 올린 용제가 머리를 좌우로 사정없이 흔들었다.

허리가 양쪽으로 끊어지는 것 같은 격통이 밑에서부터 밀려 올라왔다.

"크악! 크으으으윽!"

충분한 피해를 줬다고 생각한 용제가 진우를 바닥에 내동댕이쳤다.

쿠웅!

그 위를 파멸의 숨결이 덮쳤다.

업화와 같은 숨결이 다 지나갔을 때, 진우의 팔 하나가 사라져 있었다.

그러나 진우는 비명 지르는 대신 이를 악물었다.

빠르게 거리를 좁힌 진우가 남은 팔을 용제의 아가리 안으로 깊이 밀어 넣었다.

투둑, 투두둑!

두꺼운 가죽이 끊어지는 소리와 함께 용제의 거대한 혀가 뽑혀 나왔다.

[크아아아아악!]

피 대신 시뻘건 용암이 잘린 혀끝의 단면에서 터져 나왔다.

고통에 몸부림치는 용제의 머리를 진우가 후려쳤다. 고개가 옆으로 홱 돌아가며 용암이 사방에 흩뿌려졌다.

이어 용제가 세로로 기다란 눈동자를 홉떠 진우를 노려보았다. 그러고는 진우를 뿔로 들이박았다.

일진일퇴의 싸움.

쿠웅!

둘이 부딪힐 때마다 대지가 진동하고 대기가 울부짖었다.

불꽃이 비처럼 떨어지는 곳마다 까맣게 타들어 갔으며, 검은 번개가 내려치는 곳마다 끔찍하게 부서졌다.

처절한 싸움.

어금니는 두 군주의 싸움을 멍하니 지켜보았다.

그 장엄하고 무시무시한 광경에 하이오크 대주술사는 넋 놓고 시선을 뺏긴 채 입을 다물 수가 없었다.

만약.

절대자가 이런 싸움을 보기 위해서 이들을 만들어 냈다면, 그것도 이해할 수 있을 것만 같은 기분이 들었다.

둘의 전투는 그만큼 재앙이었고, 동시에 일대 장관이었다.

전력으로 맞부딪치고 있는 신과 같은 두 존재의 싸움을 보면서 어금니는 눈물을 흘렸다.

파멸의 힘과 죽음의 힘이 한데 엉켜 세상을 뒤흔들고 있었다.

진우는 주먹을 쥔 손에 더욱 힘을 주었다.

콰앙-!

된다.

된다, 된다, 된다!

대기를 찢는 충격파와 함께 들어가는 연타가 매섭게 적중하고 있었다.

쾅! 쾅! 쾅! 쾅!

용제의 날카로운 발톱이 허공을 스쳐 지나가고.

쉬익-!

공격을 피해 잠깐 뒤로 물러섰던 진우가 앞으로 발돋움하며 어깨를 들이밀어 용제를 넘어뜨렸다.

쿠웅-!

쓰러진 용제 위에 진우가 빠르게 올라탔다.

그리고 다시 이어진 연타.

쾅! 쾅! 쾅! 쾅!

위에서 아래로 내리꽂히는 살벌한 일격이 무자비하게 가해졌다.

쾅! 쾅! 쾅! 쾅!

번개가, 불꽃이, 대기가 우는 소리가 끝없이 이어졌다.

그러나.

한 손으로 치명타를 먹이기엔 한계가 분명했다.

마나를 그 한 손에 집중하곤 있었으나 마치 꿈속에서 내려치는 것처럼 시간이 갈수록 점점 힘이 빠져나갔다.

'어떻게 된 거지?'

진우의 얼굴이 굳어졌다.

곧 진우에게 일어난 변화를 용제도 알아챘다. 용제가 손을 내뻗어 진우의 주먹을 잡았다.

덥석.

워낙 순식간에 일어난 일.

주먹을 뺄 수 없게 되어 당황하는 진우에게, 용제가 말했다.

[이것이 경험의 차이다!]

진우의 눈이 커졌다.

"으아아악!"

다른 한 손의 날카로운 손톱을 진우의 옆구리에 박아 넣은 용제가 웃음 섞인 목소리를 뱉어 냈다.

[거대한 힘은 유지하는 것만으로도 엄청난 체력을 소모하지.]

진우를 꼼짝할 수 없게 만든 용제의 입안에서 끔찍한 에너지가 소용돌이치기 시작했다.

싸움의 종지부를 찍기 위한, 파멸의 섬광이 준비되었다.

끝이다-!

용제는 자신의 승리를 확신했다.

그러나.

파멸의 숨결이 막 터져 나오기 직전, 잘려 나갔던 진우의 어깨에서 솟아 나오는 새로운 팔을 보았다.

'아직 그 정도의 힘이 남아 있었단 말인가?'

용제는 경악했지만, 이미 이 상태에서 승패가 뒤바뀔 가능성은 없었다.

용제의 입 안쪽에서 눈부신 섬광이 맺혔다.

그때.

진우가 새로이 만들어 낸 팔을 용제의 입에 쑤셔 넣었다.

"으아아아아-!"

그리고 남은 힘을 바닥까지 긁어모아 손끝에 집중시켰다.

우웅-!

강렬한 충격과 함께 빛이 주위를 뒤덮었다.

빛이 점멸하고.

사방에 고요가 내려앉았다.

거대한 그림자 형태에서 다시 인간 형태로 돌아온 진우가 바닥에 대자로 드러누워 숨을 헐떡였다.

"하아, 하아, 하아……."

온몸이 불에 덴 듯 뜨거웠다.

전신에 성한 곳 하나 없이 상처가 엉망이었다.

가쁘게 숨을 몰아쉬며 호흡을 진정시키려고 애쓰던 진우가 지친 몸을 천천히 일으켰다.

폭발로 깔린 자욱한 안개 너머에서 누군가가 접근하고 있었다.

진우는 모습을 드러낸 인간 형태의 용제를 보고서 혀를 내둘렀다.

'괴물…….'

용제도 멀쩡한 몸은 아니었지만, 진우보다는 훨씬 부상이 덜했다.

[끈질긴 놈이로구나.]

누가 할 소릴.

그러나 대답할 힘도 아끼고 싶었던 진우가 조용히 '카미쉬의 분노' 두 자루를 꺼내어 들었다.

용제도 검을 빼 들었다.

스릉—

영체화를 유지할 힘도 없는 상태에서, 용제는 진우의 숨통을 끊기 위해 마지막 힘을 끌어올렸다.

진우도 숨을 멈추고 이를 악물었다.

단 한 걸음 만에 진우의 코앞까지 도약한 용제가 장검을 휘둘렀다.

두 자루의 단검과 한 자루의 장검이 정신없이 맞부딪쳤다.

서로의 검신이 불똥을 튀기며 부딪칠 때마다 전신에서 미끄러진 땀과 피가 사방으로 비산했다.

그때.

콰직!

용제의 강철 같은 비늘을 공격하느라 날이 많이 상해 있었던 '카미쉬의 분노' 하나가 부서졌다.

'……!'

사선으로 내려오는 검은 몸을 틀어 비껴 나가게 했으나, 그 탓에 유지하고 있던 균형이 살짝 무너지고 말았다.

용제는 빈틈을 놓치지 않았다.

그가 순간적으로 내뻗은 검이 진우의 복부를 뚫고 들어왔다.

푹!

끔찍한 통증이 올라오는 와중에도 진우는 이를 악물고 다른 손에 쥔 단검을 용제의 목을 향해 휘둘렀다.

그러나 단검 끝이 용제의 목젖에 닿기 직전, 용제가 단검 날을 맨손으로 붙들었다.

날에서 일렁이는 검은 오러가 그의 검붉은 오러에 가로막혔다.

용제가 씩 웃었다.

[용의 이빨로 만든 단검이 이 용제의 몸에 들어갈 성싶었더냐?]

용제는 자신만만하게 말하며 장검의 손잡이를 쥔 손에 힘을 주었다.

장검이 복부로 한층 깊이 파고들며 진우가 붉은 피를 울컥 토해냈다.

"커헉-!"

용제는 진우를 발로 밀어내 검을 뽑아냈다.

나가떨어져 바닥을 구르던 진우가 간신히 땅을 짚고 몸을 일으키려 했을 때, 이미 앞까지 다가온 용제의 검 끝이 진우 목을 가리키고 있었다.

'…….'

너무도 가까운 검 끝에 진우는 우뚝 멈춰 섰다.

용제가 웃으며 말했다.

[우습지 않나?]

이미 자신의 승리를 조금도 의심하고 있지 않은 용제가 사로잡은 적의 얼굴을 내려다보았다.

[어둠에서 태어난 불꽃과, 빛에서 태어난 어둠의 싸움이라니. 하나 그 싸움도 이제는 끝이 보이는군.]

진우는 순순히 용제의 말에 동의해 주었다.

"그래. 끝이 보인다."

오호라.

중상을 입은 진우를 위아래로 살피던 용제가 의아함과 즐거움이 반씩 섞인 표정으로 물었다.

[의미 없는 저항은 그만두기로 한 것인가?]

그때.

다 포기한 것처럼 힘이 없어 보였던 진우의 눈빛이 순간적으로 달라졌다.

[……!]

용제가 급히 검을 밀어 넣었으나, 진우는 용제의 예상과 다르게 뒤로 빠지는 것이 아니라 앞으로 나아갔다.

장검이 아슬아슬한 간격을 두고 진우의 동맥 옆을 스쳐 지나갔다. 목의 살점이 떨어져 나가며 피가 분수처럼 튀었지만, 죽음에 이를 치명상은 아니었다.

'할 수 있다.'

중상의 대가로 용제에게 붙을 수 있게 된 진우는 창고에 넣어 둔 아버지의 단검을 불러냈다.

용제의 눈이 커졌다.

그가 미처 상황을 인지하기도 전에, 진우의 단검이 용제의 가슴에 꽂혔다.

콰직!

갑옷을 뚫고 들어간 단검이 용제의 심장을 찔렀다.

[크아아아아아아!]

아직.

아직 더.

군주들이 이 정도의 공격으로는 죽지 않는다는 사실은 진우도 잘 알고 있었다.

자신 또한 인간이었다면 죽어도 이상하지 않은 상처를 입고서 이렇게 싸우고 있으니까.

단검을 뽑아낸 진우가 스킬 '난도'를 날렸다.

~~두두두두두두두두두두~~!

수없이 많은 공격들이 용제의 몸에 박혔다.

한 번 더!

~~두두두두두두두두두두~~!

[네…… 이놈……!]

그러나 무수한 공격이 쏟아지는 와중에서도 용제는 검을 치켜들었다.

진우의 동공에 지진이 일었다.

가슴에 구멍이 뚫리는 중상을 입은 용제가 자신의 단검들을 하나하나 쳐 내고 있었다.

진우의 스킬이 계속될수록, 용제의 속도 역시 빨라졌다.

이것이 바로 오로지 파괴만을 위해, 절대자가 어둠에서 만들어 낸 최강의 생물.

자신이 가장 자신 있었던 속도에서 밀리기 시작한 진우의 이마에 식은땀이 맺혀 갔다.

[캬악!]

용제가 짐승의 포효를 내며 진우를 밀쳐 냈다.

손목이 꺾이는 것 같은 충격.

'크윽!'

진우가 겨우 중심을 잡았을 땐 이미 용제가 눈앞에 있었다. 방금 전과 달리 용제는 검을 멈추는 실수를 범하지 않았다.

검은 심장을 관통해 들어갔다.

"컥!"

진우는 가슴에서 올라오는 불같은 통증을 느꼈다.

숨통이 조여 와 말조차 제대로 나오지 않았다.

힘이 풀린 다리가 굽혀져 자연스레 무릎이 꿇어졌다.

털썩.

그래도 분이 풀리지 않는지 용제가 하늘을 향해 거친 포효를 터트렸다.

크아아아아아아아아아―!

어느새 인간 형태와 드래곤 형태의 중간쯤인 용인족의 모습으로 변한 용제가 자신의 손톱을 길게 늘였다.

용의 그르렁거리는 음성이 입 밖으로 흘러나왔다.

[네놈, 갈가리 찢어 죽여 비룡들의 먹이로 삼겠다!]

그림자 군주를 왕답게 마지막 예의를 다해 처형하려 했던 것이 실수라면, 그 실수를 만회하고 남을 만큼 잔악한 죽음을 준다.

이 용들의 왕에게 마지막까지 저항한 자의 최후를 보여 주겠다!

그렇게 분노한 용제가 길고 날카로운 이빨을 드러내며 울부짖고 있을 때.

별안간 하늘에서 함성이 터져 나왔다.

와아아아아―!

용제가 고개를 들었다.

그러자 믿을 수 없는 광경이 눈앞에 펼쳐졌다.

거대한 게이트들을 통해 지배자들의 군대가, 하늘의 병사들이 끝도 없이 쏟아지고 있었다.

펄럭이는 날개들이 먹구름에 가려져 있던 검은 하늘을 새하얗게 채워 나가고 있었다.

'불가능한 일……!'

용제는 경악했다.

분명.

이곳에 도착했을 땐 게이트가 보이지 않았다.

그런데 저 게이트들은 대체 어디서 생겼으며, 왜 바로 병사들이 드나들 수 있다는 말인가?

이쪽 세계와 저쪽 세계를 바로 연결할 수 있는 게이트를 열려면 계산도 힘들 정도의 막대한 에너지가 필요할 텐데.

거기까지 생각이 미친 순간.

용제가 떨리는 눈으로 숨을 헐떡이고 있는 진우를 바라보았다.

[네놈…… 설마 처음부터 모든 힘을 다해 나를 공격한 것이……?]

경험의 차이에서 나온 것이 아니라 처음부터 이것을 노리고 한 행동이었나?

거대한 힘의 충돌로 공간을 찢어 저편의 아군들을 불러들이기 위해?

용제는 오로지 자신의 시선으로만 그림자 군주의 의도를 짐작해 왔었다.

군단의 시선을 끈 것도, 자신을 이리 데려온 것도.

모두 자신과의 싸움을 방해받지 않기 위해서라고만 생각했었다.

그러나 그림자 군주의 목적은 따로 있었다.

하지만.

[하지만…… 네가 지배자들과 연락을 주고받을 수 있는 방법은 없었을…….]

용제는 말을 이을 수가 없었다.

방법이 있었다.

지배자들의 그릇.

지배자들이 힘을 빌려주어 그들과 연결되어 있는 그릇들이 아직 남아 있지 않았던가.

그래서 그들은 정확히 이곳을 향해 게이트를 준비했던 것이다.

[…….]

용제가 진우를 노려보았다.

그는 만에 하나, 싸움에서 지더라도 전쟁에서는 이길 수 있는 방법을 선택해 덤벼들었다.

그저 싸움만 보고 있었던 자신의 완패였다.

상처의 통증을 간신히 참아 내고 있던 진우가 힘없이 웃었다.

"너지?"

[……?]

"백염의 군주와 송곳니 군주, 둘에게 그림자 군주를 치라고 뒤에서 지시한 게."

[……백염의 군주 놈이 떠들었나?]

진우는 대답 대신 병사들이 까맣게 내려오고 있는 하늘을 보다가, 다시 용제를 바라보며 입가에 미소를 머금었다.

"아스본이 너한테 안부 좀 꼭 전해 달라더라."

진우가 중간 손가락을 들어 올리자, 용제의 눈깔이 뒤집혔다.

[네놈!]

날카롭게 세운 손톱이 무방비로 앉아 있는 진우에게 쇄도했다.

그러나.

손톱은 진우에게 닿지 못하고 진우를 감싸 안은 아름다운 여섯 장의 날개에 막혔다.

멈춰 서서 손톱을 거둬들인 용제가 자신을 막아선 인물을 보고 신음하듯 말했다.

[가장 찬란한 광휘…….]

용제가 고개를 들었다.

머리 위에서 여섯 장의 날개를 가진 천사 여섯이 천천히 내려서고 있었다.

싸움의 끝이 보인다.

용제는 진우와 나눴던 대화를 떠올리며 자조적인 미소를 지었다.

[……끝이군.]

곧 지배자들의 창이 용제의 몸을 사방에서 꿰뚫었다.

최종화. 싸움의 끝

최종화. 싸움의 끝

두 군주의 처절했던 싸움은 하늘에도 흔적을 남겼다.

싸움의 여파로 하늘 위까지 치솟았던 재가 눈처럼 조용히 떨어져 내렸다.

어깨에 하나둘 내려앉기 시작한 재를 바라보던 진우가 고개를 들었다.

저 멀리, 위에서.

하늘을 뒤덮고 있던 지배자의 병사들이 무수한 게이트들을 통해 이동하고 있었다.

수천만에 달하는 병사들이 지배자들의 지시에 따라 일사불란하게 움직이는 장면은 그야말로 압도적인 장관이었다.

그들의 목적은 남아 있는 군주의 병사들을 모두 제거하는 것.

이미 용제를 비롯한 다수의 군주들이 죽어 버린 현시점에서 군주의 병사들에게 승산은 없었다.

그러니.

하늘의 병사들은 그들에게 이 길고 길었던 전쟁이 끝났음을 고하러 가는 것이었다.

진우는 그들의 출전을 보면서 왠지 모르게 가슴이 먹먹해짐을 느꼈다.

그런 진우의 앞에, 병사들을 지휘하고 돌아온 '가장 찬란한 광휘'가 내려섰다.

어떤 미사여구로도 형언하기 힘들 만큼 아름다운 생명체가 활짝 펼치고 있던 여섯 장의 날개들을 한꺼번에 접었다.

다른 지배자들도 하나둘씩 '가장 찬란한 광휘' 뒤편에 내려섰다.

광휘는 진우를 보았다.

언뜻 보기엔 평범하기 이를 데 없는 인간.

'그러나 그 인간 하나가 우리들과 군주들의 전쟁을 끝냈다.'

누가 상상이나 했을까?

절대자에서 시작된, 끝이 보이지 않던 전쟁이 이 머나먼 세계의 나약한 존재 손끝에서 막을 내리게 될 것을.

적어도 자신은 생각하지 못했다.

그래서.

그 놀라움은 경의가 되어 진우에게 돌아갔다.

[그대가 우리들의 전쟁을 끝냈다. 어떻게 감사해야 할지 모르겠군.]

"……."

하늘에서 떨어지는 재들을 말없이 올려다보고 있던 진우가 고개를 돌려 광휘를 바라보았다.

"그 대가라고 하기엔 좀 미안하지만 부탁이 하나 있는데."

[부탁……?]

광휘는 조금 의아하다는 얼굴을 했다.

그림자 군주의 힘은 이미 자신들과 동급, 혹은 그 이상일지도 모른다.

그런 그가 부탁이라니?

광휘의 혼란스러움을 덜어 주려는 듯, 진우는 상대가 묻기 전에 먼저 대답했다.

"당신밖에 들어줄 수 없는 일이다."

광휘는 고개를 끄덕였다.

[내 힘이 닿는 범위 내에서라면 얼마든지 그대를 돕겠다.]

용제를 잡는 데 큰 공을 세운 그림자 군주에게는 씻기 힘든 은혜를 입었다.

부탁을 들어주지 못할 이유 같은 건 없었다.

그런데.

진우의 입에서 차마 그가 들어주기 힘든 부탁이 튀어나왔다.

"한 번만 더…… '윤회의 잔'을 사용해 주겠나?"

광휘는 뒤통수를 얻어맞은 것 같은 충격을 느꼈다. 그의 뒤에 늘어선 지배자들도 경악을 금치 못했다.

그들을 대표하여, 광휘가 확인했다.

[지금 '윤회의 잔'을 이용해 시간을 돌리고 싶다는 요구를 한 것인가?]

"그래."

진우는 고개를 끄덕여 보인 후.

설명을 이었다.

"그리고 시간을 돌리고 나면 지구에는 아무것도 보내지 말았으면 좋겠어. 군주들과 그들의 군대는 내가 차원의 틈새에서 처리하겠다."

시간을 돌리려 하는 이유를 듣고서 광휘는 충격에 말을 이을 수가 없었다.

'혼자서…… 혼자서 이 전쟁을 이어받겠다고?'

진우는 전대 그림자 군주에게 윤회의 잔에 대한 설명을 들었다.

신의 도구를 이용해 시간을 돌린다고 해도 지배자들이나 군주들 같은 상위 존재들의 의식은 그대로 남아 있다고 했었다.

그렇다면.

아스본과 자신의 의식이 한데 합쳐져 자신의 손에 넘어온 그림자 군주의 능력이 사라질 가능성은 없다.

진우는 그 힘과 기억을 가지고서 차원의 틈새로 들어갈 작정이었다.

[혼자서 군단 전부를 상대하겠다고?]

광휘는 믿을 수 없다는 듯 말했다.

[어째서 그렇게까지 하려는 거지? 우리도 '윤회의 잔'을 거듭 사용해 왔었지만 이 이상의 결과를 얻은 적은 없었다.]

'…….'

손에 들린 아버지의 단검을 내려다보았던 진우가 차분히 대답했다.

"이 싸움으로 너무 많은 사람들을 잃었다. 나는 그들을 되찾고 싶다."

시간을 되돌려 그들을 살릴 수 있다면.

진우는 그들과의 싸움을 다시 시작할 각오가 되어 있었다.

눈을 감고서 잠깐 생각할 시간을 가졌던 광휘는 진우의 대답에 공감했다. 그러나 시간을 되돌리는 것은 너무나 위험한 일이었다.

['윤회의 잔'은 거의 생명을 다했다. 만에 하나라도 그대가 실패하는 경우 더 이상 시간을 돌릴 수는 없을 것이다.]

그 말은 지금보다 훨씬 더 가혹하고 끔찍한 미래가 다가올 수 있다는 뜻.

어쩌면 지금 현재의 상황이 최선일지도 모른다는 얘기였다.

[그대는 그대가 원한다면 군주들의 침략을 막아 낸 영웅으로서 영원히 사람들의 기억 속에 남을 수 있다. 그러나…….]

광휘의 표정에 알아보기 쉬운 슬픔이 깃들었다.

[지금 그대가 시작하고자 하는 싸움은 그대 외에는 어느 누구도 기억하지 못한다. 진다면 파멸이 기다리고 있고, 이긴다 해도 승리를 기뻐해 줄 이는 없다.]

광휘는 다시 한번 진우의 뜻을 확인했다.

[그런데도 정말 시간을 되돌리고 싶은가?]

대답에 앞서 진우는 눈을 감고서 자신의 사람들을 떠올렸다.

그들의 그림자에 심어 두었던 그림자 병사들의 눈이 그들의 현재 모습을 비춰 주었다.

어머니와 동생은 서로의 두 손을 꼭 붙들고서 일본에서 보내오는 뉴스를 걱정스레 지켜보고 있었다.

눈을 꼭 감은 차해인은 누군가에게 간절히 기도하고 있었고, 우진철 협회장은 뉴스를 켜 놓은 채 눈물을 글썽이고 있었다.

그들의 진심이 전해져 와 진우는 가슴 한편이 따스해짐을 느꼈다.

눈을 떴을 때.

진우는 마음의 결정을 내렸다.

"돌아가겠다."

내게 남아 있는 사람들과, 그렇지 못했던 사람들.

고건희 협회장님, 애덤 화이트, 그리고 아버지의 얼굴이 스쳐 지나갔다. 그 외에도 수많은 사람들이 전쟁에 희생됐다. 이제 그 누구도 다시는 잃지 않겠노라 진우는 다짐했다.

진우의 각오는 광휘의 눈에도 확실히 보였다.

[…….]

지배자들이 '결코 사용해서는 안 될 신의 도구'까지 써 가며 이 세상을 구하고자 했던 것은 이곳이 그들의 전쟁과 무관한 장소였기 때문이다.

그런데.

이 세계의 주민 중 하나이자 세계를 구하기도 한 영웅이 스스로 결정을 내렸다.

세계의 일부가 아닌, 세계의 전부를 자기 자신의 힘으로 구하고 싶다고.

혼자서 그 짐을 짊어지겠다고.

문득.

진우의 얼굴에서 전대 그림자 군주의 얼굴이 겹쳐 보였다.

주인인 절대자를 지키기 위해, 온 하늘을 뒤덮은 하늘의 병사들 앞에서도 끝까지 물러서지 않았던 그 고지식한 동료가.

그는 무서운 적이었지만 그만큼 존경했었다.

'……그와 닮았군.'

아스본을 떠올린 광휘의 얼굴에 옅은 미소가 어리었다.

[알겠다. 건투를 빌지.]

“잠깐.”

진우가 물었다.

“과거 시간에서 존재하지 않는 그림자 병사들은 어떻게 되는 거지?”

예를 들면 베르.

원래 아스본의 병사들이야 그대로 그림자에 남아 있겠지만, 10년 전에는 존재하지 않았던 베르나 그때는 ‘황동수’라는 인간이었을 그리드는 어떻게 되는 걸까?

광휘는 자신이 아는 대로 설명해 주었다.

[과거의 시간 축에 겹치는 존재는 소멸하고, 겹치지 않는 존재들은 그대로 남을 것이다.]

요컨대 베르는 남아 있고, 그리드는 없어진단 말인가.

그러자 그림자 속에서 병사들의 통곡 소리가 들려왔다.

헤어져야 할 병사들에게 마음속으로 작별 인사를 보낸 진우가 고개를 들고 씩 웃었다.

“준비됐어.”

아공간에서 ‘윤회의 잔’을 불러들인 광휘가 고개를 끄덕였다.

[부디 그대의 용기가 그대의 세상을 구할 수 있기를.]

곧 빛이 세상을 뒤덮었고.

지역 신문에 ‘해야 할 일이 있다’라는 쪽지를 남기고 사라진 중학생에 대한 작은 기사 하나가 실렸다.

그로부터 2년 후.

실종되었던 중학생이 거짓말처럼 멀쩡히 집으로 돌아왔다는 소식에 잠깐 떠들썩해졌던 세상은 언제나 그렇듯 다시 잠잠해졌다.

그리고 시간은 아무 일 없이 조용히 흘러갔다.

더 이상 게이트나 마수, 마수들을 사냥하는 헌터가 나타나는 일은 없었다.

* * *

신입생 환영회에 참석한 유진호는 뻣뻣하게 굳어 있었다.

여기저기서 삼겹살 굽는 냄새가 진동하는 가운데서도 긴장감 덕분인지 도저히 식욕이 일지 않았다.

그런데 어째서일까?

비록 지금은 신분을 숨긴 채 지내고 있다지만, 재벌가의 차남으로 남부럽지 않게 살아온 자신에게, 이 냉동 삼겹살 전문점이 묘하게 낯설지 않았다.

'왜지?'

고개를 갸웃거리고 있는 유진호에게 선배 하나가 어깨를 척 걸쳐왔다

"진호야, 얼굴 좀 펴라. 누가 보면 너 잡아먹는 줄 알겠다."

당황한 유진호의 목소리가 올라갔다.

"아, 아닙니다, 선배님!"

"그러니까 지금 그런 걸 하지 말라는 거야."

장난스럽게 껄껄 웃어 대던 선배가 슬며시 미소를 거두었다.

"아, 그래도 혹시 모르니까 그 선배 앞에서는 좀 조심하는 게 좋아. 우리 과에 진짜 무서운 선배님이 한 분 계시거든."

"헉."

유진호의 얼굴이 굳어졌다.

"왜 있잖아? 막 후배들한테 기합을 주거나 하는 스타일은 아닌데, 그냥 옆에 있는 것만으로도 카리스마가 장난이 아닌……."

그런 사람이라면 가까운 곳에도 한 명…….

유진호는 잠깐 머릿속으로 철혈의 CEO로 불리는 아버지의 얼굴을 떠올렸다가 상념을 떨치려는 듯 크게 고개를 저었다.

선배는 취기가 돌기 시작했는지, 그 무서운 선배에 대해 신나게 떠들어댔다.

"너 차해인 선수 알아?"

"그…… 얼마 전에 육상계의 아이돌로 유명했던 그 차해인 선수 말씀이신가요?"

"그래, 그 차해인 선수가 선배님 여친이라니까. 어이쿠, 저기 오신다."

가게 안으로 들어서는 남자를 보고 벌떡 일어난 선배가 허리를 숙였다.

"선배님 오셨습니까."

"선배님!"

"선배님!"

깍듯하게 인사하는 선배들을 보면서 유진호는 방금 선배의 설명이 허풍이 아니었음을 느낄 수 있었다. 한 사람의 등장으로 왁자지껄하던 신입생 환영회의 공기가 달라졌다.

괜한 긴장감에 마른침이 힘겹게 목구멍을 타고 넘어갔다.

꼴깍.

그런데 재수가 없는 놈은 뒤로 넘어져도 코가 깨진다더니, 감히 무서워서 고개도 들지 못하고 있는 유진호 옆에 그 선배가 털썩 앉았다.

'아…… 선배님, 왜 하필 이 많은 자리를 두고 제 옆자리에 앉으십니까.'

고개를 푹 숙인 채 속으로 한숨을 토해 내고 있는 유진호에게, 그 무서운 선배는 뭔가가 가득 찬 유리컵을 내밀었다.

"한 잔 받아."

신입생에게 권하는 한 잔이 소주잔이 아니라 유리컵이라니.

역시 장난이 아닌 선배라고 생각하며, 유진호는 실수가 없도록 조심스레 잔을 받아 들었다.

'술은 자신 없는데…….'

눈을 질끈 감고서 안에 든 액체를 억지로 삼키던 유진호가 곧 눈을 동그랗게 뜨고 물었다.

"서, 선배님, 이거 사이다인데요?"

"그래."

그 무서운 선배는 전혀 무섭지 않은 표정을 하고서 손에 든 사이다병을 흔들었다.

"넌 나랑 이거나 마시자."

어째서인지 선배는 오랜만에 반가운 사람을 다시 만난 것 같은 표정을 하고 있었다.

"그리고 진호야, 나한테 섭섭하게 선배님이 뭐냐, 선배님이."

선배는 빈 잔을 다시 사이다로 채워 주며 친근하게 말했다.

"앞으로는 형이라고 불러."

"네?"

"왜, 싫어?"

살가웠던 선배의 눈빛이 진지해지자 본능적으로 허리를 곧추세운 유진호가 힘차게 대답했다.

"아, 아닙니다, 형님!"

어라?

유진호는 자신도 모르게 내뱉은 형님이라는 단어가 너무 입에 착 달라붙는 것이 의아했다.

'그리고…… 내가 선배님께 이름을 말씀드린 적이 있었던가?'

고개를 갸웃거리고 있는 유진호에게 선배가 잔을 부딪쳐 왔다.

"건배."

어떻게 된 일인지 그 미소가 낯설지 않다는 느낌과 함께, 눈시울이 붉어진 유진호가 잔을 다시 한번 부딪치며 말했다.

"건배!"

* * *

수화기 너머에서 불만 섞인 유진호의 목소리가 이어졌다.

–아, 형님. 오늘은 왜 과방 안 나오셨습니까?

진우가 웃으며 대답했다.

"오늘은 잠깐 볼일이 있어서. 참, 진호야."

–네, 형님?

"중요한 사정이 생겨서 그러니 오후 수업은 대리 출석 좀 부탁한다."

–네? 형님? 형님?

애타게 자신을 부르는 목소리를 뒤로하고 진우는 전화를 끊었다.

뚝.

고개를 들어 올린 진우의 눈앞에 큼지막한 병원의 이름이 보였다.

서울 일신 종합병원.

오늘 여기서 만나야 할 사람이 있었다.

잠깐 멈춰 서서 옷매무새를 단정히 다듬던 진우가 병원 쪽으로 걸음을 돌렸을 때였다.

옆으로 낯익은 얼굴 하나가 스쳐 지나갔다.

티를 낼 생각은 없었는데.

잠깐 시선이 머물렀기 때문인지, 그녀가 진우를 향해 돌아섰다.

"……?"

주희였다.

겁이 많던, 그래도 자신에게 주어진 힘이 쓸모없이 버려지는 걸 피하기 위해 협회에 들어와 최선을 다했던 B급 힐러.

그랬던 그녀가 지금은 여느 여대생들과 다름없는 모습으로 진우를 마주 보고 있었다.

헌터가 아닌 모습이 너무도 잘 어울려 진우는 저도 모르게 입가에 미소를 머금었다.

진우를 뚫어지게 바라보던 주희가 어렵게 말을 꺼냈다.

"저기 우리…… 어디서 만난 적 있지 않나요?"

반가운 인사말이 목구멍 바로 아래까지 치솟아 올라왔다.

그러나 진우는 고개를 저었다.

"아니요."

그리고 미련 없이 돌아섰다.

잠시 진우의 뒷모습을 바라보던 주희가 고개를 갸웃거리더니 다시 가던 길을 걸어갔다.

진우는 멀어져 가는 그녀의 발소리를 들으며 만족스러운 미소를 얼굴에 띠었다.

자신이 지켜 낸 것이다.

평화로운 일상을.

그들이 원래 가져야 했던 평온한 시간들을.

가끔 이렇게 자신의 희생으로 만들어진 평온의 증거들과 마주할 때, 진우는 모든 수고를 보상받는 것 같은 더할 수 없는 보람을 느꼈다.

그러니까.

'그걸로 됐어.'

그걸로 된 것이다.

잠깐 병원 앞에 멈춰 서서 지워지지 않는 화상이 남아 버린 자신의 왼쪽 손바닥을 내려다보던 진우가 천천히 병원 안으로 들어섰다.

언젠가 누가 이 상처에 대해 물어 온다면 이렇게 대답해 주리라.

세상을 구하기 위해서 입었던 상처라고.

* * *

주치의가 병실로 들어오자 환자가 손짓했다.

"나 좀…… 일으켜 주겠나?"

급히 달려온 주치의는 누워 있던 환자의 상체를 조심스럽게 일으켜 앉을 수 있게 만들어 주었다.

"고맙네."

그런데.

환자의 침대 옆 탁상 위에 주치의가 그동안 보지 못했었던 목재 병 같은 것이 하나 놓여 있었다.

"이건 뭡니까, 회장님?"

고목같이 말라비틀어진 환자가 고통스러운 기침과 함께 말했다.

"방금 어떤 젊은이가 와서 내게 주고 갔다네."

주치의는 당황스럽다는 표정을 지었다.

여기는 병원 VIP실이고, 병실 문은 건장한 가드 두 사람이 상시 지키고 있으며, 주치의인 자신의 허가 없이는 함부로 들어올 수 없었다.

그런데 누가 어떻게 여기에 들러 병을 놓고 갔다는 말인가?

"신기한 일이지……. 한데 그 청년이 내게 해 준 설명은 더 믿기지 않는 것이었다네."

지금은 사라진 시간대 속에서 자신은 청년과 함께 괴물들에 맞서 싸웠으며, 청년은 지금 그때의 보답으로 이렇게 선물을 들고 찾아왔다는 것이었다.

"그러고는 그냥 그렇게 사라져 버렸다네. 마치 신기루처럼. 처음부터 거기 없었던 사람처럼."

증거가 없었다면 주치의도 쉽게 믿지 못할 이야기였다.

그러나 청년이 주고 갔다는 선물은 그대로 남아 있었다.

이걸 어떻게 반응해야 할지 주치의가 고민에 빠져 있는 사이, 환자가 떨리는 손가락 끝으로 목재 병을 가리키며 말했다.

"이리…… 내게로."

주치의가 목재 병을 환자의 손에 넘겨주었다.

환자는 병을 내려다보며 웃었다.

“이 안에 든 걸 마시면 내 병이 아주 씻은 듯 나을 거라고 하더군. 허허.”

“회장님, 설마 그 말을 믿으시는 건…….”

“나는 지쳤다네.”

회장은 딱 잘라 말했다.

“한 가지만 묻지. 내가 이걸 마시지 않으면 앞으로 얼마나 더 살 수 있는가?”

“…….”

주치의는 대답할 수 없었다.

지금도 현대 의학을 총동원해 겨우 목숨만을 붙여 놓았을 뿐.

살아 있는 것이 기적이라 할 수 있는 단계였다.

말을 하지 못하는 주치의를 보고서 회장이 혀를 끌끌 차다 말했다.

“만약 내가 이걸 마시고 잘못되거든 말이야…… 내 묘비에 이렇게 새겨 주게. 고건희 회장, 마지막까지 포기하지 않고 병마와 싸우다 이곳에 묻혔다고.”

“회장님…….”

의사로서 당연히 막아야만 하건만.

주치의는 비장한 얼굴로 마개를 열고 있는 고건희 회장을 막을 수가 없었다.

고건희는 병을 들어 안에 담긴 액체를 힘겹게 들이켰다.

꼴깍꼴깍.

마지막 남은 한 방울까지 입안에 다 털어 넣고서, 그는 이 병을 남기고 난 청년에 대해 떠올렸다.

그의 눈빛을 되새겼다.

어떤 말을 들어도 그런 눈빛을 하고 있는 사내라면 믿어 볼 만한 가치가 있다고.

고건희는 그렇게 판단했다.

그리고 약을 모두 마시고 나자.

두근.

두근, 두근, 두근.

죽어 가던 심장이 다시 세차게 뛰기 시작했다.

심장이, 뛰었다.

외전

외전

1.

길을 걷다 마주치는 학생들 아무나 잡고서 한번 물어보라.

너는 장래에 어떤 직업을 가지고 싶냐고.

백이면 백.

셋 중 하나가 나온다.

유명 헌터, 대형 길드 직원, 그리고 헌터협회 직원.

조금 덜떨어진 아이는 가능성도 없는 유명 헌터가 되기를 소원하며 하루하루 시간을 허비할 것이고.

그보다 좀 나은 아이는 자기 능력에 비례하여 연봉을 받게 되는 대형 길드에 취직되길 원할 것이고.

가장 똑똑한 아이는 보수가 대형 길드 못지않게 나오면서도 준공무원 취급을 받아서 잘릴 위험이 덜한 헌터협회 직원을 택할 것이다.

나는 똑똑한 아이였다.

그것도 상당히.

그래서 내가 처음으로 헌터협회에 들어가겠다고 말씀드렸을 때, 아버지와 어머니는 다른 부모님들과 다르게 약간은 슬퍼하셨다.

아버지는 판사가, 어머니는 의사가 되었으면 했다고 하셨다.

물론 하나밖에 없는 아들인 내가 두 분의 직업을 이어 줬으면 하는 부모님들의 바람을 모르는 것은 아니었다.

그러나 내게는 꿈이 있었고, 그 꿈은 내가 헌터협회의 직원이 되는 데 가장 큰 공헌을 했다.

-자네는 왜 헌터협회의 일원이 되고 싶은가?

뻣뻣하게 굳은 얼굴로 면접장에 앉아 있는 내게 고건희 협회장님께서 던지신 한마디.

긴장한 나머지 다른 면접관분들의 질문을 엉망으로 대답하고서 스스로를 자책하고 있던 내 정신을 번쩍 돌아오게 한 그 질문이 귓가에 들려오는 순간.

나의 눈빛은 달라졌다.

적어도 나 스스로는 눈에 있는 힘껏 힘을 주고서 대답했다고 기억한다.

-지금도 많은 곳에서 헌터님들이 목숨을 걸고 민간인들을 지키고 있습니다. 그렇다면…… 헌터님들을 위해서 목숨을 거는 사람들은 어디에 있습니까?

헌터협회의 일원이 되어 헌터님들을 지키는 쪽에 서고 싶다고, 나는 목소리를 높였다.

'오-' 하는 작은 탄성이 옆에서, 그리고 앞에서 들려왔던 것은 긴장해 있던 나의 착각이었을까?

그러나 그 당시 고건희 협회장님의 입가에 슬며시 떠올랐던 미소만큼은 분명히 기억하고 있다.

그렇게 나는 남들이 선망해 마지않는 헌터협회의 직원이 될 수 있었고, 약간은 아쉬워하는 부모님의 배웅을 받으며 정든 고향을 떠나 이곳 한국 헌터협회 서울 본부로 올라왔다.

헌터들을 지키는 헌터협회 직원이 되자는 내 꿈의 첫걸음이 성공적으로 이루어졌기 때문에.

나는 들떠 있었다.

어쩌면 모든 일이 내가 원하는 대로 흘러가는 것이 아닐까, 하는 막연한 기대감마저 품고 있었다.

하지만 출근 첫날, 헌터협회에 대한 환상은 박살이 났다.

헌터들을 위해 나만이 할 수 있는 무언가가 아직 남아 있을 것이라는 생각은 착각이었다.

각성자와 게이트, 그리고 마수들이 세상에 나타나기 시작한 지 어느덧 9년째.

이미 수많은 실패와 시행착오를 거친 사회는 안정기로 접어들고 있었고, 이제 사회인으로서 겨우 첫발을 내디딘 협회의 말단 직원 따위가 거기에 개입할 수 있는 일은 애초에 없었던 것이다.

헌터들을 돕고 싶다는 본인의 희망에 따라 '지원과'에 배정된 나를 기다리고 있었던 일들은 온갖 잡무였다.

그것도 좋게 말해 삽무지, 실은 협회 소속 헌터들의 뒤치다꺼리나 다름없었다.

—아니, 옆 동네에서는 레이드 전에 헌터들한테 커피나 간식도 주고 그런다던데 우리는 뭐 없어?

—내가 급하게 쓸 일이 생겨서 그런데, 이번 달 정산비만 좀 미리 좀 땡겨 쓸 수 없을까?

—제가 오늘 레이드에 끼면 우리 애를 데리고 와 줄 사람이 없어서요. 직원분이 오늘만 좀 수고해 주시겠어요?

매번 이런 식이다.

돈이 안 되는 하급 게이트들도 어느 누군가는 처리를 해야 하는데, 헌터들의 숫자는 한정되어 있으니 그들의 기분을 맞춰 주는 수밖에.

만에 하나 헌터들에게 클레임이라도 걸려 오면 최악의 하루가 기다리고 있고, 클레임을 걸었던 헌터가 덜컥 협회를 나가 버리기라도 하면…….

그런 사태를 막기 위해 백방으로 뛰어다니는 동안.

이상과 다른 현실에 나는 서서히 지쳐 가고 있었고, 지쳐 가는 만큼 확실하게 적응해 가고 있기도 했다.

그러던 어느 날.

무기력한 시간을 보내고 있던 내게 한 통의 전화가 걸려 왔다.

띠로로로— 띠로로로—

울리는 전화를 보며 이번엔 또 어떤 헌터님께서 불평불만을 털어놓으려고 이렇게 열심히 전화를 거시나, 하고 한숨과 함께 수화기를 들어 올렸을 때였다.

전화를 받자마자, 수화기 너머에서 흥분한 목소리가 터져 나왔다.

–성 씨는 보내지 말라고 그렇게 말했는데 왜 자꾸 말을 안 들어!

무슨 이야기인지 모르겠지만 일단은 사과부터다.

"죄송합니다, 헌터님. 레이드팀을 만드는 과정에서 뭔가 착오가 있었던 것 같습니다. 무슨 일인지 천천히 말씀해 주시겠습니까?"

–아니, 천천히고 자시고 이 사람아. 나는 우리 팀에서 송장 치우기 싫다니까? 약해서 툭하면 쓰러지는 인간을 자꾸 헌터랍시고 우리 팀에 밀어 넣으면 뒷감당은 어떻게 하라고 이러는 거야? 다음번에도 이러면 그냥 내가 때려칠 거야!

일방적으로 끊어지는 전화.

머릿속으로 참을 인 자를 새겨 가며 수화기를 내려놓은 나는 이어지는 클레임을 막기 위해 그 사람이 언급하던 헌터의 자료를 찾기 시작했다.

리더의 지시에 불응해서, 마음이 안 맞아서, 생각보다 잘 싸우질 못해서.

각양각색의 이유만큼이나 팀원을 바꿔 달라고 하는 요구는 흔한 일이었기에, 그때까지는 대수롭지 않게 생각하고 있었다.

그러나.

'성 씨, 성 씨…… 이름이 진우라고 했었지?'

성진우 헌터의 개인 기록을 보게 된 나는 뭔가 일이 잘못 돌아가고 있음을 깨달았다.

'어……?'

랭크는 E급.

마력 수치는 그 E급 헌터들 중에서도 최하.

'수치만 보면 이건 일반인하고 다름없는 정돈데?'

당연히 그의 기록에는 부상 일자가 빼곡히 적혀 있었다.

"맙소사."

놀라움에 그의 파일을 덮어 버린 내 심장이 거칠게 뛰기 시작했다.

이건…… 이건 잘못된 일이다.

여기서 내가 그의 사정을 못 본 척한다면 그는 머지않아 정말로 죽게 될지도 모른다.

문득 나는 면접장에서 밝혔던 포부를 떠올렸다.

헌터들은 시민들을 위해 목숨을 걸고 있는데, 헌터들을 위해서는 누가 목숨을 걸고 일을 하는가?

나는 고개를 끄덕였다.

처음으로.

헌터협회에 들어온 지 약 1년 만에 처음으로 내가 해야 할 일이 생겼다.

* * *

내가 가장 먼저 한 일은 상사를 찾아가는 것이었다.

그러나 내 선임자에서부터 선임자의 상사, 그 상사의 상사까지. 누구 하나 귀찮은 일에 선뜻 관계되려 하지 않았다.

결국 나는 '지원과'의 부서장을 찾아가야 했다.

"과장님, 이건 한 사람의 생명이 달려 있는 문제입니다. 피하기만 하신다고 해결될 문제가 아니란 말입니다."

평소 말 잘 듣고 일 잘하던 막내의 돌변한 모습에 과장은 곤욕스럽다는 표정이었다.

그러나 나는 해야 할 말을 멈추지 않았다.

“만약 그 헌터가 레이드 도중에 죽기라도 한다면 가족들에게 어떻게 말하려고 그러십니까?”

“어허, 이 사람이 불길한 소릴…….”

“그만큼 성진우 헌터가 위험에 처해 있다는 소립니다. 보십시오, 그의 입원 기록들을. 여태까지 그가 무사한 것도 거의 기적이나 마찬가집니다.”

“…….”

잠시 내가 뽑아 온 자료들을 훑어보던 과장님이 고개를 들었다.

“그럼 자네 말은 성진우 씨가 헌터 활동을 할 수 없도록 협회 차원에서 조치가 있어야 한다 이건가?”

“네, 그렇습니다.”

그렇지 않고 계속 헌터로 활동한다면 그는 결국 죽게 될 테니까.

“자네, 지금 그 헌터의 사정은 다 알고서 하는 말이겠지?”

나는 고개를 끄덕였다.

그의 어머니가 중환자실에 있으며, 생명 유지 장치가 없이는 단 하루도 살 수 없다는 사실을 알고 있었다.

그가 협회 소속으로 활동하고 있기 때문에 치료비를 지원받을 수 있다는 것도.

“그러나 익면증에 걸린 사람이 다시 눈을 뜬 경우는 없습니다. 죽은 사람을 위해서 산 사람이 죽을 수는 없지 않습니까?”

지금도 수많은 이들이 익면증으로 죽어 가고 있었다.

안타까운 일이지만, 언제까지 그의 어머니를 위해 그를 사지로 몰아넣을 수는 없었다.

그라도 살려야 한다.

과장님의 만류와 설득에도 나는 결코 의지를 굽히지 않았다.

그러자 과장님께서 결국 고개를 끄덕이셨다.

"좋아."

금방 얼굴이 환해지는 내게 과장님이 말을 덧붙이셨다.

"단, 자네가 직접 성진우 헌터를 설득시킨다면. 그가 직접 그만두겠다고 하면 그렇게 하겠네."

각오했던 바다.

그의 동의 없이 그를 강제로 쫓아낼 생각 따윈 처음부터 하지도 않았다.

가장 힘든 과정을 앞두고서.

"알겠습니다."

나는 과장님께 비장한 얼굴로 고개를 끄덕였다.

* * *

정말 내가 살아가면서 뭔가를 이렇게까지 열심히 했던 적이 있는가?

그런 생각이 들 정도로 나는 많은 자료를 준비했다.

높은 사람들 앞에서 거창한 발표를 하거나, 어려운 시험에 합격하기 위해서가 아니라.

성진우 헌터 단 한 사람을 설득하기 위해서.

'나이가 스물셋……. 나보다 6살이나 어린 동생뻘이다.'

철저했던 준비 덕분에 어느 정도 자신감도 있었다.

자신을 죽음으로 내몰고 있는 그의 무모함을 꾸짖을 수많은 근거와 자료들이 코앞에 놓여 있었으니까.

나는 그 자료들을 하나하나 들추며 그에게 왜 헌터를 그만둬야 하는지 얘기할 생각이었다.

어머니의 목숨만큼 자신의 목숨도 소중히 여겨야 한다는 훈계까지 곁들여.

딸랑.

카페의 문이 열리고 프로필의 사진으로만 보아 오던 그 얼굴이 카페 안으로 들어섰다.

그를 보자마자 나는 굳어 버렸다.

카페 안을 두리번거리던 그는 곧 나를 찾아내어 내 맞은편 자리에 천천히 앉았다.

"안녕하세요."

내게 인사를 건네는 그에게 나는 준비해 왔던 어떤 말도 꺼낼 수가 없었다.

* * *

"우리도 안 해 본 게 아니야."

과장님이 내민 소주잔을 한 번에 들이켜며, 나는 오만상을 찌푸렸다.

소주가 써서 그랬는지, 내 마음이 무거워서 그랬는지. 구겨진 인상이 쉽게 펴지지 않았다.

"그래도…… 과장님 그게 있지 않습니까? 그래선 안 되잖아요. 23살 청년의 눈빛이 그래서는 안 되잖아요."

나는 적어도.

적어도 그 성진우라는 헌터가 자신은 살아남을 것이라는 자신감에 차 있거나, 반대로 자신을 말려 줄 누군가를 찾고 있는 표정으로 나타날 줄 알았다.

그가 어느 쪽에 서 있어도 나는 그를 설득할 자신이 있었다.

하지만 성진우는 달랐다.

그는 자신이 처한 상황을 정확히 인지하고 있는 듯.

두려움에 떨고 있으면서도 그것을 간신히 극복하고 있는 것처럼 옅은 미소를 지었다.

어떻게.

어떻게 겨우 자신의 공포를 넘어선 사람의 등을 떠밀어 벼랑 끝으로 내몬다는 말인가.

나는 할 수 없었다.

그리고 내가 할 수 없었던 일을 하지 못했다는 이유로 상사들을 욕할 수 없다는 사실도 깨달았다.

말없이 소주잔을 채워 주던 과장님이 넌지시 물었다.

"자네는 왜 헌터협회에 들어오게 된 건가?"

"저는……."

내가 처음으로 헌터들을 돕고 싶다고 생각하게 된 계기.

나는 고개를 떨구고 그날의 사건을 떠올렸다.

"어릴 때 어떤 뉴스를 봤습니다. 게이트에 갇히게 될 동료들을 구하다 결국 자신이 갇혀 버린 한 헌터에 대한 기사였죠."

모두가 웃으며 즐겨야 할 놀이공원 안에서 피에 젖은 채로 누워 신음하는 헌터들의 영상을.

나는 궁금했었다.

–저 사람들은 저렇게 피까지 흘려 가며 사람들을 구했는데, 저 사람들은 누가 구해 주는 거야?

부모님들은 내 질문에 대답하지 못하셨고, 그때 나는 결심했다.

아무도 그들을 돕지 못한다면 내가 그들을 돕자.

헌터들이 다치거나 죽지 않도록 내가 힘을 쓰자.

"그런데 결국 저도 똑같네요."

나는 생존의 위기에 직면해 있는 성진우 헌터에게 아무 힘도 되어 주지 못했다.

내가 할 수 있는 일이라곤 아무것도 없었다.

그렇게 자책하고 있는 나를 바라보던 과장님이 술잔을 내려놓으셨다.

"그래도 아직 할 수 있는 일이 남아 있다면?"

"예?"

나는 고개를 들어 올렸다.

과장님은 가방 안에 넣어 두었던 상급 각성자 파일 하나를 내미셨다.

"이렇게 상급 각성자로 분류되었으면서도 물질에 관심이 없어서 헌터가 되지 않는 사람들이 있어."

"……?"

"이런 사람들을 설득해서 협회 소속 헌터들을 돕게 하면 어떤가?"

정신이 번쩍 든 나는 과장님이 내민 파일을 내려다보았다.

"B급 치유계 헌터 이주희……."

상급 힐러!

이런 이가 협회 소속으로 일한다면 사망자나 중상자를 막을 수 있다. 약한 헌터라도 죽을 걱정 없이 마음껏 싸울 수 있는 것이다.

문득 그날 보았던 성진우 헌터의 얼굴이 뇌리를 스치고 지나갔다.

눈을 반짝이고 있는 내게, 과장님이 웃으며 말했다.

"어때? 한번 해 보겠나?"

파일을 뚫어지게 보던 나는 힘차게 고개를 끄덕였다.

"네. 해 보겠습니다!"

2.

하늘에서는 계속해 재들이 눈처럼 떨어져 내리고.

이별에 앞서 그림자 병사들에게 작별 인사를 마친 진우가 이제는 아무 망설임도 없이 지배자들의 대표를 바라보았다.

"준비됐어."

'가장 찬란한 광휘'가 조금은 서글퍼 보이는 얼굴로 아름다운 잔 하나를 불러냈다.

진우의 눈에서 이채가 빛났다.

'저것이 시간을 과거로 돌릴 수 있는 신의 도구, 윤회의 잔…….'

꼴깍.

드디어 모든 걸 끝내고 다시 시작할 순간이 왔다는 생각에, 저도 모르게 목 너머로 마른침을 삼켰다.

긴장감이 가득한 진우의 얼굴을 보고서 광휘가 물었다.

[정말…… 후회하지 않겠나?]

수없는 세월을 군주들과의 싸움으로 보내왔던 그는 전쟁의 무게를 세상 누구보다 더 잘 알고 있었다.

그림자 군주가 혼자 감당하려는 짐의 무게도.

2대 그림자 군주, 진우는 고개를 끄덕였다.

첫 번째 싸움은 성공했다.

두 번째 싸움은 이것보다 훨씬 나을 것이다.

그렇게 되어야 한다.

비장감과 자신감이 함께하는 얼굴에 광휘도 마주 고개를 끄덕였다.

싸움으로 잃어야 했던 것들을 되찾겠다는 그의 의지.

끝도 없는 전쟁으로 수없이 죽어 가는 부하들을 위해 절대자에게 반기를 들었던 자신이 어떻게 모를 수 있을까?

[부디 그대의 용기가 그대의 세상을 구할 수 있기를.]

광휘는 진심으로 그렇게 기도하며, 윤회의 잔을 거꾸로 뒤집었다.

그러자 잔 안에 가득 차 있던 빛이 아래로 쏟아지며 땅을 빠르게 적셔 가기 시작했다.

세상이 눈부신 빛으로 둘러싸이기 시작했다.

전장에서 다친 군인들, TV를 통해 그들의 비보를 접하며 눈물 흘리는 가족들, 사랑하는 이의 안전을 기도하는 이들, 불안한 뉴스에 안색이 질려 가던 이들, 절망에 빠져 고개를 떨어뜨렸던 이들.

집에서, 차에서, 병원에서, 학교에서, 회사에서.

모두가 창가에 스며드는 눈부신 빛을 보았다.

곧 세계가 빛에 잠기었다.

그리고 고요하게 전 세계를 뒤덮었던 빛은, 나타났을 때처럼 조용히 점멸하며 사라졌다.

* * *

아침.

감긴 눈꺼풀 너머로 하루의 시작을 말해 주는 아침 햇살이 느껴졌다.

진우는 눈을 뜨지 않은 채로 자신이 누워 있는, 익숙한 감촉의 침대보를 어루만졌다.

아직 잠에서 다 깨진 않았지만.

이미 인간의 영역을 아득히 초월한 감각으로 주변의 상황을 전부 알 수 있었다.

'씻고 나오는 진아, 끓고 있는 찌개 냄새, 도마 소리, 그리고 내 냄새가 배여 있는 내 방의 공기…….'

집이었다.

집으로 돌아왔다.

진우의 심장박동이 조금씩 빨라지기 시작했다.

방문 밖에서 어머니의 목소리가 들려왔다.

"진아야, 오빠 좀 깨워 줄래?"

그래.

성장기 여자애답게 잠을 무척 좋아하면서도 이상하게 아침잠만은 없는 동생 진아는, 줄곧 이렇게 어머니의 부탁을 받아 늦잠을 자는 오빠를 깨우러 오고는 했었다.

"네!"

꿈에서나 그려 오던 어릴 적 기억이 생생하게 재생되고 있음을 알게 된 진우의 입가에 미소가 어렸다.

덜컥.

"오빠아……."

동생이 문을 다 열기도 전에 진우가 천천히 몸을 일으켰다.

"어? 언제 일어났어?"

소리 없이 일어난 오빠를 보고 눈을 동그랗게 뜬 여동생에게, 진우는 말없이 미소를 지었다.

거기 마수들에게 친구들을 잃지 않은 진아가 있었다.

침대에 내려선 진우가 동생을 지나쳐 거실로 나갔다.

"아들, 일어났어?"

아침을 준비하다 뒤에서 들려오는 발소리에 돌아보는 어머니.

영원히 깨지 않는 잠에서 벗어나려고 발버둥 치던 어머니의 모습을 더는 보지 않아도 된다.

그러나 무엇보다 더 반갑고 보고 싶었던 장면은.

진우는 신문이 한 장씩 사르륵 넘어가는 소리를 좇아 식탁 쪽으로 고개를 돌렸다.

아침 식사를 기다리며 조용히 신문을 읽고 계시던 아버지께서 시선을 느끼고 고개를 들었다.

아버지와 눈이 마주친 순간, 진우는 숨이 턱 막혀 왔다.

"아버지……."

자신도 모르게 입 밖으로 흘러나온 아버지란 단어.

성일환은 평소 자신을 '아빠'라고만 부르던 아들이 갑자기 성숙한 표현을 쓰자 의아하다는 표정이 되었다.

애가 무서운 꿈이라도 꾸고 일어난 것일까?

울음을 억지로 참으려 하는 것 같은 어린 아들의 얼굴을 보고 일어선 그가, 아들에게 다가갔다.

"아들, 왜 그래?"

바로 코앞에서 들려오는 아버지의 목소리.

얼마 전 자신의 손끝에서 먼지처럼 사라져 갔던 아버지의 촉감을 기억하고 있는 진우에게는 꿈만 같은 순간이었다.

그러나 이것은 꿈이 아니다.

오히려 그 반대로 반드시 자신이 지켜 내야 할 현실.

잠깐 눈물이 글썽거렸던 진우의 눈가에서 슬픔이 사라지고 대신 강한 각오가 새겨졌다.

눈앞에서는 아버지와 어머니가 걱정스러운 얼굴로 자신을 바라보고 있었다.

어렵게 표정을 바꾼 진우가 웃으며 말했다.

"……악몽을 꿨나 봐요."

그래.

악몽은 끝났다.

악몽은 끝나고 어린 동생과, 건강한 어머니와, 사라지지 않은 아버지가 여기 남아 있다.

모든 것을 바로잡을 수 있는 마지막 기회가 주어졌다.

기회는 놓치지 않는다.

이제 내 손으로 다가올 미래를 다시 쓰겠다.

굳은 각오와 함께, 진우의 눈에서 안광이 번들거렸다.

* * *

그렇게 다짐했던 것이 바로 엊그제 같은데.

벌써 일주일째.

진우는 차원의 틈새로 들어갈 기회를 잡지 못하고 있었다.

턱을 괴고서 멍하니 교실 창밖을 바라보고 있는 진우에게 베르의 목소리가 들려왔다.

[왕이시여…….]

'알고 있어.'

알고는 있다.

지금도 저 하늘 너머에서 이 땅을 노리는 군주들이 거대한 게이트를 준비하고 있을 거라는 사실은.

하지만.

얼마 전 큰 싸움을 끝낸 자신에게 주어진 짧은 휴가 같은 시간이다.

조금은…… 아주 조금은 이 평화로운 시간을 만끽해도 좋지 않은가?

자신에게 주는 상으로.

'…….'

이런저런 고민으로 시간을 보내고 있는데 마침 반가운 소리가 들려왔다.

딩동- 댕동-

하교 시간을 알리는 종소리였다.

그때까지 분명 다 죽어 가던 아이들의 얼굴에 갑작스레 활력이 돌기 시작했다.

덩달아 진우도 밝은 얼굴이 되었다.

속에 든 이가 스물넷, 아니 이제 스물다섯의 청년이라고 해도 겉모습은 열넷의 어린아이 아닌가?

왁자지껄한 분위기 속에서 종례가 끝나고.

까까머리를 한 남자애들 여럿이 재빠르게 진우의 주위로 몰려왔다.

"진우!"

"오늘 피시방 갈 거지?"

진우는 상기되어 있는 애들의 표정을 보고서 피식 웃으며 고개를 끄덕였다.

"오예!"

"야야, 오늘은 진우 우리 팀이다?"

"아, 뭔 소리야? 어제도 너네 팀이었잖아."

"대신 우리가 젤 못하는 종식이 데려가잖아."

"아, 됐고. 우리가 종식이 민표 다 데려갈 테니까 진우는 우리 편."

"그럼 가위바위보로 정해."

"좋다!"

이 시기의 중학교 교실들에는 어느 유명한 전략 시뮬레이션 게임 붐이 불고 있었고, 진우의 놀라운 반사 신경과 감각은 또래 아이들에게 신세계를 보여 주었다.

중학생 남자아이들에게 있어 게임 실력이란 인기 서열이나 마찬가지.

너도나도 진우와 같은 팀이 되려고 눈에 불을 켰다.

3판 2선승제 승부였던 가위바위보가 어느새 5판 3선승제로 바뀌는 동안.

게임에 관심이 없는 여학생들은 진우 쟁탈전에 열심인 남학생들을 한심하다는 눈빛으로 바라보며 교실을 나갔다.

그 교실의 뒷문 쪽에서.

뒤늦게 가방을 싸며 이쪽을 조금씩 곁눈질하는 아이도 있었다.

게임에는 관심이 있지만 친구를 사귀는 데 서툰 아이들.

그런 아이들은 그저 부러운 눈빛으로 뭉쳐 다니는 같은 반 친구들을 바라보는 것밖에 할 수 없는 것이다.

피식.

진우가 조용히 웃었다.

어릴 적에는 보이지 않았던 것들이 지금은 하나하나 눈에 들어오기 시작했다.

어른이기 때문일까?

아니면 인간의 수준을 뛰어넘은 감각 덕분일까?

교실이라는 이 좁은 공간 안에서도 수많은 감정들이 부딪치기도 하고 헛돌기도 하면서 작은 세상을 이루고 있었다.

그러는 사이.

"와아-!"

진우와 같은 편이 결정된 아이들이 부끄러운 줄도 모르고 환호성을 내질렀다.

진우는 속으로 혀끝을 찼다.

'이러니 여자애들이 한심하게 쳐다보지…….'

가위바위보에 져 시무룩해져 있는 애들을 뒤로한 승자들이 환한 미소로 다시 진우 수위를 둘러쌌다.

"진우야, 가자!"

그러나 진우는 대답 대신 뒤편을 가리켰다.

"오늘은 재랑 팀 할게."

"어?"

남학생들의 고개가 돌아간 곳에는 말없이 가방을 싸고 있던 아이가 있었다.

모두의 시선이 쏠리자 흠칫 놀란 그 아이가 눈을 동그랗게 떴다.

"어……? 나?"

진우가 대답했다.

"그래, 너."

순간 아이의 얼굴에 나타난 수많은 고민의 흔적을 발견한 진우가 피식 웃으며 다시 물었다.

"왜? 싫어?"

"아…… 아니."

수줍은 듯 씩 웃는 아이의 얼굴을 보면서 진우도 가방을 들어 올렸다.

"가자."

아이는 가방을 둘러메며 고개를 끄덕였다.

"으, 응!"

진우가 웃었다.

조금만.

조금만 더 이 기분을.

내가 즐기고 있는 이 시간이 그 누구에게도 피해를 주지 않는다면 부디 하루만이라도 더.

'머물 수 있도록…….'

친구들과 함께 교실을 나서는 진우의 발걸음 가볍기도, 동시에 더할 나위 없이 무겁기도 했다.

학교 뒷산에 걸쳐 있는 해는 벌써 하늘을 붉게 물들이고 있었다.

잠시 걸음을 멈추고 하늘을 바라보던 진우를 친구들이 불러 댔다.

"진우야, 뭐 해?"

"이러다 피시방 자리 다 찬다?"

녀석들, 재촉하긴…….

"간다, 가."

진우가 한걸음에 앞서가던 아이들을 따라잡았다.

아이들은 기대감에 가득 찬 목소리로 오늘 피시방에서 만들어질 명승부에 대해 떠들어 댔다.

굳이 대화에 끼지 않아도 진우는 아이들의 흥분과 설렘을 느낄 수 있었다.

그렇게.

붉게 물드는 하늘 아래의 거리를, 진우는 오랜만에 다시 만난 어릴 적의 친구들과 함께 걸었다.

웃으며 걸었다.

* * *

차원의 틈새로 넘어온 이후 진우에겐 바깥에서 없었던 습관이 하나 생겼다.

바로 그날그날 보고 들었던 것들을 노트에 기록해 두는 일.

군주들과의 사투를 글로 남겨 두고 싶다는 그런 거창한 의미는 아니었다.

차원의 틈새는 안식의 세계와 비슷한 완전한 무의 공간.

끝없는 어둠만이 존재하는 이 허무의 세계는 전투가 벌어지지 않으면 견디기 힘들 정도로 적적했다.

그러나 단지 할 일이 없었기 때문만은 아니다.

같은 시간을 다시 한번 살게 된 경험으로 진우는 같은 일을 바라보는 관점이 시간에 따라 달라질 수 있다는 사실을 깨달았다.

시간이 흐르면 전에는 보지 못했던 것들이 보인다는 사실을 알게 되었다.

그래서.

기억이 희미해질 만큼 먼 훗날, 이곳에서 남긴 기록들을 다시 보게 된다면 어떠한 느낌이 들지 알고 싶어졌다.

굳이 기록을 남겼다는 사실을 창피해 할까, 아니면 더 잘할 수 있었다며 후회할까.

그것도 아니면 지금의 이 지긋지긋한 전쟁을 그리워하게 될까.

그것이 틈틈이 '일기'를 기록하는 이유였다.

사각사각.

한없이 깊은 어둠 속에서 펜의 끝이 노트를 긁는 소리만이 조용히 울렸다.

그렇게 오늘의 기록을 써 내려가던 진우가 갑자기 피식 웃었다.

'……아무리 그래도 내가 여기서의 일들을 그리워할 가능성은 없겠지.'

진우가 고개를 들자.

수를 셀 수 없을 정도로 무수히 널려 있는 괴물들의 사체들이 눈에 들어왔다.

또 한 번.

진우는 군주들과의 싸움에서 승리를 거뒀고, 그간 속을 썩여 왔던 '환계의 군주'를 잡았다.

차원의 틈새에 온 지 27년.

드디어 이 길고 지루하고 험난했던 싸움도 끝이 보이기 시작했다.

이제 남은 적들은 용제와 그의 직속 병사들인 '파멸의 군단'뿐.

돌아갈 수 있다는 기대에 두근, 하고 심장이 가볍게 뛰었다.

'바깥 시간과 이곳의 시간이 다르게 흘러서 다행이다.'

아마도 바깥에서는 2년 정도의 시간이 흘렀을 것이다.

2년 만의 재회.

진아는 얼마나 변해 있을까? 아버지, 어머니는 어떻게 지내실까? 좀 더 사정을 설명하고 왔어야 했나?

이런저런 고민들이 머릿속을 잠깐 스쳐 갔다.

'아니.'

진우는 상념을 떨치려는 듯 고개를 저었다.

지금은 이 '일기'의 마지막 페이지를 장식하는 일에 신경을 집중할 때다.

때마침 다가온 벨리온이 진우 앞에서 고개를 숙였다.

[주군, 정리가 모두 끝났습니다. 숨이 붙어 있는 적은 없습니다.]

진우가 주위를 둘러보았다.

전장 전체를 훑으며 확인 사살을 마치고 돌아온 그림자 병사들이 진우의 다음 명령을 기다리며 끝도 없이 늘어서 있었다.

고오오오-

병사들의 수를 세는 건 이미 예전에 포기했다.

진우는 웃으며 일기를 덮었다.

"좋아."

아공간 창고에 일기와 펜을 집어넣은 진우가 앉아 있던 사체의 산에서 내려와 바닥에 섰다.

이제 시간이 됐다.

꼭 한 번 다시 만나고 싶었던 최강의 적수.

그림자 군주가 된 자신에게 처음 패배라는 것을 안겨 준 '그'를 만나러 갈 시간이었다.

지배자들의 개입으로 결과가 뒤집혔다고는 해도 분명히 그 싸움에서 진우는 용제에게 패배했다.

'……두 번째는 지지 않는다.'

진우의 눈에 서슬 퍼런 안광이 흘러나왔다.

집으로 돌아갈 날이 머지않았다는 생각이 들었을 때 가볍게 뛰었던 심장이 이제는 귀가 아플 정도로 거칠게 뛰었다.

두근, 두근, 두근, 두근.

문득.

자신의 심장 소리에 귀를 기울이던 진우는, 정말로 오랜 시간이 지난 후에는 이 싸움을 그리워하게 되는 날이 올지도 모르겠단 생각이 들었다.

진우가 용제의 기운이 느껴지는 방향으로 돌아섰다.

마지막 싸움을 위한 병사들과 함께.

“일어나라.”

그림자 군주의 명에 따라 수없이 널브러져 있는 사체들의 옆에서 같은 수의 그림자들이 일어났다.

진우의 뒤로 세 명의 군단장 벨리온, 베르, 이그리트와 그들 아래의 대장들이 줄지어 섰다.

그 뒤에는 대륙을 덮고도 남을 만한 병력이 대기하고 있었다.

‘…….’

공기의 흐름이 있을 리 없는 이곳에서, 전쟁의 끝을 알려 오는 바람이 희미하게 불어오는 듯했다.

진우는 눈을 감고 조용히 숨을 들이마셨다.

그리고 다시 눈을 떴을 때.

진우의 입에서 전쟁을 끝내기 위한 한마디가 흘러나왔다.

“용제를 치러 간다.”

* * *

용제도 느꼈다.

규모를 짐작하기도 힘들 만큼 거대한 무리가 이쪽을 향해 오고 있다는 사실을 느낄 수 있었다.

언제부터일까?

군단의 바깥에서부터 조금씩 병력을 갉아먹어 가며 치고 빠지기를 계속하던 그림자 군주가 전 병력을 동원하여 대놓고 맞부딪치기를 시작한 것이.

그를 쫓아다녔던 군단이 이제 입장이 뒤바뀌어 그에게 쫓기고 있었다.

뿔뿔이 흩어진 군단 중에서 파멸의 군단만 남았다.

그러니 그림자 군주의 시선이 마지막으로 향할 곳을 유추하는 것은 그리 어려운 일이 아니었다.

최후의 결전.

지배자들과의 싸움이 아닌, 군주 대 군주로서의 싸움이 끝을 정할 것이라고는 상상해 본 적 없었으나 대미를 장식할 싸움으로는 나쁘지 않았다.

수십 년 전, 그림자 군주와의 전투를 떠올리면 지금도 피가 끓지 않는가?

'…….'

가만히 멈춰서 한곳을 돌아보고 있는 용제에게 수하 하나가 조심스럽게 다가왔다.

[용제시여…….]

팔짱을 끼고 있던 용제가 곧바로 대답했다.

[요그문트가 당했다.]

환계의 군주가 당했다는 소리에 잠깐 놀란 표정이 되었던 수하가 다시 고개를 숙였다.

[그러니 좀 더 그들과 떨어진 곳으로 이동을…….]

[아니.]

용제가 시뻘건 살기를 드러내면서 이빨을 보였다.

[등을 보이는 것도 이제는 질린다. 여기서 놈들과 싸우겠다.]

군주들의 병력을 사냥하는 데 20년 이상의 시간을 보낸 녀석들이다.

아마도 병력을 재정비할 시간 따위는 주지 않을 터.

놈의 포위망에서 벗어날 수 없다면 여기서 맞불을 놓아 결판을 짓겠다.

그것이 광룡들의 왕인 자신다운 선택이었다.

[전투를 준비하라!]

군주의 한마디에.

파멸의 군단 전원이 전투태세를 갖추었다.

크아아아아아-!

고대용들과 용들, 용인족들, 그리고 그들이 타고 있는 비룡들까지 고개를 쳐들고서 울부짖었다.

'온다!'

용제는 거대한 힘의 움직임이 감지된 방향으로 고개를 돌렸다.

군단이 그림자 군주 하나에게 패한 이유는 분명했다.

'……기동력.'

그림자 군주가 자유자재로 불러낼 수 있는 그림자 군단의 기동력을 따라갈 수 없었던 것.

아무리 가까워도 순식간에 멀어지고, 아무리 멀어도 순식간에 가까워졌다.

용제는 그 패인을 지금 눈으로 보고 있었다.

어둠에서 그림자 군주가 스르르 올라왔다.

그리고 그와 동시에.

수백만에 달하는 어마어마한 검은 병사들이 그의 뒤에 도열했다.

그림자 군주!

그와 그 뒤에 늘어선 그림자 군단의 총원이 뿜어내는 기세는 용제까지 질리게 만들 정도였다.

수십 년의 전쟁 끝에 그가 갖게 된 최강의 군대.

크하하핫-!

그들과 마주한 용제는 아주 시원하게 웃음을 터트렸다.

[대단해. 실로 대단하구나, 망자들의 왕이여.]

다수로 소수를 상대한다.

처음 그와 마주했을 때완 상황이 정반대가 되었다.

[너 하나가 군단 전체를 뒤흔들 수 있으리라고는 생각하지 못했다. 결국 여기까지 올 줄이야.]

칠흑의 갑주로 무장한 그림자 군주는 말없이 이쪽을 응시하고 있었다.

예전의 치기가 사라지고 그 빈자리를 고요한 무게감이 차지하게 된 그림자의 군주는 이전보다 훨씬 더 강한 박력을 뿜어냈다.

움찔, 움찔.

강한 적수를 앞에 둔 용제는 흥분에 몸이 떨려 왔다.

놈을 찢고 싶다.

몇 번이고 찢어발겨 한입에 삼켜 버리고 싶다.

광룡의 본성이 용제의 안에서 꿈틀거렸다.

그러나 이것이 축제일지 아니면 형벌일지 확인하기에는 너무도 이른 시간. 조금만 더 이 기대로 떨리는 순간을 즐기고 싶었다.

[한 가지 묻지.]

마침 그에게 묻고 싶은 것들이 남아 있기도 하니 말이다.

[어째서 지배자들은 '윤회의 잔'을 사용했나? 왜 죽은 군주들과 그들의 병사를 살렸지?]

자신은 분명 그날, 지배자들의 손에 의해 운명을 달리했다.

그때 온몸을 꿰뚫었던 창들의 통증이 아직도 선명했다.

자신의 죽음으로 통솔자를 잃은 군단은 금방 붕괴되었을 테고, 그것으로 길었던 군주들과 지배자들의 전쟁은 막이 내렸을 터다.

지배자들의 승리.

군주들에게는 변명의 여지조차 주지 않는 완벽한 패배였다.

그런데.

놈들은 무슨 속셈인지 자신을 비롯한 모든 군주들을 되살려 냈다.

'윤회의 잔'으로 시간을 돌려서.

그날로부터 지금까지 수없이 지배자들의 의도를 고민해 보았으나 짐작조차 할 수가 없었다.

그러니 당시 그들과 같이 있었던 그림자 군주에게 물어볼 수밖에.

그러자.

[내가 원했다.]

그림자 군주에게서 돌아온 뜻밖의 대답에 용제의 눈이 커졌다.

[뭐라고……?]

진우는 천천히 그가 잘 알아들을 수 있도록 또박또박 다시 말했다.

[너희들을 내 손으로 직접 죽이고 싶어서 '윤회의 잔'을 써 달라고 그들에게 부탁했다.]

미친놈!

용제는 목 바로 아래까지 솟아올라 온 욕지거리를 가까스로 참아냈다.

고작 10만의 병사들로 1,000만의 병사들을 상대하기 위해 신의 도구까지 써서 시간을 돌리다니!

말도 되지 않는 소리였지만, 그제야 모든 의문이 풀렸다.

지배자들이 '윤회의 잔'을 쓴 이유와 그림자 군주가 날뛰기 시작한 것.

둘은 별개의 문제가 아니었다.

"하하…… 아하하하하하!"

용제는 믿기 힘들다는 듯 고개를 절레절레 흔들며 큰 웃음을 터트렸다.

그림자 군주는 자의로 군단과 다시 싸우기 원했고, 바라던 대로 군단을 궁지로 몰아넣는 데 성공했다.

경이를 넘어선 경의.

결코 성립될 수 없는 도전을 거의 성공시킨 그림자 군주에 대한 소감을 용제는 그렇게 표현할 수밖에 없었다.

그림자 군주는 드디어 그 도전의 마지막 난관만을 남겨 두고 있었다.

먹느냐.

먹히느냐.

용제는 생전 처음 자신에게 먹힐, 혹은 자신을 먹어 치울 상대의 이름을 알고 싶어졌다.

[내 이름은 안타레스.]

절대자에게 부여받았던, 그러나 아무에게도 알려 주지 않았던 자신의 본명을 그림자 군주에게 말했다.

[그것이 내 이름이다.]

그림자 군주의 이름을 알고 싶다는 이유에서였다.

용제는 어느 때보다 진지한 얼굴로 물었다.

[너의 이름은 무엇이냐?]

그림자 군주, 진우는 마지막이 될 용제의 질문에 대답해 주었다.

[성진우.]

그리고 더 이상의 질의문답은 없다는 의미로 말했다.

[더 할 말은 없나?]

진우의 어깨 위에서 죽음의 힘이, 새까만 오러가 흉물스럽게 스멀스멀 피어올라 왔다.

안식의 세계와 닮아 있는 차원의 틈새에서는 죽음의 힘을 이끌어내기가 더욱 편했다.

군주의 힘에 동화된 그림자 병사들도 사기를 끌어올렸다.

으아아아아아아아―!

그림자 군단 전체가 요동쳤다.

그들을 보고 있던 용제가 입꼬리를 올렸다.

'더 이상 할 말이라.'

이렇게 화려한 진수성찬이 눈앞에 아주 끝도 없이 펼쳐져 있는데 무슨 말이 더 필요할까?

[……없다.]

용제가 불타오르는 용으로 변해 검은 거인이 된 진우와 마주 섰다.

태산과 태산.

거대한 두 존재가 최후의 전투를 앞두고서 서로를 노려보았다.

그것도 잠시.

크아아아아아아아―!

용제가 차원을 뒤흔들 만한 포효를 내뿜자 파멸의 군단 전원이 돌진했다.

그에 비하면 조용하게 진우는 앞을 가리켰다.
그 즉시 천만에 가까운 병사들이 움직였다.
거의 동시에, 진우도 용제를 향해 전력으로 질주했다.
길었던 싸움의 끝.
그걸 보기 위해서 용제와의 재회를 얼마나 손꼽아 기다렸는지 모른다.
용제의 입에서 섬뜩한 빛이 맺히고 있었다.
시간을 돌리기 전의 경험과 여기서 겪었던 오랜 싸움이 자신을 어떻게 변화시켰는지 보여 줄 차례.
모든 시간이 느려지며 진우의 시선에 자신과 용제만이 남았다.
느릿하게 파멸의 섬광이 터져 나오는 가운데, 검은 오러가 실린 진우의 주먹이 내뻗어졌다.
그렇게 또 한 번 빛과 어둠이 차원의 틈새에서 충돌했다.

3.

어떤 점술가의 한마디에 미국 전역이 떠들썩해졌다.

"머지않아 죽음의 신이 이 땅 위에 내려선다!"

만화 표지에나 어울릴 것 같은 이 예언은 평소라면 관심도 받지 못할 말이었다.
하지만 이 예언을 한 이가 '노마 셀너' 부인이라는 것이 커다란 문제였다.

그녀가 누구인가?

2년 전 갑자기 영안에 눈을 떴다는 그녀는 북한 지도자의 사망, 테러리스트의 여객기 납치, 집값 폭락으로 인한 주식시장의 붕괴 등 수많은 예언을 적중시켜 늘 논란의 중심에 서 있는 인물이었다.

그런 이가 갑자기 세계의 종말을 암시하는 메시지를 남겼으니 당연히 모두가 경악할 수밖에.

노마 셀너 부인의 또 다른 이름은 '빗나가지 않는 예언가'.

그녀에게 그러한 이름을 붙여 주었던 언론들은 당황하며 앞다투어 인터뷰를 요청했다.

그러나 셀너 부인은 모든 기자들을 돌려보내고, 딱 한 사람.

평소 자신과 친분이 있던 기자를 개인적으로 불러와 조용히 이 말을 전했다고 한다.

―죽음의 신은 헤아릴 수 없이 많은 죽음의 병사들과 함께 이 땅에 내려설 것입니다. 우리가 죽음에서 벗어날 수 없듯 죽음의 신에게서 도망칠 길은 없습니다.

그리고 바로 그다음 날.

서울시 상공에 하늘 전부를 뒤덮을 정도로 거대한 검은 구멍이 생겨났을 때, 부인의 예언은 전 세계 모든 신문들의 헤드라인을 장식했다.

* * *

그런 게이트의 안쪽에서.

진우는 세상 사람들을 한자리에 다 모아 놓은 것같이 까맣게 몰려든 인파를 내려다보며 탄성을 터트렸다.

“허어…….”

저게 다 환영 인파라면 얼마나 감격스러울까?

하지만 그럴 리 없다는 사실을 그 누구보다도 더 잘 알고 있는 진우는 그냥 씁쓸히 웃음 지었다.

곧 게이트가 열린다.

저들에게는 이 게이트가 공포의 대상이겠지만, 진우에게는 집으로 돌아가는 길이었다.

고향.

그리웠던 집으로 돌아가는 길이 곧 열릴 것이라는 생각에 진우의 가슴이 벅차올랐다.

‘그러고 보니 게이트의 안쪽에서 바깥쪽을 바라보는 건 이번이 처음이던가?’

게이트의 안쪽에서는 바깥이 투명하게 비쳤다. 그래서 진우는 자기 발아래에 모여든 사람들을 구경할 수 있었다.

진우는 바깥과 지금 자신이 서 있는 공간을 막고 있는 게이트의 벽에 손을 얹었다.

예전에는 이 벽을 부수기 위해 전력을 다해서 용제의 힘과 충돌해야 했었지만.

'지금은…….'

진우가 약간만 힘을 주자 파직 하고 게이트의 벽에 금이 생겼다.

여기서 조금만 더 힘을 가하면 막은 힘없이 부서지고 말리라.

아주 잠깐.

막을 부수고 아래로 내려갈까 고민했었던 진우가 웃으며 고개를 저었다.

'……아니야.'

안 그래도 겁을 먹고 있는 아래쪽 사람들을 더 무섭게 만들 필요는 없겠지.

지금 이 순간만을 30년 가까이 기다려 왔는데 이제 와서 며칠 더 기다리지 못할 이유는 없었다.

슬며시 손을 거두던 진우가 뭔가를 발견했다.

'가만. 이게 어딜 봐서 중 3의 손이야?'

자신의 손이 지나치게 크다는 사실을 깨달았다.

차원의 틈새에서 무려 27년이라는 세월을 보낸 진우는 이미 중년의 사내가 되어 있었다.

육체가 보낸 시간은 벌써 아버지의 나이를 넘어섰다.

그러나 바깥에서 자신이 사라졌던 기간은 겨우 2년.

자신을 알던 사람들이 훌쩍 변해 버린 자신에게 당황하지 않도록 육체의 시간을 바깥세상의 나이에 맞게 수정해야 할 필요성이 있었다.

딱히 어려 보이고 싶은 마음은 눈곱만큼도 없지…… 는 않나?

어쨌든.

"어쩔 수 없네."

씩 웃으며 자신의 몸을 내려다보던 진우가 힘을 사용했다.

그림자 군주의 힘을 완벽히 다룰 수 있게 된 진우에게 육체의 생로병사는 큰 문제가 아니었다.

곧 진우의 몸이 남자 중학생 수준으로 줄어들었다.

스르륵-

수염이 거뭇하던 중년 사내의 얼굴은 금세 밝은 표정의 소년이 되었다.

잠깐 몸을 휘감았던 검은 연기가 흩어지고 나자 입고 있던 옷도 집을 나오기 전에 입었었던 교복으로 변했다.

'이 정도면 되겠지?'

진우는 이제 누가 봐도 학생으로밖에 보이지 않게 된 자신의 모습에 만족한 듯 미소를 지었다.

몸도 마음도.

집으로 돌아가 가족들을 만날 준비를 끝냈다.

남은 일은 기다리는 것뿐.

'앞으로 이틀…….'

게이트가 열리길 기다리는 시간조차.

오랜 여정의 끝에 선 진우에게는 즐거움이었다.

* * *

"어…… 어? 저기, 열린다!"

"구멍이 열리고 있어!"

사람들은 열리기 시작한 게이트를 가리키며 비명을 질렀다.

아아아-!

꺄악!

그러나 단지 어디론가 깊게 연결되어 있는 게이트의 안쪽이 드러났을 뿐, 그 안에서 다른 무언가가 튀어나온다거나 하는 일은 없었다.

"……?"

"뭐지?"

"이걸로 끝인가?"

게이트를 구경하기 위해 전 세계에서 구름처럼 몰려든 사람들은 서서히 점멸해 가는 게이트를 바라보며 웅성거렸다.

그사이 아무도 모르게 사람들 사이를 조용히 빠져나온 진우는 인적이 드문 거리에서 은신을 풀었다.

사람들은 사라져 가는 게이트에 집중하느라 거리에 갑자기 나타난 중학생 따위에게는 전혀 관심을 보이지 않았다.

잠시 구경꾼들을 둘러보던 진우가 돌아서 집으로 향하려 했을 때.

자신의 앞에 비싸 보이는 꽃다발을 들고 서 있는 젊은 남자 하나를 볼 수 있었다.

남자가 웃으며 말했다.

"무사히 돌아오신 것을 환영합니다, 성진우 씨. 아니, 그림자 군주님이라고 불러 드려야 할까요?"

처음 보는 얼굴.

하지만 그에게서 느껴지는 감정은 악의가 아니다.

"어떻게 부르든 상관없어."

진우는 남자가 건네는 꽃다발을 한 손으로 받아 들고서 피식 웃었다.

"한 명이라도 환영해 주는 사람이 있다는 건 나쁘지 않네."

잠깐 꽃다발에 코를 기울였던 진우가 고개를 들었다.

남자는 놀랍다는 듯 말했다.

"정말로…… 당신 혼자서 그들을 처리하고 올 것이라곤 생각도 못 했습니다. 그런데 지금 당신의 걸음엔 천만 병사들의 무게가 실려 있군요."

군단은 패배했고, 그들의 병력이었던 혼세의 주민들은 모조리 그림자 군주의 산하에 들어왔다.

군주들과 지배자들 모두를 통틀어서 가장 큰 세력이 된 진우가 들고 있던 꽃다발을 늘어뜨리며 물었다.

"설마 꽃다발 하나 주자고 여기까지 오지는 않았을 테고……. 지배자들의 사자께서 내겐 무슨 용건이지?"

자칫 고압적으로 느껴질 수도 있는 말투와는 다르게 진우의 표정에는 여유가 흘러넘쳤다.

사자는 양을 두려워하지 않는다.

긴 전쟁으로 날카롭게 다듬어진 압도적인 강함은 상대의 정체를 알고 찾아온 남자조차 떨리게 만들었다.

상대를 두려워해야 하는 것은 어디까지나 양 떼의 입장.

사자와 같은 군주의 위엄 앞에, 남자는 공손하게 고개를 숙였다.

"지배자들께서 그림자 군주께 보내는 전언이 있습니다. 얘기가 길어질 수도 있으니 자리를 옮기시겠습니까?"

"좋아."

진우는 미소를 머금은 얼굴로 남자를 지나쳐 앞장섰다.

"마침 들르고 싶었던 곳이 생각난 참이니까."

* * *

"……."

자기 앞에 놓인 아이스크림을 내려다보던 남자가 고개를 들었다.

"들르고 싶었던 곳이 아이스크림 가게였습니까?"

겉모습이 어려졌다고 취향까지 그에 맞춰지는 건 아니다.

단지.

"오지에 오래 있으면 단 게 땡기는 법이거든."

웃으며 대답한 진우가 아이스크림을 떠먹기 시작했다.

혀끝으로 전해지는 시원함.

그리고 단맛.

이제야 진짜 고향으로 돌아왔다는 실감이 난다.

몇 번이나 본론을 꺼내려는 남자를 저지했던 진우가 아이스크림 그릇을 깨끗이 비우고 나서야 입을 열었다.

"지배자들이 뭐래?"

그림자 군주의 간식 시간을 멍하니 바라보고 있던 남자는 그제야 정신을 차리고 급히 말했다.

"아, 일단은 군주님께 심심한 감사의 말씀을……."

"형식적인 인사는 접어 두고."

이미 이 세계에 볼일이 없어진 지배자들이 사자를 보냈다.

보통 일은 아니라고 짐작한 진우가 서론을 거부했다.

"무슨 문제라도 생긴 건가?"

"아니요, 그런 것은 아닙니다. 오히려 모든 문제가 해결되었기 때문에 제가 군주님을 찾아온 겁니다."

모든 문제가 해결되었기 때문에 찾아왔다라.

진우의 눈빛이 진중해졌다.

그 눈빛과 마주한 남자도 긴장감에 마른침을 꼴깍 삼켰다.

그러나 상대가 두렵다고 용무를 잊을 수는 없는 법.

남자는 어렵게 입을 열었다.

"지배자들께서는…… 군주님의 힘이 세계에 미칠 영향을 걱정하고 계십니다. 군주님도 아시고 계시다시피 군주님께서 가지신 힘은 이 세계가 감당하기 힘든 수준의 위력입니다."

"……그래서?"

"마나가 없는 이 세계는 너무도 약합니다. 그러니 군주님만 괜찮으시다면, 군주님의 힘을 받아들일 수 있는 세계로 군주님을 옮겨드리고자 합니다."

"골치 아프게 옮겨 다닐 필요 없이 깔끔하게 나를 봉인해 버리는 수도 있겠군."

"물론 그런 방법도……."

쾅!

진우가 가볍게 테이블을 내려치자 환해진 얼굴로 대꾸하려던 남자의 말이 쏙 들어갔다.

진우의 목소리가 묵직하게 흘러나왔다.

"쓸모를 다했으니 이제 나를 제거하겠다는 건가? 내가 가지고 있는 힘이 두려워서?"

진우는 여전히 웃고 있었으나, 그 눈빛은 방금 전과 비교할 수 없을 정도로 싸늘했다.

남자는 화들짝 놀라며 급히 손을 내저었다.

"아닙니다! 절대 그런 것이 아닙니다!"

그리고 준비해 왔던 신문 하나를 진우에게 내밀었다.

진우는 신문의 일면을 장식하고 있는 기사를 읽었다.

낯익은 얼굴 중 하나.

이전의 시간대에서 '업그레이더' 능력자로 활약했던 노마 셀너 부인의 예언에 대한 기사였다.

—머지않아 죽음의 신이 이 땅 위에 내려선다!

'죽음의 신'이라는 단어에서 진우의 눈썹이 잠깐 움직였다.

"사라진 시간대에서 그녀는 원래 이렇게까지 대단한 점술가가 아니었습니다. 하지만 저희 세계와의 접촉이 그녀의 삶을 바꿔 놓았지요."

그녀에 대한 기사 중 일부분.

진우의 시선이 멈춘 곳은 그녀가 '갑자기 영안에 눈을 떴다'라고 되어 있는 부분이었다.

2년 전.

하필 신의 도구로 시간이 되돌려진 시점과 비슷한 것은 그저 단순한 우연의 일치가 아니리라.

"내 존재가 앞으로도 이런 변화를 야기할 수 있다는 말인가?"

"그렇습니다, 군주님."

진우가 노기를 가라앉힌 듯 보이자 남자는 안도의 한숨을 내쉬었다.

"만에 하나 있을 변화를 우려하는 의미에서, 군주님이 원하신다면 군주님께서 머물 장소를 제공해 드리겠다는 것이 지배자분들의 생각입니다."

"……."

진우는 의자에 등을 기댔다.

남자에게서는 여전히 그 어떤 악의도 찾아볼 수 없었다.

남자와 그에게 연결된 지배자들 모두 선의에서 비롯된 감정으로 진우에게 제안하고 있었다.

하지만.

고향으로 돌아온 첫날 이런 이야기를 들어야 한다니.

집에 돌아갈 생각으로 흥분해 있던 진우는 씁쓸한 마음을 숨길 수 없었다.

지금은 이런 얘기를 하고 싶지 않다.

진우는 그러한 자신의 감정을 숨기지 않고 말했다.

"다음에 다시 찾아와 주겠나?"

"……그렇게 하겠습니다, 위대한 군주시여."

군주들과 지배자들 간의 전쟁을 끝낸 최고의 영웅에게 깍듯하게 인사한 남자가 자리에서 일어났다.

남자가 떠난 자리에는 앞뒤가 전부 검은색으로 칠해진 명함 하나만이 남았다.

아마도.

마음의 결정이 끝나면 이리로 연락해 달라는 무언의 요청이겠지.

명함의 앞뒤를 살피던 진우가 쓸쓸히 웃으며 명함을 교복의 속주머니에 챙겨 넣었다.

돌아왔다는 기대와 흥분이 거품처럼 꺼져 가고.

많은 생각들이 머릿속을 어지럽게 교차해 갔다.

'만약 모든 생명에게 존재의 목적이 정해져 있다고 한다면…….'

한 가지 확신할 수 있었다.

그림자 군주가 된 자신은 그 힘으로 세상의 기현상과 군주들의 침략을 막아 냄으로써 본연의 임무를 다했다.

목적을 달성한 것이다.

그러니 쓰임새가 끝난 거대한 힘은 수명이 다해 버린 핵연료처럼 처치 곤란한 애물단지일 수밖에.

그렇다면.

문득 의문이 생긴다.

'결국 나는 이제 이곳에 필요 없는 존재가 된 걸까?'

꼬리에 꼬리를 이은 생각이 거기까지 미쳤을 무렵.

진우는 때마침 아이스크림 가게 앞을 지나가는 한 사람을 보았다.

뭔가에 이끌린 것처럼 진우는 자신도 모르게 문을 열고서 가게 밖으로 한 걸음 내디뎠다.

앞으로도 계속.

그림자 군주인 자신이 이곳에 남아 있어도 되는지 의문을 가지게 되는 순간이 생길 것이다.

하지만.

'내가 여기에 머물러야 할 이유가 한 가지라도 남아 있다면…….'

가게 앞을 가볍게 달리며 지나갔던 운동복 차림의 소녀가 멈춰서 뒤를 돌아보았다.

무척이나 좋은 냄새가 느껴졌던 그곳에는, 활짝 열린 아이스크림 가게의 문 사이로 처음 보는 소녀이 자신을 바라보고 있었다.

'뭐지? 아이스크림 냄새가 이렇게 좋았나?'

고개를 갸웃거리며 뒤를 돌아보던 소녀가 결국 의아함을 해결하지 못한 채 곧 다시 달려갔다.

그 멀어지는 뒷모습을 보면서 진우는 잠시 미소를 지었다.

아직.

이곳에는 내가 사랑하는 사람들이 남아 있다.

그리고 나를 사랑하는, 또한 나를 사랑했던 이들이 남아 있다.

그러니 내가 여기 머물 이유는 충분하다고.

여기에 남아, 이곳에 있어야 할 또 다른 이유들을 찾아보자고, 진우는 웃으며 그렇게 다짐했다.

4.

그를 처음 만난 곳은 주군의 힘으로 만들어진 이상 공간 안에서였다.

나의 임무는 거기 들어온 그를 시험해 보는 것.

주군은 그가 자신의 그릇이 될 만한 자격이 있는 인간인지 알고 싶다고 하셨지만.

어째서인지 나는 알 수 있었다.

그것이 주군께서 내게 내리는 마지막 명령이라는 걸.

지배자들을 용서하신 뒤로 전쟁에 흥미를 잃어버리신 주군께서 보잘것없는 인간에게 이렇게까지 관심을 보이는 것에는 분명히 그만한 이유가 있을 것이라고.

이미 그때 나는 주군과의 이별을 짐작하고 있었다.

그러나 주군의 명령은 그야말로 절대적.

그분의 의도를 묻거나 만류할 생각도 없이 그저 분부대로 따르겠다고 답하는 수밖에 없었다.

그게 내가 할 수 있는 전부였다.

그렇게 나는 내 본래의 힘을 대부분 봉인당한 채로 그의 자격을 시험할 이상 공간 안에 홀로 섰다.

'이쪽 세계의 사람들은 이런 공간을 던전이라고 하던가?'

왕성의 알현실을 본떠 만들어진 듯 느껴지는 이 가상 던전의 안쪽 깊숙한 곳에는 높은 왕좌가 놓여 있었다.

지금은 기억조차 희미한, 인간이었던 시절의 기억을 더듬으며 안을 둘러보았다.

'과연…… 주군의 힘을 이용해 잘도 이렇게까지 정교한 무대를 만들었군.'

입구에서부터 왕좌가 있는 단상까지 좌우로 늘어서 있는 두꺼운 기둥들을 만져 보던 나는 설계자의 능력에 감탄했다.

이러한 치밀함이 그 인간의 몸을 점점 더 주군의 힘을 받아들일 수 있는 육체로 만들고 있으리라.

그때.

이곳으로 다가오고 있는 인기척이 느껴졌다.

'벌써……?'

예상보다 빠른 접근에 당황한 나는 일단 왕좌로 올라가 앉았다.

그런데.

"……."

앉고 나서 보니까 내가 여기에 앉아 있는 건 조금 건방지지 않나 하는 생각이 들었다.

내가 시험할 그 인간에게는 주군의 의식이 깃들어 있는데, 주군 앞에서 왕좌에 앉아 있는 내 모습을 보이는 것이 과연 옳은가 하는 고민이 나를 괴롭혔다.

'…….'

결국.

불경한 모습을 보여서는 안 되겠다고 판단한 난 황급히 왕좌에서 내려와 가장 가까운 기둥 뒤에 숨었다.

그그그그그그-!

기가 막힌 타이밍에 문이 열렸지만, 주변이 어두웠던 까닭에 그는 허둥지둥하던 나를 발견하지 못한 듯했다.

다행이다.

주군께서 계획하신 시험을 내 실수로 우스꽝스럽게 만들 뻔했으니.

안도의 한숨을 내쉬던 나는 그가 열 발짝 정도로 가까워졌을 때, 기둥 뒤에서 천천히 걸어 나가 그의 앞을 가로막았다.

'……!'

고요한 공기를 타고 그의 긴장감이 느껴졌다.

젊은 청년.

그를 보는 나의 시선은 당연히 곱지 않았다.

'저자가 주군께서 택하신…….'

내게 마지막으로 맡겨진 임무가 아니더라도 이 싸움을 소홀히 여길 생각은 없었다.

부족하다고 생각되면, 그는 내 손에 죽는다.

그렇게 투지를 불태우고 있는데.

갑자기 그 남자가 내 앞에서 불끈 쥔 두 주먹을 치켜들었다.

'……?'

설마 맨주먹으로 나를 쓰러뜨릴 생각인가?

인간치고는 용기가 가상하단 생각도 잠시.

그와 동등한 조건에서 싸우기 위해 난 망토를 벗어던지고 차고 있던 무기들을 차례대로 떨어뜨렸다.

'……!'

뭘 그렇게 하나하나에 다 놀라는지.

의지가 살아 있는 눈빛 하나는 마음에 든다만, 눈빛에 걸맞은 실력도 제대로 갖추고 있을까?

어디 한번…….

결과는 금방 나왔다.

"커헉!"

털썩.

내가 거의 힘을 쓰지 못하고 있음에도 그는 내게 무릎을 꿇었다.

실망이었다.

하지만 실망스러웠던 만큼 안심이 되기도 했다.

그에게 힘을 이어받을 자격이 없다면 주군께서 좀 더 오래 주군으로 계실 수 있게 되는 것이니까.

나는 처음이자 마지막으로 주군의 실패에 안도했다.

그리고 인간의 몸으로 용감히 싸운 그에게 그 용기에 맞는 최후를 선사하기로 마음먹었다.

주군께서 잠시 허락해 주신 권능을 이용해 멀리 떨어져 있던 검을 가져와 들었다.

단숨에 목을 베어 최대한 고통 없이 그를 보내 줄 요량이었다.

그것이 내가 그에게 베풀 수 있는 최대한의 자비라고 생각했다.

그도 내 생각을 읽었는지 순순하게 뒷목을 내밀었다.

'옳은 선택이다. 용기에 어울리는 현명함까지……. 아까운 사내지만 주군을 단념시키기 위해서는 방법이 없군.'

나는 명예로운 죽음을 선택한 그에게 참수를 집행하려 했다.

그러나 그때.

얌전히 죽음을 받아들이는 듯했던 그의 눈빛이 돌변했다.

캉!

내 검이 그의 손에 가로막히고, 그의 단검이 내 얼굴에 박혔다.

푹!

크아아아아아아아아–!

나는 놀랐다.

그가 내 검을 막아 냈다는 것보다, 그 상황에서 마지막까지 생을 포기하지 않고 있었다는 것에 더 놀랐다.

그리고 그때 잠깐 보였던 그의 눈빛이 내가 아는 주군의 눈빛과 매우 닮아 있다는 사실을 뒤늦게 깨달았다.

'아아– 그렇기에 주군께서…….'

사기가 꺾여 버린 나는 연달아 치고 들어오는 그의 공격에 제대로 대응할 수 없었다.

나는 벽에 처박혔고.

쿠앙–!

수없이 찔렸다.

캉! 캉! 캉! 캉! 캉! 캉!

결국 내 목을 보호해 주던 갑주가 더 이상 버티지 못하고 부서졌다.

콰직!

그가 가진 힘과 내가 가진 힘.

그의 자격을 알아보는 시험인 만큼 능력치는 분명 내가 몇 단계 더 높았을 터다.

그러나 나는 패배했다.

보기 좋게.

그것은 내가 그를 인간이라고 단정 짓고 방심해 버렸던 까닭일까, 아니면 포기를 모르는 그의 근성이 만들어 낸 기적인 것일까?

점점 흐려지고 있는 시야에, 두 손을 번쩍 들고 기뻐하는 그의 모습이 들어왔다.

"으아-!"

그걸 보고 있었더니 이상하게 웃음이 나오는 건, 지금 내가 제정신이 아니라는 뜻이겠지?

희미해지는 의식 속에서 내 시선이 위쪽을 향했다.

끝도 없이 위로 뻗어 있는 기둥들이 무엇을 받치고 있는지 어두워 잘 보이지 않았다. 멀게만 느껴지는 어둠이 주군과의 거리감을 보여 주는 것 같아 나는 조금 슬퍼졌다.

'주군의 선택이 옳았음을 기뻐해야 하는지, 아니면 주군의 결정을 되돌리지 못했음을 슬퍼해야 하는지…….'

나는 갈피를 잡지 못한 채 그렇게 의식을 잃었다.

그가 내게 다시 다가와 '일어나라'라고 외치기 전까진 말이다.

* * *

그는 나를 아껴 주었다.

아마도 내가 그의 첫 번째, 아니 정확하게 말하자면 완전히 처음은 아니지만, 첫 번째에 매우 가까운 병사였기 때문이었을까?

그에게서 느껴지는 호의에 감사하는 일도 자주 있었다.

특히 기억에 남는 건…… 그래, 그거다.

어느 날 그가 내게 건넨 한마디.

"너도 등급이 올라가면 대화를 나눌 수 있겠지?"

그때 해맑게 웃던 그의 미소를 보며 울컥했었던 내 마음을 어떻게 표현해야 할까?

그가 나를 어떻게 생각하는지는 몰라도 나에게 그는 나의 주인이자, 친구이며, 동료였다.

그와 나는 많은 싸움을 함께 헤쳐 나갔다.

우리는 함께 싸웠다.

때로는 마수들과, 때로는 몬스터들과, 때로는 헌터들과.

그가 즐거울 때 나도 즐거웠고, 그가 힘들 때 나도 힘들었고, 그가 슬퍼할 때 나도 슬퍼했다.

그에 대한 충성심이 깊어질수록 이전 주인에 대한 그리움이 옅어진다는 사실을 알고 있으면서도 그렇게 나는 점차 새로운 주군을 받아들여 갔다.

물론.

쉽기만 했던 것은 아니었다.

진땀이 났던 순간도 많았다.

"이걸로 해라."

번개가 나오는 검 하나를 믿고 여러 제약이 걸려 있던 당시의 나보다 더 강한 여자 헌터와 싸웠다가.

"정말로 방금 나온 검은 기사가 가장 강한 소환수가 맞나요?"

'…….'

이런 굴욕을 당하기도 했었고.

기형적으로 강한 힘을 지니고 있는 그림자 병사와 예정에 없었던 룸메이트가 되기도 했다.

키에에에에엑-!

'…….'

본성에 매우 충실한데, 심지어 그 본성이 흉포하기 이를 데 없기까지 한 룸메이트를 옆에 두고 있다 보면 점잖았던 옛 동료가 얼마나 그리워지는지 모른다.

벨리온을 다시 만난 내 심정이 딱 그러했다.

그래서 솔직히…… 벨리온이 베르를 때려눕혔을 때는 조금 속이 시원했다.

아주 조금.

그러나 옛 동료와의 재회가 기쁜 것도 잠시.

얼마 가지 않아 벨리온까지 베르에게 물들어 가기 시작하는 것이 아닌가?

[이봐, 이 검은 깃발…… 저 성 꼭대기에 꽂아 놓으면 주군께서 기뻐하시지 않을까?]

[……진심이냐?]

[개미들처럼 뭔가를 만드는 데 소질이 있는 건 아니지만, 주군께서 기뻐하실 일이라면 나는 뭐든지 할 수 있다.]

[아니, 내 말뜻은 그게 아니라…….]

[키헤헤헤헷, 그거 주군을 위한 깃발인가?]

[……그만두지.]

뭐, 새 주인의 반응은 말할 필요도 없겠지.

어쨌든 차원의 틈새에서 부름을 기다리고 있었던 원조 그림자 군단의 합류로 그의 세력은 더욱 강해졌다.

내가 염려했던 바와 달리 그는 '전대 군주님의 병사들'을 차별 없이 대했고, 하나로 단결된 우리는 그를 위해 그 어떤 전투도 불사할 각오가 되었다.

찰나처럼 짧았던 훈련 시간이 지나가고.

곧 우리의 각오는 군주들과의 전쟁에 쓰였다.

우리는 그를 위해 모든 힘을 다해 싸웠고, 그는 군주들과의 전쟁을 승리로 이끌었다.

그가 용제와 싸우고 있을 때, 우리들 모두는 그림자 속에서 그 결전을 지켜보고 있었다.

두 군주의 대결은 너무도 아름다워서 감정이 북받칠 정도였다.

[키엑, 뭐냐. 이그리트 너 지금 우는 거냐?]

[……닥쳐.]

잠깐 위험한 순간이 오는 줄 알았던 그림자 군단 전원은 주군의 그림자 속에서 흥분해 날뛰었으나, 그 순간 지배자들의 군대가 하늘의 문을 열고 밀어닥쳤다.

와아아아—!

하늘에서 까맣게 쏟아지는 지원군을 보며 우리는 환호성을 질렀다.

[좀 일찍 일찍 다니란 말이다!]

[저것들 우리 간 떨어지게 일부러 시간 딱 맞춰 온 거 아니냐?]

[내가 밖에 있었으면 저것들부터 팼다, 진짜.]

겉으로는 불평불만을 쏟아 내면서도 사실 우리는 모두 얼싸안고 주인의 승리를 기뻐했다.

하지만 기쁨의 노래는 오랫동안 울려 퍼지지 못했다.

주군이 말했다.

"한 번만 더…… '윤회의 잔'을 사용해 주겠나?"

시간을 돌려 자신이 사는 세계에서 군주들과 지배자들의 흔적을 지우고 싶다 말하는 그.

인간이었던 시절, 지키고 싶었던 사람들이 있었던 내게는 충분히 공감되는 감정이었다. 아마도 나 역시 할 수만 있다면 그와 같은 선택을 하지 않았을까?

나는 그의 결정을 존중했다.

나와 내 동료들은 그를 위해서라면 군주들의 군대가 아니라 그 어떤 적이라도 다시 한번 맞부딪칠 준비가 되어 있었다.

그러나 모두가 그 싸움에 초대받지는 못했다.

시간이 되돌려지면 사라져야 하는 이들이 있다는 소리에, 그 조건에 해당하는 병사들이 주저앉아 곡소리를 냈다.

나는 오랫동안 우리와 함께했던 아이언과 태생부터 주군께 밉보여 마음고생이 심했던 그리드, 그리고 통곡하는 다른 병사들을 다독여 주었다.

그렇게 이별의 순간이 끝나고.

과거로 되돌아간 우리에게 새로운 전쟁이 주어졌다.

우리의 주인은 점점 더 전쟁에 능숙해졌고, 우리 또한 주인을 따라 점점 더 강해졌다.

몇 번의 크고 작은 위기도 있었다.

하지만 그는 위기를 넘어설 때마다 몰라보게 강해졌다.

그렇게 약 30년.

모든 적들을 다 파괴하고 '파멸의 군단'만이 남았다.

주군과 용제의 격돌.

주인이 적의 수장과 싸우는 동안, 우리는 고대 용들을 상대했다.

그들 중 하나.

그라노데가 용의 군대를 미친 듯 쓰러뜨리고 있던 내게 말을 걸어왔다.

[이그리트! 그림자 군단의 양쪽 날개 중 하나였던 네가 고작 인간에 불과했던 군주의 명을 따르다니, 부끄럽지도 않느냐?]

이미 용의 형태를 유지하기도 벅차 인간의 모습으로 가슴에 박힌 검을 쥐고서 숨을 헐떡이고 있는 놈을, 나는 한참 동안 멍히 내려다보았다.

그랬다.

잊고 있었다.

새 주인과 함께한 시간들이 너무도 영광되어, 전대 주군을 까마득하게 잊은 채 지냈었다.

언제부터였을까?

내 머릿속에서 전대 주군이 완전히 사라져 버린 것이.

그라노데는 진즉 숨통이 끊어졌지만, 나는 사방에서 전투가 일어나고 있음에도 그 자리에서 한참이나 떠날 수 없었다.

한때 내 모든 것이었다고 할 수 있었던 주인이, 나에게 고작 이 정도의 의미였단 말인가?

그런 회의감이 나의 머리를 하얗게 만들어 갔다.

그런데 그때.

어디선가 내 정신을 확 들게 만드는 고함 소리가 들려왔다.

“이그리트!”

주군의 목소리.

나는 급히 고개를 들었다.

내 시선이 향한 곳에서 눈부신 빛이 터져 나오고 있었다.

‘파멸의 숨결!’

주군과 혈투 끝에 힘의 대부분을 소진하여 인간 형태로 돌아온 용제가 나를 향해서 브레스를 토해 내고 있었다.

아니.

나를 노린 것은 아닐 것이다.

그저 용제가 숨결을 쏟아 내는 방향에 내가 서 있었을 뿐.

단지 운이 없었던 것이다.

하지만 거의 모든 사고는 그 약간의 불운 때문에 일어나 당사자의 목숨을 앗아 간다.

이번엔 그게 내 차례였다.

콰아아—!

번쩍 하는 빛을 보고서 이미 늦어 버렸음을 깨달은 난 별다른 반응도 못한 채 그대로 굳어 버렸다.

그리고 생을 체념했다.

시야를 덮어 오는 빛을 마주하며 나는 생각했다.

어쩌면 이것은.

충성을 맹세했던 전대 군주를 까맣게 잊고 있었던 내게 내려진 벌이 아닐까?

그렇다면 달게 받아야 하리라.

나는 죄인이니까.

그렇게 내가 빛의 속도로 다가오는 최후를 숙연히 기다리고 있을 때.

찰나의 순간, 순식간에 내 앞을 가로막은 누군가가 한 손으로 '파멸의 숨결'을 받아 냈다.

콰아아아아아아아—!

용제의 끔찍한 공격은 그 누군가의 왼손을 불태우고 있었으나, 그는 손을 거두어들일 생각이 전혀 없어 보였다.

나는 나를 대신해 세상의 모든 것을 태워 버리는 불꽃을 막고 있는 그를, 나도 모르게 부르짖었다.

[주군!]

파멸의 숨결이 그치자 주군은 나를 질책하듯 돌아보았다.

'……!'

방금 그가 나의 이름을 크게 불렀을 때와 마찬가지로 또 한 번 정신이 번쩍 들었다.

잠깐 나를 돌아보았던 주군은 다시 용제에게로 돌진했다.

나도 내 주위를 포위하려 하는 용인족들을 상대하기 위해 검을 치켜들었다.

캉!

또다시 검과 검이 맞부딪쳐 불똥이 튀고, 내 검에 찢겨 버린 용인족들이 울부짖었다.

그래.

나는 결코 전대 군주님을 잊은 것이 아니다.

그분을 생각하는 마음까지 지금의 군주님에게로 이어진 것일 뿐.

전대 군주께서 정하신 후계자에게 내 모든 것을 다해 충성하는 것이 어찌 흠이 될 수 있다는 말인가?

나는 기사.

주군의 검.

그림자 군단을 이끄는 양쪽 날개 중 하나.

만약.

만에 하나 지금의 주군과도 헤어져야 하는 순간이 온다면, 전대 주군께 미처 전하지 못한 인사까지 더해 말하리라.

주군의 밑에서 싸우던 매일이 내겐 영광의 나날들이었다고.

[으아아아아아아아아-!]

나는 거친 함성을 내지르며, 내게 달려드는 용들을 향해 뛰어들어 갔다.

* * *

전쟁이 무사히 끝나고, 우리는 주군과 함께 주군의 세계로 돌아왔다.

사각사각.

밤늦은 시간까지 공부에 매진하시는 주군께 그림자 속에서 시야를 공유하고 있던 내가 말씀드렸다.

[주군, 14번 문제의 답은 1번이 아닌 2번입니다.]

“아. 그래? 땡큐.”

출석 일수를 채우지 못해 중학교라는 곳에서 제적당하신 주군은 검정고시라는 새로운 전장에 발을 들이셨다.

항상 거의 만점에 가까운 모의고사 점수를 유지 중이시지만 가끔 이렇게 방심하다 놓치는 문제가 있으시다.

그럴 때 누가 주군을 보좌하겠는가?

덩치만 산처럼 큰 총군단장 벨리온?

아니면 똑똑하다고 한들 결국은 곤충에 불과한 군단장 베르?

역시 인간이었던 시절, 기사 학교를 우수한 성적으로 졸업했던 내가 주군을 보필하지 않으면.

“근데 14번 답…… 1번이라는데? 너 2번에 목숨 걸 수 있냐, 이 그리트?”

해답지를 펼쳐 보신 주군의 예리한 지적에 나는 기사답게 인정했다.

[아직 제 수련이 부족한 모양입니다. 주군을 위해 좀 더 정진하겠습니다.]

‘…….’

나는 주군의 기사.

주군의 검.

주군의 전장은 곧 나의 전장.

주군께서 새 전장에 발을 디디셨으니 나의 영광된 나날도 당분간 계속될 것 같다.

5.

우진철은 가끔 상실감을 느꼈다.

자신이 무언가 중요한 것을 잊고 있는 듯한 기묘한 상실감.

하지만 아무리 곰곰이 생각해 봐도 잊은 것 따위는 없었다.

그저 잊은 것에 대해 생각할수록 점점 더 가슴속의 공허함만이 커져 갈 뿐.

“선배, 무슨 고민을 그리 심각하게 하세요?”

막내 형사가 방금 자판기에서 뽑아 온 따끈따끈한 커피를 건네며 물었다.

별일 아니라는 듯 어깨를 한 번 으쓱한 우진철이 커피를 받아 들었다.

“땡큐.”

향긋한 커피 냄새가 코끝에 스며들자 그제야 허전해졌던 마음이 조금은 들어차는 기분이다.

수사부 형사과 강력계 4년차 형사, 우진철.

불어오는 봄바람에 마음이 흔들릴 정도로 약하게 살아온 인생도 아닌데, 3년 전부터 갑자기 시작된 이 상실감은 그 뒤로도 종종 자신을 찾아왔다.

지인들에게 이 얘기를 털어놓으면 다들 나이가 다 찼는데 가정이 없어서 그렇다는 핀잔만 늘어놓을 뿐.

커피의 뒷맛처럼 씁쓸히 웃던 우진철은 금방 종이컵 하나를 다 비웠다.

‘……그래.’

바쁜 꿀벌은 슬퍼할 겨를이 없다고 하던가?

시답잖은 우울함을 해소하는 데는 자고로 일이 최고인 법.

마침 강력계 사무실 안으로 들어서는 우진철의 시야에 한 줄로 나란히 앉은 사내들의 뒷모습이 들어왔다.

한 손으로 종이컵을 구기던 우진철이 턱짓으로 그들 3명을 가리켰다.

"쟤들은 뭐야?"

"아…… 재네들이요? 그게……."

뭔가 껄끄러움이 느껴지는 막내의 목소리를 듣고 우진철이 빠르게 걸어 그들 앞에 섰다.

아니나 다를까?

못 볼 것을 보기라도 한 것처럼 새하얗게 질린 얼굴의 세 남성이 눈을 제대로 마주치지도 못한 채 온몸을 사시나무처럼 덜덜 떨고 있었다.

그들의 얼굴을 보면서 우진철은 저도 모르게 혼잣말을 내뱉었다.

"또 그림자 괴물이냐……."

* * *

죄책감을 이기지 못했거나 꼬리가 잡힐까 두려워 경찰서를 찾은 자수자들이 자신의 죄를 털어놓는 상황은 그리 드문 일도 아니었다.

하지만.

겁에 질린 자수자들이 어서 자신을 감방에 집어넣어 달라고 애걸복걸하는 상황은 절대 흔하지 않은 광경이었다.

그런데 벌써 몇 달째, 이 흔하지 않는 광경이 반복되고 있었다.

"그, 그림자가…… 그림자가 땅에서 일어나 저한테 말을 했습니다. 24시간 안에 자수하지 않으면 살아 있는 것을 후회하게 될 거라고…… 형, 형사님, 다 제가 잘못했으니까 제발 절 빵에 넣어 주세요!"

그들의 공통적인 얘기.

이런 일이 계속 반복해서 벌어지자 상부에서까지 진상을 밝히라는 오더를 내렸다고 한다.

우진철의 목소리가 높아졌다.

"그러니까 너네 전부 다 그 그림자 괴물을 봤다고?"

"그, 그렇다니까요!"

그들의 자백을 토대로 조서를 꾸미던 우진철이 '자수하게 된 경위' 부분에서 한숨을 내쉬었다.

'이걸 또 어떻게 보고한다?'

그림자 괴물이나 24시간의 저주 같은 믿기 힘든 얘기들을 보고해야 한다는 생각에 벌써부터 머리가 지끈거렸다.

그때.

톡톡.

어깨 위의 손길을 느껴 돌아보니 선배 형사가 말을 걸어왔다.

"진철아, 조서는 우리 막내한테 맡기고 넌 일단 회의실로 와라."

'회의실?'

최근 그림자 괴물의 눈부신 활약으로 강력 사건도 많이 줄어든 마당에 예고도 없는 회의실 사용이라니, 무슨 일일까?

의아해 하는 우진철의 눈빛을 뒤로하고서 선배는 회의실로 들어

갔다.

고개를 갸웃거리던 우진철도 곧 자리에서 일어났다.

"여긴 제가 맡을게요, 선배."

"수고."

잡무를 도맡아 하는 막내를 격려해 준 우진철이 형사들을 따라 회의실로 향했다.

* * *

"예? 자수자들을 내보내자고요?"

"어허! 목소리 좀 죽여. 밖에 다 들릴라."

우진철은 믿을 수 없다는 듯 다시 물었다.

"자수자들을 내보내자니 도대체 그게 무슨 말씀이십니까?"

"내보내자는 게 아니라, 바깥에 두고 24시간이 지나면 어떻게 나오는지 한번 지켜보자는 거지."

선배 형사의 의견을 듣고 있던 동료 형사가 얼굴을 찌푸렸다.

"선배, 그놈들 그냥 약에 취해서 헛소리하는 거라니까요. 아마 괴물이니 뭐니 하는 건 요번에 새로 생긴 부작용일 겁니다."

"근데 약물검사에서 아무 반응 안 나왔잖아? 내가 결과 확인하러 국과수까지 갔다 왔다고."

"그건……."

"그리고 약의 부작용 때문에 아무런 접점도 없는 애들이 죄다 같은 걸 보고 자수를 결심하는 게 말이 된다고 생각하냐?"

"……."

결국 동료는 할 말이 없는지 입을 다물었다.

형사들의 회의는 이어졌다.

"위쪽에서 원인을 알아내라고 지시가 떨어진 지가 언젠데 우린 지금 감도 못 잡고 있잖아. 별수 있어? 이렇게라도 해서 어떤 단서든지 이끌어 내 봐야지."

그러자 처음에는 탐탁지 않아 하던 형사들이 서로 눈치를 살피며 고개를 끄덕거리기 시작했다.

모두가 같은 환상을 봤다면 그들의 헛소리에서 뭔가 단서가 될 만한 것이 튀어나올지도 모른다.

"그러니 걔들이 헛소리를 할 만한 상황을 만들어 주자는 거지."

잠자코 있던 우진철이 뒤늦게 말문을 열었다.

"그러다 진짜 무슨 일이라도 생기면 어떡합니까?"

"……?"

"……?"

머리를 맞대고 있던 형사들의 시선이 일제히 우진철에게로 향했다.

피식, 피식.

우진철을 바라보던 그들의 입꼬리가 올라갔다.

"우 형사, 뭐 귀신 같은 거 믿는 성격이었어?"

"그렇게 안 봤는데, 우리 진철이가 생각보다 감성적인 면이 있었네?"

"하하하–."

물론 우진철도 괴물 같은 허무맹랑한 이야기를 곧이곧대로 믿는 것은 아니었다.

하지만 모두가 같은 환상을 보았다면 분명 그만한 이유가 있지 않겠는가?

왠지 모르게 우진철은 자수자들의 진술에서 어둠 너머의 시선과 마주하고 있는 것 같은 불길함을 느꼈다.

건드려서는 안 된다.

그런 예감이 들었다.

반장은 우진철 형사의 염려를 다른 방향으로 생각했는지, 걱정스러운 얼굴을 하고 있는 그의 어깨를 툭 치며 말했다.

"사고 날 일 없어, 우 형사. 자수자 하나만 조용한 창고 같은 데 데려가서 어떻게 나오는지 지켜볼 거야. 건장한 형사들 여럿이 지키고 있을 건데, 제깟 놈이 뭔 수로 도망을 가겠어?"

설마 진짜 괴물이니 귀신이니 하는 얘기를 믿는 건 아니지, 하는 반장의 눈빛에 우진철이 못 이긴 척 고개를 끄덕였다.

그러자 반장이 호탕하게 웃으며 말을 이었다.

"그래, 진짜 놈들 말대로 24시간이 지나면 괴물이 나타나 놈들을 어떻게 한다고 치자. 그러면 그건 또 나름대로 감사한 일 아니야?"

놈들은 노인들이 사는 주택에 들어가 강도 짓을 일삼다가, 저항하는 노인 부부를 때려죽이기까지 한 흉악범들이다.

그런 놈들은 삼시세끼 제때 꼬박꼬박 나오는 빵에 처넣을 것이 아니라 괴물 같은 것에게 찢겨 죽어야 마땅하다고, 반장은 농담 반 진담 반으로 목에 힘을 주었다.

"그럼 이제 지원자가 필요한데……."

반장이 우진철을 바라보며 능글맞게 웃었다.

"우 형사는 정 맘에 안 내키면 빠지도록 하고."

"……."

사회생활을 해 본 사람이라면 알겠지만, 이건 절대 빠지지 말라는 소리와 같다.

탐탁지 않은 마음에 잠깐 갈등했던 우진철이 곧 대답했다.

"아닙니다. 저도 가겠습니다."

* * *

"혀, 형사님들! 진짜, 진짜 안 된다니까요! 저 죽어요!"

"가만히 좀 있어 봐. 조사해 볼 게 있다니까."

"저 죽는다고요!"

"야, 죽긴 누가 죽어? 우리가 네 옆을 지키고 있을 건데. 김 형사, 24시간까지 얼마나 남았지?"

"보자…… 한 30분 정도 남은 거 같은 데요?"

"그래? 어우- 춥다."

봄이 되었지만 아직은 차가운 공기에, 형사들 입에서 하얀 입김이 올라왔다.

새벽의 한적한 창고 안.

자수자의 변화를 지켜보기 위해 형사들은 따분한 시간을 보내고 있었다.

그들 중 오직 한 사람.

우진철만이 예리한 눈을 빛내며 주변을 철저히 경계했다.

'달라…….'

왠지 주변의 공기가 평소와는 다르다.

뭔가 절대 가까이 해서는 안 될 것이 다가오고 있다는 막연한 느낌이 들었다.

이 느낌이 그냥 설레발로 끝나면 좋으련만.

우진철은 자꾸만 빨라지는 호흡을 진정시키기 위해 심호흡을 거듭했다.

그렇게 천천히 그림자라는 존재가 경고했던 시간이 다가왔다.

"어…… 시간 됐는데요?"

"그래?"

형사 하나가 시계를 들여다보며 일어섰다.

재깍, 재깍.

자수자가 끔찍이 강조했었던 24시간이 지나가고 있었다.

"……."

"……."

당연하다면 당연하다고 할까?

아무 일도 일어나지 않았고, 일이 벌어질 낌새도 없었다.

"뭐야?"

성질 급한 형사가 자수자를 노려보자, 벌벌 떨고 있었던 자수자가 빼꼼 고개를 들더니 자신도 어이없다는 표정을 지었다.

"어……?"

주변에 보는 사람도 없겠다, 단체로 그를 둘러싼 형사들이 윽박을 질러 댔다.

"야, 너네 진짜 단체로 무슨 약이라도 빤 거 아니냐?"

"뜸 들이지 말고 말해라. 일 좀 편히 하게."

주변을 두리번거리며 눈을 끔벅이던 자수자는 꽤 시간이 지났는데도 별일이 없자 뒷머리를 긁적거렸다.

"아니, 그게…… 그땐 분명 저희가 봤거든요? 실은 저희가 처음에 네 명이었……."

그가 거기까지 말했을 때.

그때까지도 한 발짝 떨어져 주변을 경계하고 있던 우진철이 갑자기 형사들을 돌아보며 필사적으로 소리를 내질렀다.

"나와! 거기 나오라고!"

뭔 소리를 하는 거지?

그런 의아한 얼굴로 우진철을 바라보던 형사들이 일순간 뒤로 나가떨어졌다.

"으악!"

"컥!"

바닥을 구르던 형사들은 단번에 의식을 잃었는지 움직임 없이 조용히 잠들었다.

형사들에게 달려가려다 무언가를 발견하고 우뚝 자리에 멈춰 선 우진철.

그의 눈동자에 그림자에서 스멀스멀 올라오고 있는 괴물들의 모습이 새겨졌다.

"아……."

말이 나오지 않았다.

숨이 콱 막혀 왔다.

그것…… 아니, 그것들은 인간이 아니었다.

인간의 팔다리를 하고 있는 곤충, 그 녀석들의 목 위에는 사람 머리 대신 개미의 머리가 달려 있었다.

우진철의 눈동자가 흔들렸다.

'저런 괴물이 셋씩이나!'

자수자들은 환상을 본 것도, 약물 부작용에 시달린 것도 아니었다.

그들의 진술은 한 치의 거짓도 없는 진실이었다.

"으, 으아아아아아악!"

사방을 둘러싼 개미들에게 포위된 자수자가 마구 비명을 질러 댔다.

인간의 입에서 나올 수 있는 가장 처절한 비명 소리.

단말마의 비명이었다.

개미들은 아무 망설임 없이 자수자의 사지를 잡아 뜯더니 그대로 먹어 치우기 시작했다.

"으아아아악!"

비명은 오래가지 않았다.

개미들의 연회가 끝난 자리엔 조금의 피와 약간의 살점만이 남았을 뿐이었다.

우진철은 그 광경을 넋 나간 듯 지켜보았다.

그리고 식사를 마친 개미 둘도 멍히 서 있는 우진철을 발견했다.

끼엑.

개미들의 시선이 우진철에게 고정됐다.

우진철은 급히 돌아서서 도망가려 했으나 발걸음이 떨어지지 않았다.

다리가 굳어 조금도 움직일 수가 없었다.

"제…… 제발."

그때.

다가오던 개미 둘의 뒤에 위치해 있던 날개 달린 커다란 개미가 그들을 저지했다.

그들의 어깨를 잡아 돌려세운 날개 달린 개미는 어째서인지 잠깐 동안 반가운 눈빛을 보내더니 급기야 씩 웃었다.

"……?"

개미가 웃어?

아니.

개미가 웃는 건 둘째치고.

저 눈빛이 반가워하는 표정이라는 걸 내가 어떻게 알 수 있는 거지?

이상하게.

이 끔찍하도록 무섭고 두려운 상황에서 우진철은 그리움을 느꼈다.

마치 이런 상황에 익숙했던 시기가 있었던 것처럼.

'대체…… 어째서?'

당황스러워하고 있던 우진철은 그림자 속으로 사라지고 있는 개미들을 발견했다.

"이, 이봐! 잠깐!"

하지만 우진철의 간절한 마음에도 불구하고 그 개미들은 순식간에 사라졌다.

우진철이 달려와 그림자 위에 섰을 땐, 이미 어떠한 흔적도 찾아볼 수 없었다.

또다시 자신을 찾아온 공허함을 느끼며 우진철은 개미들이 사라진 그림자 위를 천천히 쓰다듬었다.

얼마나 그렇게 있었을까?

"으음……."

동료들이 뒤척이는 소리에 우진철은 뒤늦게 정신을 차렸다.

"이봐, 괜찮아?"

동료들의 상태를 살피던 우진철이 급히 구급차를 불렀다.

그러나 구급차가 도착해 동료들이 실려 갈 때까지도 우진철의 시선은 개미들이 사라진 그림자에게로 향해 있었다.

* * *

"잘하는 짓이다! 잘하는 짓이야!"

반장이 길길이 날뛰었다.

그야 그럴 수밖에.

자수자는 감쪽같이 행방을 감추었고, 자수자를 지켰어야 할 형사들은 뭔가에 맞고 기절해서 전혀 기억을 못 하니.

여기저기 붕대를 감고서 고개를 푹 숙이고 있는 형사 둘을 보고 한심하다는 듯 혀끝을 차던 반장이 우진철에게 고개를 돌렸다.

"우 형사, 너는?"

"……."

"구급차는 우 형사가 불렀잖아? 뭐 기억나는 거 없어?"

"죄송합니다. 저도 정신을 차리고 보니 동료들이 기절해 있어서……."

"으이구!"

반장은 답답하다는 듯 가슴을 치며 한숨을 토했다.

"다행히 아직 위에 보고가 안 갔으니까 이번 건은 너네 입 다물고 있어. 너희 둘은 저기 구로구파 뒷조사하려다가 실수로 다친 거야. 알겠어?"

"예."

"예, 반장님."

힘없는 두 형사의 대답과 함께 사건은 겨우 일단락되고.

한동안 강력계는 조용했다.

"선배, 요즘은 표정이 좋으시네요. 좋은 일이라도 있으세요?"

막내 형사는 방금 자판기에서 뽑아 온 따끈따끈한 커피를 우진철에게 건넸다.

"글쎄."

별일 없다는 듯 어깨를 한 번 으쓱해 보인 우진철이 커피를 받아 들었다.

하지만 좋은 일이 있냐는 막내 형사 말도 틀리지는 않았다.

그날, 그 개미 괴물들을 만나고 난 뒤로 이상하게 마음속의 빈자리가 조금 메워진 느낌이 들었다.

'뭔가가 있다.'

분명히.

베테랑 형사의 감, 아니 인간 우진철의 감이 분명 뭔가가 있다고 말해 주고 있었다.

우진철이 말없이 보고 있는 수첩을 어깨 너머로 훔쳐보던 막내 형사가 눈을 동그랗게 떴다.

"어? 어? 선배, 그 자수 사건 아직도 조사하고 계신 거예요? 그거 반장님이……."

"알아. 그냥 개인적으로 좀 알아보고 있는 거야."

후배를 입단속시킨 우진철이 남은 커피를 마저 들이켰다.

하지만.

후배의 입은 좀처럼 닫히지 않았다.

"와…… 우리 관할서 말고도 그림자 괴물 때문에 자수했다는 범죄자들이 꽤 많네요?"

"……."

요즘같이 강력계 형사 지원자가 줄어들고 있는 시기에 제 발로 찾아온 막내를 막 대할 수는 없는 노릇.

우진철은 귀찮아 하면서도 귀찮은 티를 내지 않고 꼬박꼬박 대답해 주었다.

"그렇다더군."

"음-."

눈에 힘을 주고서 수첩에 적힌 내용을 들여다보던 막내가 물었다.

"어? 그런데 2월 말에서 3월 초에는 자수자들의 숫자가 부쩍 줄었네요?"

심상치 않은 막내의 한마디에 순간 베테랑 형사의 눈이 번뜩였다.

"왜? 뭐 생각나는 거라도 있어?"

"아, 별다른 건 아니고요. 고모가 예전에 작은 도서 대여점 하나를 하셨거든요."

"……그런데?"

"항상 2월 말과 3월 초는 학생들의 개학, 입학 시즌이라 장사가 안 된다고 우는소리를 하셨던 게 기억나서요. 하하. 진짜 별거 아니죠?"

민망한지 뒷머리를 긁적거리며 웃던 막내는 방금 자신이 한 말을 수첩에 고스란히 적고 있는 우진철을 발견하고서 화들짝 놀랐다.

"서, 선배?"

"혹시 모르니까."

개학, 입학 시즌.

그렇게 아무 수식어도 없는 단조로운 여섯 글자가 우진철의 수첩에 조용히 추가되었다.

＊ ＊ ＊

××고등학교.

신입생 입학식 전날, 교장이 학생부장 선생을 비밀리에 교장실로 불러들였다.

“내일 우리 학교에 문제아 하나가 올 겁니다.”

“예?”

교장은 미리 준비해 두었던 서류 하나를 스윽 내밀었다.

서류에 적힌 프로필을 훑어보던 학생부장 선생이 고개를 갸웃거렸다.

“아버지는 소방관에, 어머니는 평범한 주부군요. 성적도 그렇고, 큰 문제는 없어 보이는데요?”

“어허, 이 사람. 밑에 제적 사항을 보시오.”

“……!”

중학교 1학년 때 2년간의 가출.

당연히 중학교는 잘렸다.

그런데 검정고시로 중학교 과정을 수료한 뒤 바로 우리 고등학교에 지원한 것이 아닌가?

‘고1도 아니고, 초등학교를 갓 졸업한 중1 때 2년이나 집을 나갔었다고?’

강적의 등장을 예감한 학생부장 선생의 눈동자가 떨리기 시작했다.

교장의 목소리가 낮아졌다.

“어떤가요? 이 학생, 선생님이 감당하실 수 있겠습니까?”

크게 한번 심호흡 한 학생부장 선생이 문제아의 파일을 덮었다.

탁.

"제가 왜 독사로 불리는지 아시지 않습니까? 어떤 문제아든 저한테 맡겨만 주십시오. 말썽 못 부리게 단단히 교육시켜 놓겠습니다."

그의 눈빛엔 사명감과 자신감이 가득했다.

교장이 고개를 끄덕였다.

"좋습니다. 그럼 박 선생만 믿지요."

학생부장 선생의 장담을 듣고서야 교장의 얼굴이 풀어졌다.

그걸 지켜보던 학생부장 선생도 슬며시 미소를 지었다.

결전은 내일.

입학식에서 한눈에 문제아의 기선을 제압해 버릴 각오로 학생부장 선생의 가슴은 벌써부터 들뜨고 있었다.

* * *

입학식을 위해 1학년 신입생들이 운동장에 모여 섰다.

웅성웅성.

신입생들은 아직 교사들의 감시가 느슨한 틈을 타 같은 중학교 출신들끼리 삼삼오오 모여 수다를 떨어 댔다.

그때였다.

"조용!"

마치 정어리 떼 한가운데를 순식간에 파고든 상어 한 마리처럼 등장한, '독사' 박기술 선생의 살벌한 눈빛에 신입생들은 일제히 입을 다물었다.

"누가 떠드나, 누가?"

이름과 달리 체육 과목을 맡고 있는 박기술 선생은 레슬링을 전공한 이답게 만두귀와 두꺼운 목, 넓은 어깨, 그리고 두꺼운 허벅지를 가지고 있었다.

박기술 선생의 시선이 향하는 곳마다 아이들이 고개를 떨어뜨렸다.

학기 초의 기 싸움은 학생들 사이에서만 벌어지는 일이 아니다.

오히려 학년이나 반의 전체적인 분위기를 결정짓는다는 의미에서 보면, 선생과 학생들 간의 기 싸움이 학생들끼리의 기 싸움보다 훨씬 더 중요하다고 할 수 있다.

그 기 싸움에서.

독사 박기술 선생은 단 한 번도 패한 적이 없었다.

그가 교단에 처음 섰던 10년 전도 그랬고, 재작년, 작년도 그러했으며, 올해도 그러할 예정이었다.

상어 앞의 정어리 떼들, 아니 박기술 선생 앞의 학생들은 그의 시선을 조금도 버티지 못하고 금방 눈을 내리깔았다.

그가 지나가는 곳마다 그 시끄럽던 아이들이 쥐 죽은 듯 입을 다물었다.

그를 지켜보고 있던 동료 선생들이 존경의 눈빛을 보내왔다.

"역시 박 선생님……."

"올 한 해도 학년부장 선생님만 믿고 가면 되겠네요."

박기술은 기가 꺾인 신입생들을 둘러보며 흐뭇한 미소를 지었다.

'그래, 그래야지.'

하지만.

오늘은 이 정도의 승리로 만족할 수 없었다.

교장 선생님께서 친히 부탁까지 하신 진짜 타깃이 따로 있지 않은가?

그 문제아의 기를 꺾어 놓지 않는 한 오늘 제대로 된 학생 지도를 했다고 말하기는 어려울 터였다.

신입생들의 얼굴을 훑어보던 박기술 선생이 곧 그 문제아를 찾았다.

'저기 있다.'

목표를 발견한 그의 얼굴에서 미소가 지워졌다.

또래들에 비해 훤칠한 키에 온몸 구석구석 박혀 있는 잔근육, 그리고 강한 생명력이 엿보이는 두 눈까지.

멀리서 봤음에도 한눈에 보통내기가 아님을 알 수 있었다.

'저 녀석이 성진우…….'

그러나 고수는 고수를 알아보는 법.

아무리 놀았던 학생이라도 보통 자신 앞에 서면 어느 샌가 고분고분한 양이 되고는 한다.

만약 되도 않은 객기를 부린다면 이쪽에서 약간의 진심을 보여주면 그뿐.

지금까지 이 독사 박기술이 바로잡지 못한 문제아란 없었다.

그의 자신감이 온몸에서 아우라처럼 뿜어져 나왔다.

'좋아…….'

시작해 보자.

박기술은 일단 독사 같은 두 눈으로 문제아의 위아래를 빠르게 스캔했다.

순간 그의 눈이 반짝였다.

'저거다!'

문제아의 한쪽 손을 덮고 있는 검은 장갑.

모자나 장갑같이 교칙에 어긋나는 복장을 하고서 운동장 한복판에 서 있는 문제아를 학생부장 선생이 못 본 척 그냥 넘어갈 수는 없지 않은가?

물론.

그 손안에 심한 흉터가 있어 필히 장갑을 껴야 한다는 사정을 모르는 것은 아니었다.

그 정도는 학생 파일에 다 적혀 있었으니까.

그러나 지금은 문제아의 기선을 제압하기 위한 작은 구실 하나가 필요할 뿐.

학생을 지적하는 데 있어 복장 불량만큼 적당한 구실이 또 있을까?

파고들 틈을 발견한 독사처럼 예리한 눈을 빛내던 박기술 선생이 문제아에게로 다가갔다.

아직 그 문제아는 자신의 접근을 눈치채지 못한 듯했다.

잘된 일이다.

갑작스러운 기습은 적의 사기를 꺾는 데 정말 효과적이니까.

나직하게 이름을 불러도 들릴 만큼 거리가 가까워졌을 때.

박기술 선생이 눈을 부릅떴다.

"야, 너 인마! 너 여기가 어디라고 장갑을 끼고……."

우렁차게 터져 나온 박기술 선생의 호통에 진우가 고개를 들었다.

진우의 눈이 박기술 선생의 눈과 마주쳤다.

그 순간.

"어, 어어……?"

박기술 선생은 보았다.

문제아의 뒤에 끝도 없이 서 있는, 무수한 검은 괴물들을.

학생들과 운동장이라는 배경이 모두 검게 사라진 그의 시야에, 지평선 저 너머까지 아득하게 도열해 있는 천만 대군의 모습이 들어왔다.

"헉!"

그 압도적인 위압감에 떠밀린 박기술 선생은 비명을 지르며 뒤로 나자빠졌다.

"선생님!"

"박 선생님, 괜찮으십니까?"

주변에 있던 선생들이 급하게 달려와 그를 부축했다.

얼굴이 새하얗게 질린 박기술 선생이 다시 진우를 바라보았을 땐, 이미 그의 시야가 정상으로 돌아온 뒤였다.

"어, 어떻게……?"

고개를 세차게 뒤흔들며 눈을 깜박거리던 박기술 선생에게 학생들의 시선이 쏠렸다.

웅성웅성.

"다들 조용해!"

"박 선생님, 혹시 어디 아프신 거 아닙니까?"

동료 선생들의 걱정스러운 눈빛과 학생들의 어수선한 시선에 박기술의 얼굴이 붉어졌다.

"괘, 괜찮습니다."

부축을 뿌리친 박기술 선생은 빠르게 자리를 빠져나갔다.

그를 가만히 지켜보고 있던 벨리온이 그림자 속에서 진우에게 속삭였다.

[주군, 방금 저자가…….]

'그래. 아마 너희들의 모습이 보인 모양이다.'

진우는 고개를 끄덕였다.

간혹 보통 사람들보다 훨씬 뛰어난 감각을 지닌 사람들이 있다.

그런 사람들은 가끔, 아주 가끔 진우에게서 남들과 다른 점을 발견하고는 했다.

바로 지금처럼.

'……이것도 내가 이 세계에 끼치는 영향 중 하나일까?'

알 수 없는 일이다.

진우는 사색이 되어 황급히 자리를 떠나던 선생의 얼굴을 떠올리며 끌끌 혀를 찼다.

그때.

지직거리는 잡음과 함께 운동장 스피커에서 교내 방송이 울려 퍼졌다.

-이제부터 교장 선생님의 신입생 환영 인사 말씀이 있겠습니다.

박기술 선생이 사라진 방향을 보고 있었던 진우가 방송의 지시에 따라 고개를 돌렸다.

더없이 화창한 봄날.

따사로이 내리쬐는 햇볕 아래 빛나는 교장 선생님의 훤한 이마가 1학년 신입생들의 들뜬 마음을 눈부시게 비춰 주고 있었다.

* * *

진우는 모종의 이유로 일부러 집에서 어느 정도 거리가 있는 이

고등학교에 지원했다.

때문에 새로운 반에는 아는 얼굴이 없었다.

'뭐…… 당연한 일인가?'

별 아쉬움도 없이 아이들의 얼굴을 둘러보던 진우가 피식 웃었다.

초면인 아이들과 한 교실에서 지내야 한다는 부담감에 가슴이 콩닥거릴 나이는 진즉 지나갔다.

예전 같았으면 어색함을 무릅쓰고 나눴을 인사들도 지금은 귀찮게 느껴졌다.

진우는 같은 반 아이들이 열심히 탐색전을 벌이는 동안 집에서 가져온 책을 펼쳤다.

차원의 틈새라는 아무 소리도 없는 곳에서 오랜 시간을 보냈던 까닭인지, 고요함을 즐길 수 있는 독서의 매력을 새롭게 알게 되었다.

어차피 반 친구들이라고 해 봐야 실제 나이는 수십 년의 차이가 날 텐데, 그런 아이들과 무슨 대화를 나눌까?

차라리 책과 무언의 대화를 나누는 편이 낫지.

그렇게 조용히 시간을 보내려 하는 진우에게 누군가가 다가왔다.

"저, 저기…… 너 혹시?"

힘없는 목소리.

진우는 소리가 들리는 쪽으로 고개를 돌렸다.

진우의 시선이 자신에게 향하자 잠깐 흠칫했던 목소리의 주인은 진우의 얼굴을 확인하고서 더욱 용기를 냈다.

"△△중학교 진우…… 성진우 맞지?"

누구더라?

진우의 눈이 가늘어졌다.

'낯이 익기는 한데…….'

하지만 그리 친했던 적은 없었는지 이름이나 행적이 생각나지 않아 한참 동안 기억을 더듬고 있는데.

"저기……."

예전부터 이런 경우가 많았던 듯, 존재감이 희미한 그 아이는 대수롭지 않게 자신을 소개했다.

"나, 오영길…… 우리 1학년 때 같은 반이었잖아."

"아-."

이름을 듣자 기억이 났다.

피시방에 가려는 애들을 부러운 눈빛으로 힐끔거리고 있었던 그 소년.

그 까까머리 꼬맹이가 고등학생이 됐구나.

진우는 신기함과 반가움이 뒤섞인 표정으로 손을 내밀었다.

"반갑다, 영길아."

"어……."

이제 고등학생이 된 소년에게 악수는 조금 생소한지, 잠시 망설이고 있던 오영길이 곧 민망해 하며 손을 잡았다.

"나, 나도……."

진우는 상대의 손끝에서 전해져 오는 강한 안도감을 감지했다.

새로운 학교, 새로운 교실에서 알고 있는 친구를 만난다는 건 확실히 마음이 놓이는 일이다.

오랜만에 다시 만난 친구의 마음이 편해지도록 진우는 미소를 지었다.

그게 효과가 있었는지 조금씩 영길의 말문이 트였다.

"너 여기 근처 살았어? 난 작년에 이사 와서."

거기까지 말이 이어졌을 때.

진우는 친구와의 재회를 기뻐할 새도 없이 친구의 말을 가로막아야 했다.

"잠깐만."

진우가 고개를 돌리자.

딱 봐도 상당히 질이 안 좋아 보이는 아이들 넷이 진우와 영길, 두 사람을 둘러쌌다.

"이야, 너 뭐 좀 되냐? 장갑도 끼고 있고?"

아이들은 진우의 왼손을 가리고 있는 장갑을 보며 시시덕거렸다.

의도가 뻔해 보이는 접근에 영길의 얼굴이 어두워졌다.

'사내자식이 이렇게 심약해서야…….'

친구의 굳어 가는 얼굴을 안타깝게 바라보던 진우가 자신을 둘러싼 4인조를 돌아보았다.

껄렁한 얼굴들과 눈빛들이 눈에 들어왔다.

출신 중학교는 다르지만 놀면서 서로 알음알음 얼굴을 익히게 된 그 넷은, 반 아이들의 인상을 보고서 자신들이 반을 장악하는 데 걸림돌이 될 만한 녀석이 하나뿐이라는 결론에 도달했다.

그래서 지금.

그 걸림돌이 될 만한 녀석을 한번 떠보기 위해 이렇게 나섰다.

주눅이 든 반 아이들은 4인조들과 제대로 눈도 못 마주치고 있었지만, 30년 가까이 쌈질만 하다 온 진우가 보기에는 뭐라고 할까…….

참 귀여웠다.

자신들이 어떻게 평가되고 있는지도 모르는 4인조는 말이 없어진 진우를 보며 도발을 계속했다.

"야야, 장갑 좀 벗어 봐. 나도 한번 껴 보자."

"근데 왜 장갑을 한 손만 끼고 있냐? 혹시 거기에 흑염룡이라도 있음?"

"으으으- 내 손! 나도 내 오른손의 흑염소가 울부짖는다-!"

하하하!

뭐가 그리 재밌는지 자기네들끼리 웃음을 터트리는 4인조를 보며 진우도 피식 웃었다.

그러자.

4인조의 눈빛이 싹 달라졌다.

"재밌냐?"

"근데 이 새끼는 귓구멍에 뭘 박아 놨냐? 아까부터 벗어 보라는데 왜 대답이 없어?"

"뭔데? 왼손에 문신이라도 있냐?"

그때.

그림자 속에서 극도로 흥분한 베르의 목소리가 들려왔다.

[왕이시여! 허락만 해 주신다면 당장 이것들을 오체분시하여 다시는 주군께…….]

'허락 안 해.'

[하지만.]

'하지 마.'

베르에게 주의를 준 진우가 다른 병사들의 분노가 이어지기 전에 먼저 장갑을 벗어 손을 보여 주었다.

그러자 손바닥에서부터 손목까지 흉측하게 일그러져 있는 화상 자국이 드러났다.

"……."

"……."

척 봐도 범상치 않아 보이는 흉터에 잠시 말을 잃었던 4인조가 웃으며 얼버무렸다.

"이 새끼는 장난인데 왜 정색하고 그러냐?"

"야야, 장갑 다시 껴라. 꿈에 나올까 무섭다."

"워이."

이 정도 했으면 됐다고 판단했는지 4인조가 물러났다.

말없이 장갑을 다시 끼던 진우가 은밀하게 4인조를 따라 이동하던 바닥의 그림자를 힘차게 밟았다.

'따라가서 뭐하려고?'

[끼에엑-!]

주군을 농락한 꼬마들에게 잔뜩 화가 나 있는 베르를 구속해 둔 진우가 고개를 들었다.

좋지 않은가?

차원의 틈새에서 자신에게 적의를 보였던 적들은 모두 죽었다.

던전 안에서 자신을 위협했던 적들도 모두 목숨을 잃었다.

그러나 지금 이곳은 게이트도 마수도 없는 대한민국 서울.

평화로운 일상이 가득한 곳.

자신의 손끝에서 만들어진 평온을 만끽하고 있는 진우에게 이런 작은 시비는 그저 웃어넘길 일에 불과했다.

그러니까.

'이 정도는 괜찮겠지.'

진우의 시선이 4인조의 등을 향했다.

그러자 교실 뒤편으로 이동하던 녀석들의 다리가 '보이지 않는 뭔가'에 걸려 단체로 나자빠졌다.

우당탕탕.

진우에게 밟혀 있던 베르가 꼴사납게 바닥을 구르는 소년들을 보다가 진우를 돌아보았다.

[왕이시여……?]

'웃자고 한 거야, 웃자고.'

웃기니까 됐잖아.

씩 웃던 진우는 마침 타이밍 좋게 들어와 요란하게 엎어져 있는 남학생들을 발견하고는 당황스러워하는 여선생의 표정을 보면서 얌전히 자리에 앉았다.

두 번째 고교 시절의 시작이었다.

딩동댕동, 딩동댕동.

아직은 교실 안보다 엄마 품이 더 익숙할 초등학교 저학년들에서부터, 이제는 정년 퇴임을 앞두고 있는 머리 희끗희끗한 선생님들까지.

듣는 이들 모두의 기분을 활기차게 만들어 주는 하교 종소리가 울려 퍼졌다.

반 아이들 대부분은 날아갈 듯한 표정으로, 그들 가운데 앉은 진우는 홀가분한 얼굴로 새로운 학교에서의 첫 하교 시간을 맞았다.

"괜히 친구들 생겼다고 늦게까지 몰려다니지 말고 다들 일찍 집에 들어가세요. 알겠죠?"

네에-!

남학생들의 장난스러운 목소리와 여학생들의 고음이 한데 섞인 형식적인 대답을 끝으로, 모든 일과가 마무리된 교실 안은 빠르게 비어 갔다.

일부러 서두르지 않고 천천히 가방을 싸던 진우는 배부른 거북이처럼 느릿하게 다가오는 영길을 보았다.

'……?'

손을 멈춘 진우에게 영길이 조심히 물었다.

"저기…… 나는 기가마트 방향으로 가는데, 넌?"

친해지고 싶은 모양이구나.

진우의 얼굴에 알아보기 쉬운 미소가 떠올랐다.

'어릴 때 베푼 사소한 친절이 이렇게 인연의 시작이 될 수도 있다.'

잠시 흐뭇해 하던 진우가 곧 고개를 가로저었다.

"같은 방향이긴 한데 오늘은 내가 볼일이 좀 있어서."

"아……."

아쉬워하는 영길의 어깨를 가볍게 툭 두드린 진우가 씩 웃었다.

"가자."

진우는 영길과 함께 학교 건물을 빠져나왔다.

"뭐? 육상부?"

깜짝 놀라는 영길의 목소리에 진우가 담담히 고개를 끄덕였다.

"그래."

진우가 굳이 집 근처 학교 대신 멀리 있는 이곳을 택한 이유는 주위 학교 중 여기에만 있는 육상부 때문이었다.

이제부터 육상부에 갈 거라는 진우의 대답에 영길이 고개를 갸웃거렸다.

'진우가 달리기를 잘했던가?'

영길의 기억 속에서 진우를 보았던 기간은 겨우 한 달 남짓.

게임을 잘했던 것은 기억나지만 체육 시간이나 특활 시간에 진우가 움직이는 것을 보지는 못했었다.

뭘 하든 느긋하게.

여유가 느껴지던 진우의 모습이 떠올랐다.

'고등학교 육상부 정도면 보통 특기생들로 운영될 텐데…….'

어쩐지 진우가 걱정되기 시작한 영길은 자신도 모르게 진우를 따라가고 있는 자신을 발견할 수 있었다.

진우는 운동장을 가로질러 한쪽 구석에서 몸을 풀고 있는 육상부원들에게 걸어갔다.

"응……?"

자신들을 지나치거나 방향을 돌릴 것이라 생각했던 신입생들이 곧장 다가오자 육상부원들의 시선이 집중됐다.

그중 덩치가 가장 큰 선배가 한 걸음 앞으로 걸어 나왔다.

"너네 뭐야?"

잠깐 육상부 분위기를 둘러본 진우가 웃으며 말했다.

"육상부에 들어가고 싶습니다."

덩치가 큰 선배, 육상부의 주장 최태웅은 진우와 그 뒤에 좋지 않은 안색으로 서 있는 꼬마를 내려다보았다.

"육상부에 들어오겠다고?"

"네."

"너희 둘 다?"

진우가 영길을 돌아보자, 영길이 고개를 흔들었다.

"아뇨, 저만."

싱글싱글 여전히 미소를 띠고 있는 진우의 얼굴을 보고, 관심을 가진 선배들이 모여들었다.

"오, 뭐야? 가입 희망자?"

"이렇게 쳐들어와서 가입하겠다는 신입생은 처음이네."

"장난 아니다, 야."

윗머리를 긁적이던 최태웅이 진우를 위아래로 훑어보더니 다시 물었다.

"너 특기생이냐?"

"아닙니다."

"중학교 때 뛰어 본 경험은 있고?"

군주들 잡으러 열심히 차원의 틈새를 돌아다니기는 했지만 그건 중학교 때라고 하기에도, 뛰어 봤다고 하기에도 뭐한 경험이라 진우는 그저 웃으며 고개를 저었다.

"없습니다."

그때까지.

패기 넘치는 신입생을 환영하는 분위기였던 육상부 선배들의 얼굴이 조금씩 굳어지기 시작했다.

한번 제대로 달리기를 연습해 본 적도 없는 1학년이 대뜸 체육 특기생들로 이루어진 육상부에 들어오고 싶다니.

고교 육상을 너무 우습게 보는 것이 아닌가?

성질 급한 선배 하나가 옆에서 튀어나왔다.

"너 뛰어 본 적도 없다면서 육상부에는 왜 들어오려고?"

진우의 대답은 간단했다.

"대회에서 만나고 싶은 사람이 있어서요."

그 아이는 아직 중등부 소속이지만, 분명 지역 대회에 출전할 수 있을 만한 실력일 것이다.

상급 헌터가 되어 꿈을 접기 전까진 훌륭한 육상 선수였으니.

중고등부 선수들이 모두 모이는 대회에서라면 그 아이와 자연스럽게 만날 수 있지 않을까?

괜히 억지로 접근해 그녀 인생에 개입하는 것보다는 이쪽이 훨씬 더 낫다고 진우는 판단했다.

하지만.

표정들을 보니 선배들은 그렇게 생각하지 않는 모양이었다.

"대회……?"

성질 급한 선배, 정구식의 얼굴이 딱딱하게 굳어졌다.

육상을 우습게 봐도 유분수지.

흥분한 그가 욕설을 내뱉으며 신입생들을 쫓아내기 직전, 주장 최태웅이 씩 웃으며 승낙했다.

"좋아."

정구식이 이해할 수 없단 얼굴로 돌아보았다.

"뭐?"

"대신 조건이 있다."

가만히 있어 보란 표정으로 정구식을 물린 최태웅은 가장 안쪽에서 스트레칭에 열심인 안경잡이를 가리켰다.

"저기 저 친구 보이냐?"

그의 손끝을 바라보던 진우가 고갤 끄덕였다.

"네."

"저 친구가 우리 육상부에서는 제일 못 달리는 2학년 후보 선수인데, 그래도 저 친구보다는 빨리 달려야 육상부에 들어올 자격이 있지 않겠냐?"

거짓말이다.

이미 설명을 듣기 전에 2학년 선수의 재능을 파악했던 진우는 속으로 실소를 흘렸다.

'언뜻 야윈 듯 보이지만 탄탄한 허벅지와 종아리, 온몸에서 뿜어져 나오는 자신감…….'

안정된 호흡이나 올곧은 자세까지, 살펴보지 않아도 보통 선수가 아님을 알 수 있었다.

그러니까 지금 이 3학년 선배들은 자신을 놀리려 드는 것이다.

그들의 의도가 한눈에 보이니 진우 입장에서는 웃음이 나올 수밖에.

뒤늦게 최태웅의 의도를 알아챈 정구식이 표정을 바꾸었다.

"맞아, 너 대회까지 목표로 삼고 있다면서? 그럼 가벼운 입단 테스트 정도는 껌이겠지?"

실실 웃고 있는 그 표정이 맘에 안 들었지만, 진우는 일단 차분하게 되물어보았다.

"저 선배…… 진짜 후보인가요?"

"내가 보장한다."

최태웅의 자신 있는 목소리에 뒤의 육상부원들이 웃음을 감추려고 애썼다.

'후보는 맞지. 작년 지역 대회에서 3등까지 한 녀석이 겨울 훈련

동안 발목을 삐어서 후보로 떨어진 거지만.'

뭐 엄밀히 말하면 오래 쉬어야 해서 가장 '못' 달린 것도, '후보' 선수인 것도 전부 맞는 말 아닌가?

음흉한 미소를 짓고 있는 최태웅 주장에게 진우가 흔쾌히 대답했다.

"알겠습니다. 한번 해 볼게요."

걸렸다, 이놈!

정구식을 비롯한 육상부 선배들은 속으로 만세를 외쳤다.

'작년 지역 대회 3위도 못 알아보는 녀석이 무슨 육상부에 가입을 한다고.'

특히 가장 앞에서 진우와 딜을 하고 있는 최태웅은 금방이라도 튀어나올 것 같은 웃음을 참느라 온 힘을 다해야 했다.

"좋다. 그래도 그냥 뛰기만 하는 건 재미가 없으니…… 네가 이기면 육상부 가입, 네가 지면 한 달간 빨래와 청소 무상 봉사, 어때?"

"좋습니다."

"지, 진우야……."

영길이 진우를 말렸지만, 진우는 괜찮다며 웃었다.

'어디 그 여유로운 얼굴이 언제까지 가나 볼까?'

최태웅이 후보 선수를 돌아보며 목에 힘을 주었다.

"상인아, 한번 달려 줘야겠다."

막 스트레칭을 끝낸 육상부 에이스 우상인이 몸을 일으켰다.

"문제없습니다."

안경을 벗어 다른 육상부에게 맡기는 그의 두 눈에서 범상치 않은 기운이 뿜어져 나왔다.

그 시선과 마주하며 진우도 가방과 상의를 영길에게 맡겼다.

육상부원들이 신입생들에게 인생의 쓴맛을 보여 줄 생각에 들떠 있는 동안.

진우는 어느 정도로 달려야 육상부원들이 그저 살짝 놀라고 말 수준에서 그칠 것인가를 진지하게 고민했다.

"1학년, 준비됐냐?"

"네."

"상인아, 너는?"

"됐습니다."

진우와 우상인이 나란히 출발선 위에 섰다.

언제라도 전투에 임할 수 있도록 동선을 최적화시킨 진우의 자세와 오직 달리기만을 위한 우상인의 자세.

육상부원들은 어설퍼 보이는 진우의 자세에 조소를 숨기지 않았다.

"저 새끼 뭐야?"

"저러면서 육상부에 들어오겠다고? 육상의 육도 모르는 초짜 같은데?"

진우는 그들의 귓속말을 한 귀로 흘려들으며 호흡을 가다듬었다.

"준비."

곧.

최태웅의 굵은 목에서 터져 나오는 우렁찬 시작 사인이 들려왔다.

"뛰어!"

* * *

"선생님, 이제 좀 괜찮으세요?"

"아…… 네, 뭐……."

'독사' 박기술 선생은 대답을 하는 둥 마는 둥 빠른 걸음으로 복도에서 마주친 동료 선생을 지나쳐 갔다.

그의 구겨진 표정이 기분을 대변하고 있었다.

'오늘 전교생이 다 모인 앞에서 그 창피를 당했으니…….'

분명 잘못 본 것일 게다.

아침을 부실하게 먹은 나머지 헛것이 보인 게 틀림없다.

왠지 모르게 자신을 비웃는 듯한 학생들의 시선을 피해 남자 교사 휴게실로 들어간 그는, 가슴 저 깊은 곳에서부터 밀려 올라오는 한숨을 내쉬었다.

"후우……."

담배나 한 대 피울까?

담배를 입에 물고 창가에 붙어 선 박기술이 담배 끝에 불을 붙이며 아무 생각 없이 운동장을 내려다봤을 때.

그는 휘둥그레진 눈으로 급히 몸을 낮추며 창에서 등을 돌렸다.

'뭐, 뭐야? 저 자식이 왜 육상부 애들이랑 운동장을 돌고 있어?'

때마침 휴게실로 들어선 육상부 감독 선생이 박기술을 발견했다.

"박 선생님!"

아침의 그 빈혈 기운이 다시 도진 것인가 싶어 달려온 감독이 박기술을 부축했다.

"괜찮으십니까? 진짜 병원에 안 가 보셔도 되겠어요?"

"괘, 괜찮습니다. 그냥 잠깐 현기증이……."

대충 말을 얼버무리려던 박기술이 되물었다.

"그런데…… 성진우 학생이 왜 저기, 육상부 애들과 달리고 있는 겁니까?"

"아…… 저거요? 저 학생 이름이 성진우였나 보죠?"

박기술 선생의 어깨 너머로 창밖을 내다본 감독은 어처구니가 없다는 듯 실소를 지었다.

"신입생 하나가 육상부에 들겠다고 찾아온 모양인데…… 테스트해 보니 실력이 좋아서 내쫓지는 못하고, 이제 지구력을 시험해 볼 차례라고 저러고 있습니다."

"지, 지구력이요?"

"예. 저게 벌써 20바퀴짼니다. 보고 있기도 지쳐서 전 먼저 올라왔습니다."

운동, 운동부.

젊은 시절 넘치는 혈기를 해소하기엔 운동만 한 것이 없다.

박기술 선생의 머릿속에서 여러 생각이 교차했다.

자신이 문제아라고 단정 지었던 성진우 학생은 아마도 지금 운동부에 들어가 스스로 자신을 연마하려고 애를 쓰는 듯했다.

'어쩌면…… 어쩌면 내가 잘못 생각했는지도…….'

가만 생각해 보면 괴물을 달고 다니는 소년 따위가 존재할 리 없다.

성진우 학생은 기나긴 방황의 시기를 거쳐 공부나 운동 등을 통해 자신이 머물 곳을 찾고 있는, 지극히 평범한 학생에 불과한 것이다.

그런 보통 학생에게서 무슨 괴물을 보았느니, 귀신을 보았느니……. '독사'의 체면이 말이 아니지 않은가.

박기술은 후후 웃으며 숙였던 몸을 일으켰다.

'그래……. 편견 없이 그를 바라보자. 그러면 오해도 풀리겠지.'

심각했다 웃었다 하는 박기술을 감독 선생이 걱정스러운 얼굴로 바라보았다.

"박 선생님……?"

"아니요. 이제 괜찮습니다. 현기증도 없고요."

"아…… 그렇담 다행이고요."

부축하던 감독 선생을 물러나게 한 박기술이 천천히 뒤를 돌아보았다.

화창한 봄볕 아래 구슬땀을 흘리며 운동장을 뛰고 있는 소년.

누가 그 소년을 손가락질할 수 있단 말이냐?

숨을 헉헉거리는 육상부원들을 몇 바퀴째 따돌리고도 한 점 흐트러짐이 없는 진우가 그의 시야에 들어왔다.

'역시 아침에는…….'

그가 미처 기뻐하기도 전에.

갑자기 시야가 전부 어둠으로 바뀌며 끝도 없는 그림자 군대의 모습이 드러났다.

또다시 휘청할 뻔한 박기술 선생은 다리에 힘을 주며 이를 악물었다.

'이건 환각이야, 환각. 절대 있을 수 없는 일이다!'

그때.

검은 갑옷을 입은 병사들의 제일 앞줄에 서 있던 개미 괴물이 자신을 보고 입을 쩍 벌렸다.

[칵!]

"으, 으악!"

결국 박기술 선생은 나가떨어지며 의식을 잃었다.

[…….]

진우의 그림자 속 아공간에서 베르를 지켜보고 있던 이그리트가 팔꿈치로 그의 옆구리를 쿡쿡 찔렀다.

[그러게 하지 말라니까.]

[키에에…… 진짜 보이나 보네, 저 인간은.]

옆머리를 긁적이던 베르가 주군의 명령이 떨어지기 전에 먼저 머리를 박았다.

* * *

밤늦은 시간.

우진철 형사는 막내 형사와 둘이서 자주 가던 곱창집에 들렀다.

두 사람 다 술이 얼큰하게 들어가자 평소라면 하기 힘든 이야기들이, 그것도 주로 막내의 입에서 나왔다.

"저기, 우 선배……."

"음?"

"그날부터 계속 자수 사건 조사하고 계신 거잖아요."

"……."

이 자식이 또 무슨 이야기를 하려고.

머리가 지끈거리기 시작한 우진철이 말없이 술잔을 기울였다.

하지만 역시나 선배의 바람에도 불구하고, 막내의 거침없는 질문은 이어졌다.

"그날…… 진짜 뭔가 본 거죠?"

"무슨 날?"

일부러 시치미를 떼는 우진철에게 막내는 웃으며 말했다.

"에이, 선배도…… 다 아시면서. 그 자수자가 사라진 날 말입니다. 진짜 뭐 보신 거 아니에요?"

이 녀석 가끔 허를 찌르는 소리를 할 때가 있다.

'형사로서는 좋은 재능이지.'

자신의 신입 시절을 떠올려 보던 우진철이 가볍게 실소하며 대답했다.

"봤으면?"

"정말요?"

분명 취한 것 같았던 막내의 눈이 반짝이며 귀가 쫑긋 섰다.

하긴.

아직 사회인이라기보다는 학생에 더 가까운 나이의 막내다.

그러니 박봉에 일만 많다는 수사부에 지원했겠지.

슬슬 취기가 돌기 시작했는지, 아니면 이 기회를 빌려서라도 한 번 말해 보고 싶었던 것인지.

평소라면 하지 않았을 이야기가 우진철의 입에서도 나왔다.

"개미…… 개미 괴물."

꼴깍.

막내 형사의 목에서 침이 넘어가는 소리가 맞은편까지 들려왔다.

"나도 그때 본 게 정확히 뭔지 모르겠어. 그런데 내게는 그게 개미로 보였다."

"개미 괴물요? 커다란 개미 같은 게 나왔단 말씀이신가요?"

"아니. 개미는 개미지만……."

바로 그때였다.

딱 거기까지 우진철이 말했을 때, 만취한 듯 비틀거리며 옆을 지나가고 있던 누군가가 멈춰 섰다.

"그, 그 개미 괴물, 혹시 머리는 개미인데 몸뚱이는 사람처럼 생긴 괴물 맞습니까?"

우진철 형사와 막내 형사가 동시에 목소리가 들려오는 방향으로 고개를 들었다.

* * *

비 온 뒤에 땅이 굳어진다 했던가?

원래 싸우고 화해한 뒤에 사이가 더 돈독해지는 법이라지만, 땀과 열정으로 맺어진 소년들의 의리는 옛말이 말해 주는 것보다 훨씬 더 뜨겁고 끈끈했다.

"헛둘, 헛둘!"

새벽안개가 어슴푸레하게 깔린 운동장에서 육상부 전원이 힘차게 구호를 내뱉고 있었다.

"진우야, 할 만하냐?"

어느덧 주장 최태웅의 옆자리에서 달리게 된 진우가 시원하게 대답했다.

"할 만합니다!"

"좋오아-! 헛둘, 헛둘!"

최태웅이 조금 속도를 올리며 목청껏 소리쳤다.

"우리의 목표는 전국 제패!"

"우리의 목표는 전국……."

무심코 주장의 구호를 따라 하던 육상부원들이 어제와 달라진 구호에 의문을 표했다.

"주장! 우리 목표는 지역 대회 우승 아니었습니까?"

"어허! 새로운 에이스 앞에서 목표가 콩알만 하다! 다시! 우리의 목표는 전국 제패!"

"전국 제패!"

"전국 제패!"

힐끔.

주장이 자신의 뒤에서 달리고 있는 우상인을 곁눈질했다.

"상인아, 울고 있냐?"

"아, 아닙니다!"

"약해지지 마라, 2학년 에이스! 비록 육상부의 에이스는 바뀌었지만 너 없이 우리가 어떻게 전국 제패를 하겠냐!"

"열심히…… 열심히 하겠습니다, 주장!"

"좋오아—! 전국 제패, 전국 제패!"

"전국 제패, 전국 제패!"

"전국 제패, 전국 제패!"

기세 좋게 운동장을 돌고 있는 육상부원들 가운데서, 얼떨결에 진우를 따라 입부하게 된 오영길의 얼굴이 점점 사색으로 변해 가고 있었다.

"허억, 허억, 허억."

숨이 턱까지 차올라 허덕이는 영길의 거친 호흡을 바로 앞에서 들으며, 진우는 속으로 혀를 끌끌 찼다.

심약한 영길의 체력을 끌어올려 주기 위해 육상부의 원 플러스

원 가입을 거절하지 않았지만.

이러다 사람 하나 잡는 건 시간문제 같았다.

그렇다고 사기가 고조될 대로 고조된 선배들 사이에서 영길이만 빠져나가게 만들기도 쉽지 않을 일.

하는 수 없이 진우는 손끝에 마나를 모아서 뒤로 흘려 보냈다.

마나 덩어리는 바람을 탄 민들레 씨앗처럼 두둥실 날아 영길의 코와 입속으로 들어갔다.

"……?"

진우가 흘려 보낸 마나의 효과는 즉각적인 체력 회복과 일시적인 근지구력 증가, 순발력 증가, 유연성 증가, 체력 회복량 큰 폭으로 증가 등등…….

친구를 위하는 마음이 가득 차 있는 종합 버프 선물 세트였다.

이계에서는 거의 신급으로 군림하던 그림자 군주의 버프 선물 세트인 만큼, 그 효과는 엄청났다.

"어? 어어?"

마나를 흡입한 영길의 눈이 커졌다.

'왜, 왜 이러지? 몸이…… 몸이 뜨거워!'

힘줄이 솟아오른 영길의 다리가 땅을 강하게 밀어냈다.

팟, 팟, 팟!

하나, 둘, 앞에 있던 선배들이 영길의 뒤로 밀려 나가고.

"오오-!"

곧 영길의 독주가 시작됐다.

'아닛……?'

저 멀리 앞서 나가 버린 영길을 보고 감명받은 최태웅이 소리쳤다.

“신입이 저렇게 불타오르고 있는데 선배들이란 것들이 이렇게 미적지근해서야 되겠나?”

“안 됩니다!”

“안 됩니다!”

“전력으로 신입생을 쫓아간다, 실시!”

“실시!”

“실시!”

영길에게 너무 힘을 실어 줬나, 했던 진우의 걱정도 잠시.

오늘도 육상부의 불꽃이 운동장을 휩쓸었다.

* * *

교문 옆에서 생활지도를 하고 있던 ‘독사’ 박기술 선생은 아침 훈련에 열심인 육상부를 멀찍이서 바라보았다.

걱정과 달리 성진우 학생은 별다른 문제없이, 육상부 활동에도 잘 적응해 가고 있는 듯 보였다.

교장 선생님께는 생각지도 못했던 감사까지 들었다.

“박 선생님이 성진우 학생을 항상 주시하고 있다고 육상부 감독 선생님이 말씀해 주시더군요.”

“아…… 네.”

“그 문제아가 이렇게 조용한 게 다 선생님 덕분 아니겠습니까? 박 선생님이 있으니 정말 든든합니다.”

“아…….”

여태까지 했던 일이라고는 성진우 학생을 쳐다보다 쓰러지거나 의식을 잃은 일뿐이었던 박기술 선생은, 그 순간이 너무 창피했던 나머지 교장이 물을 주고 있는 분재라도 되고 싶었다.

그게 바로 오늘 아침 일.

박기술 선생은 교장이 자신에게 걸고 있는 기대와 성진우 학생을 제대로 바라보고 있지도 못하는 자신의 처지를 생각하면 속이 쓰려 왔다.

그랬기 때문이다.

그러한 사정 때문에 술에 거나하게 취해서 생전 안면도 없는 이에게 쓸데없는 소리를 늘어놓고 말았다.

'내가 왜 그랬을까…….'

그날 일만 떠올리면 박기술은 자기 머리털을 몽땅 다 쥐어뜯고 싶었다.

며칠 전, 답답한 마음에 들렀던 어느 곱창집 안에서.

"그, 그 개미 괴물, 혹시 머리는 개미인데 몸뚱이는 사람처럼 생긴 괴물 맞습니까?"

대화를 방해받은 두 사내가 동시에 자신을 돌아보자 그제야 정신이 확 들었다.

"아…… 내가 무슨 소리를……. 죄송합니다, 많이 취했습니다. 두 분, 이야기 나누십시오."

고개까지 숙여 공손히 인사를 하고 자리로 돌아가려던 박기술.

하지만 우진철이 그를 불러 세웠다.

"잠시만요."

술기운에 벌겋게 달아올라 있는 박기술의 얼굴이 뒤를 향하자 어느새 일어난 우진철이 옆 자리의 의자를 하나 빼 자기 테이블에 붙였다.

"그 개미 이야기…… 자세히 좀 들려 주시겠습니까?"

어떤 학생을 바라보고 있으면 자꾸 이상한 것들이 보인다는 말을 어디서 할 수 있을까?

정신과 병원에 가서?

정신과에 들락날락하는 선생을 어느 학부모가 좋아하겠는가?

어디에도 말을 못 하고 혼자서 끙끙 앓고 있었던 박기술은 눈물을 글썽거리며 자신의 처지를 털어놓았다.

"제가요, 이 카리스마 하나로 학생을 가르쳐 왔던 사람입니다. 그런데 이런 소리를 어디 가서 하겠습니까?"

그래도 하고 싶었던 말들을 털어놓고 나니 속이 좀 시원해진 박기술.

겨우 주위를 둘러볼 수 있는 여유가 생겼다.

옆의 두 형사들은 이런 질 낮은 농담 같은 이야기에 진지한 눈빛으로 귀를 기울이고 있었다.

문득 박기술은 선생은 그들의 사정이 궁금해졌다.

"한데…… 두 형사분은 왜 이런 곳에서 괴물 얘기를 하고 계셨던 겁니까?"

잠깐 막내 형사와 시선을 교환한 우진철이 사정을 설명해 주었다.

물론 진짜 괴물을 봤다는 자신의 경험담은 빼고.

"……그래서 상부에서도 조사를 지시했는데, 여간 단서를 잡기가 어려운 게 아니어서요. 지금은 정말 지푸라기라도 잡고 싶은 심정입니다."

우진철은 품에서 명함을 꺼내 건네며 말했다.

"해서 조사차 한번 학교에 들르고 싶은데, 괜찮으신지요?"

"아, 그럼요. 당연히 저희가 협조해 드려야죠. 언제든지 찾아오세요."

그렇게 술자리는 화기애애하게 끝이 났지만.

시간이 좀 지나서 생각해 보니 괜히 쓸데없이 일을 크게 만든 게 아닌지 걱정이 되는 것이다.

'학생이 무슨 자수자들 사건이랑 관련이 있겠어……?'

그것도 새벽부터 학교에 나와서 운동부 훈련에 매진하고 있는 소년이.

또 이상한 것들이 눈에 보일까 봐 뚫어져라 보지는 못하고 힐끔힐끔 진우를 바라보고 있던 박기술이 곧 고개를 가로저었다.

그러고는 같이 교문을 지키고 있던 선생에게 말했다.

"윤 선생, 미안한데 내가 어제 과음을 해서 속이 좀……."

"하하, 박 선생님도 참. 미안할 게 뭐 있어요. 들어가서 좀 쉬세요. 여긴 제가 보고 있겠습니다."

"응, 고마워."

들어가기 전, 또 한 번 진우를 곁눈질한 박기술은 털레털레 학교 안으로 걸어갔다.

그때까지 조금도 박기술에게 관심을 보이지 않았던 진우가 그제야 그쪽으로 시선을 옮겼다.

'…….'

요즘 들어 한 선생의 시선이 꽤 노골적이었다.

그건 역시 신경 쓰지 않을 수 없는 일이다.

어둠 속에서 총군단장 벨리온의 목소리가 조용히 들려왔다.

[주군……. 차라리 저 인간의 기억을 지우고 능력을 빼앗는 편이 낫지 않겠습니까?]

전쟁을 끝내고 차원의 틈새에서 처음 돌아왔을 때.

오랜만에 고향 땅을 밟아 감격에 젖어 있던 진우에게 지배자들의 대리인이 조언했었다.

군주님의 힘은 아주 조금으로도 세상에 어마어마한 영향을 미칠 수 있다고.

그래서 진우는 꼭 필요한 일 외에는 되도록이면 직접적인 간섭을 피해 왔었다.

'아직…… 조금만 더 지켜보자.'

[알겠습니다, 주군.]

말없이 박기술 선생이 사라진 교시 입구를 바라보고 있던 진우가 돌아섰다.

먼저 부실로 출발한 육상부원들이 진우에게 손짓하고 있었다.

* * *

교문 앞에서 우진철은 몇 번이나 망설였다.

곱창집에서 생각지도 못한 정보를 제공받은 것이 벌써 일주일 전.

그때부터 지금까지 여러 생각들이 교차했었다.

그냥 정신 나간 선생님의 헛소리로 치부해 버릴 수도 있었다.

그러나 때론 아무런 연관성이 없어 보이는 일들 사이에서 갑자기 어떠한 연결 고리가 생길 때, 절대 풀릴 것 같지 않던 실마리가 풀리고는 한다.

'괴물을 만난 자수자들과 선생님의 눈에만 보인다는 학생의 괴물들…….'

우진철은 그 둘 사이에서 미묘한 연결 고리를 발견했다.

이론적으로 설명할 수 없는 형사의 촉이었다.

문제는.

가장 큰 난관은 이거다.

그렇다면 그 학생에게 나는 무엇을 물어야 하는가?

그 선생의 말만 믿고 다짜고짜 성진우라는 학생에게 괴물에 대해 물어볼 수는 없는 노릇이었다.

그렇다고 에둘러 묻자니 질문이 너무 광범위했다.

—혹시 그림자 괴물에 대해 아는 게 있어? 사람처럼 서서 다니는 개미에 대해서는?

어떻게 연습해 보아도 모양이 나오질 않았다.

수사 일지가 담겨 있는 수첩을 들여다보던 우진철은 한숨을 내쉬었다.

'이런 걸 물으면서 미친놈 취급 안 받겠다는 건 욕심이지…….'

결국 긴 고민 끝에 우진철은 걸음을 돌렸다.

다음에 다른 핑계를 대서 찾아오면 몰라도 지금은 때가 아닌 듯했다.

그렇게 돌아서 나가려는 우진철이 무심코 바닥을 보았는데.

슥.

형사들 중에서도 눈썰미가 남다르단 평가를 받고 있는 우진철이 아니었으면 놓쳤을 움직임.

방금 그림자가 이쪽 가로수에서 저쪽 학교의 담벼락 쪽으로 움직였다.

분명히 보았다.

온몸에 소름이 퍼져 나가는 느낌에 우진철이 학교 쪽으로 고개를 돌렸다.

'뭔가가…… 진짜 뭔가가 있다!'

우진철은 결심을 굳혔다.

정신이 나갔다고 손가락질을 당해도 좋다.

이따금 자신을 찾아오는 이 공허함의 정체가 뭔지 알 수 있다면.

어째서 그 개미 괴물들을 보고서 잠시나마 마음이 편해졌는지 정확한 이유를 알 수만 있다면.

우진철은 굳은 얼굴로 교문 안쪽을 향해서 걸음을 내디뎠다.

* * *

같은 시각.

이미 여러 명이 고개를 꾸벅꾸벅 떨어뜨리고 있는 지리 수업을 들으며, 진우는 샤프를 빙글빙글 돌리고 있었다.

'보초병을 본 건가?'

역시 우진철 전 헌터협회장.

예전의 기억은 없을 텐데도 눈썰미 하나는 여전한 모양이었다.

진우는 눈을 감고서 마지막으로 봤던 그의 얼굴을 떠올렸다.

군주들과의 전쟁을 혼자 떠안겠다고 말했을 때, 눈물을 글썽이며 울먹거리던 우진철의 모습이 아직도 생생했다.

고건희 협회장이 사고를 당했을 때, 그의 복수를 부탁하던 목소리도 여전히 뇌리에 남아 있었다.

그래서일까?

평범을 가장해서 살고 있는 지금의 생활을 유지하기에는 그의 방문이 분명히 불편할 텐데도.

이상하게도 진우의 입가에 떠오른 미소가 쉽게 지워지지 않았다.

곧 교실 문을 두드리는 소리와 함께 지리 선생님의 놀란 목소리가 이어졌다.

"혀, 형사님요?"

"큰 문제는 아닙니다. 그저 성진우 학생에게 물어볼 것이 좀 있어서요."

오오-!

형사가 왔다는 소리에 반 아이들의 입에서 탄성이 흘러나오며 모두의 시선이 진우에게 향했다.

올 게 왔다.

그때까지도 눈을 감고 있었던 진우가 웃으며 눈을 떴다.

그 순간.

교실 문턱을 넘어서는 우진철은 한 학생과 눈이 마주쳤다.

지리 선생이 따로 불러내 주지 않아도 한눈에 그 학생이 성진우임을 알 수 있었다.

두근, 두근, 두근.

우진철의 심장이 터질 듯 박동을 시작했다.

* * *

우진철은 진우를 복도 끝으로 데려갔다.

이쯤이면 대화가 전혀 들리지 않겠다 싶을 만큼 교실과 떨어지자 우진철이 걸음을 멈췄다.

조용히 그를 따라오던 진우도 덩달아 멈춰 섰다.

진우는 힐끔 교실 쪽을 돌아봤다.

학생이 수업 도중에 교실을 나와 그 안을 들여다보고 있다는 거리감이 꽤 낯설게 느껴졌다.

우진철도 그 점이 신경 쓰였는지, 교실을 바라보는 진우에게 먼저 사과를 건넸다.

"수업 중에 불러내서 미안하다."

"아닙니다."

열심히 수업을 진행하고 계시는 선생님을 생각해, 어차피 빠졌으면 싶을 정도로 지겨운 시간이었다는 말까지는 참았다.

말을 아끼는 대신 진우는 우진철을 올려다보았다.

젊은 우진철.

몸을 고1 학생과 비슷하게 변화시킨 자신보다 머리 하나는 더 크고 양어깨도 훨씬 넓었다.

'겉으론 조폭도 한 수 접어 줄 것 같은 사람이 형사로 살고 있었구나.'

반가운 얼굴을 오랜만에 다시 만나니 문득 웃음이 나왔다.

수년.

아니.

차원의 틈새를 헤맸던 시간까지 포함하면 수십 년간 보지 못했었던 우진철 협회장이다.

내색하지 않고 싶어도 표정에서 반가움이 묻어 나오는 건 어쩔 수가 없었다.

'……?'

그러나 진우의 미소를 발견한 우진철은 당혹감을 느꼈다.

갑작스러운 형사의 방문, 그것도 자신처럼 험상궂게 생긴 형사의 방문을 받고서 당당할 수 있는 사람은 몇 없다.

하물며 그 대상이 학생이라면 말할 필요가 있을까?

그런데.

눈앞의 학생은 입가에 미소를 띠고 있었다.

'이 학생…… 뭔가 다르다.'

교실에 들어섰을 때부터 느끼긴 했지만 정말로 달랐다.

직업상 사람을 몇이나 죽인 살인자들이나 뒷골목을 평정한 조폭들도 많이 만나 봤다.

하지만 그들 중 누구도 이렇게 침착한 눈을 하고 있지는 않았다.

'어떻게 학생의 눈이 이럴 수가 있는 거지?'

꼴깍.

우진철은 자기도 모르는 사이 긴장감에 마른침을 삼켰다.

그를 봤을 때부터 두근거리던 심장은 여전히 알 수 없는 거친 박동을 계속하는 상태.

우진철은 머릿속을 맴도는 여러 의문을 해소하기 위해 일단 수첩을 꺼내 들었다.

"혹시 그림자…… 아니, 개미……."

수첩에 적힌 내용을 보고서도 도저히 말을 이을 수가 없었던 우진철은 품에서 펜을 꺼냈다.

슥슥.

흥미로운 시선으로 자신을 지켜보고 있는 진우 앞에서 무언가 열심히 그리던 우진철이 결과물을 내놓았다.

"……."

진우가 속으로 감탄을 터트렸다.

'이 양반, 생각보다 그림에 소질이 있었네.'

우진철이 그린 것은 베르의 대략적인 생김새였다.

정밀 묘사까지라고는 못해도 개미 머리와 사람 같은 손발, 날카로운 손톱, 등 뒤에 붙은 긴 개미 날개 등.

베르를 알고 있는 이라면 한눈에 베르임을 알아볼 수 있는 그림이었다.

우진철이 물었다.

"혹시 이 그림을 보고 생각나는 것이 있나?"

그림을 들여다보던 진우가 고개를 드니, 우진철의 얼굴이 살짝 붉어진 것이 보였다.

우진철도 자신이 얼마나 황당한 짓을 하고 있는지 모르지는 않을 터다.

그러나 그는 이렇게 해서라도 자신에게 일어났었던, 그리고 지금은 사라진 기억을 찾고 싶은 듯했다.

그 간절함을 담아.

"……알고 있어?"

우진철이 다시 한번 물었다.

질문에서 흘러나오는 무안함이 커져 가기 직전, 진우가 대답했다.

"예."

두근.

세차게 요동친 심장이 강하게 가슴을 때렸다.

"아, 알고 있다고?"

우진철의 목소리가 커졌다.

그러나 우진철과 대비되게, 진우는 담담한 얼굴로 말을 이었다.

"네."

우진철의 눈동자가 흔들렸다.

드디어.

드디어 찾았다.

가빠진 호흡만큼 빨라진 목소리가 질문을 연속해서 쏟아 냈다.

"이 개미 괴물은 뭐야? 그리고 넌 정체가 뭐고?"

진우가 흥분한 우진철을 피해 한 걸음 뒤로 물러서자, 우진철은 자신의 실수를 깨닫고 흥분을 가라앉혔다.

"아니, 내가 좀 흥분했구나. 꽤 오래 쫓고 있던 문제라서."

하나씩.

하나씩 이 학생이 알고 있는 정보를 알아 나가자.

어렵게 잡은 단서 아닌가?

서두를 필요는 없었다.

그렇게 마음을 가다듬는 데 성공한 우진철이 차분한 목소리를 냈다.

"그래, 이 그림을 알고 있다고?"

"네."

고개를 끄덕거리며 대답한 진우가 천연덕스러운 표정을 지었다.

"이거 애들이 보는 특수촬영 드라마 같은 데서 나오는 괴수 아닌가요? 가면 라이더 같은 거."

"아……."

하루 종일 힘겹게 쌓아 올린 모래성이 파도 한 번에 쓸려 나가는 걸 본 것 같은 허탈함을 느낀 우진철이었다. 그의 입에서, 자그마한 탄식이 흘러나왔다.

기대감이 컸던 만큼 실망감의 크기도 컸다.

수첩을 들고 있던 우진철의 손이 자연스럽게 아래로 떨어졌다.

그의 얼굴은 수첩을 들고 있을 힘도 없는 것처럼 몹시 피곤해 보였다.

잠깐.

자신에게 기대감을 안겨 준 소년에게 화가 나기도 했지만, 아는 것을 말한 이 학생에게 무슨 죄가 있겠는가?

우진철의 얼굴에 힘겨운 미소가 떠올랐다.

"시간 내줘서 고맙다."

"끝난 거예요?"

"그래. 선생님께는 내가 잘 말씀드려 놨으니 문제는 없을 거다."

그렇게 말하며 수첩을 집어넣으려는 우진철에게 진우가 말했다.

"그 괴수 그림, 기념으로 저한테 주시면 안 될까요?"

해맑은 진우의 얼굴을 보고 우진철도 미소를 지었다.

잠깐 수첩을 펴 자신의 그림을 내려다보던 우진철이 곧 그 페이지를 깔끔하게 뜯어내 진우에게 건넸다.

"여기."

"감사합니다."

아쉬움을 남기지 않으려는 것처럼, 우진철은 진우의 인사를 듣자마자 뒤돌아 계단을 내려갔다.

'…….'

진우는 계속 그 자리에 남아 계단을 내려가는 우진철의 발소리를 들었다.

조용히.

물이 번지듯 슬며시 옆으로 퍼진 그림자 위에서 이그리트가 올라왔다.

[주군.]

"응?"

[어째서…… 그에게 사실대로 말씀해 주시지 않은 겁니까?]

사람일 때의 기억을 가지고 있는 이그리트는 사람이 사람의 기억 속에서 잊혀 간다는 것이 얼마나 슬프고 힘든 일인지 누구보다 더 잘 알고 있었다.

그렇기에 그의 눈에는 방금 전 우진철 형사의 접근이 더할 나위 없는 기회로 보였다.

한 사람이라도.

딱 한 사람만이라도 주군이 이 세계를 어떻게 구했는지 알게 되는 것이 주군께도 좋은 일 아닐까?

이그리트의 말투에는 못내 아쉬움이 담겨 있었다.

그러나 진우는 고개를 저었다.

"망각은 신이 인간에게 내려 준 축복이라고들 하잖아."

그것이 비록 '신의 도구'로 이루어진 인위적인 결과라고 해도.

진우는 자신에게 사라질 기억과 사라지지 않을 기억을 선택할 권리는 없다고 판단했다.

그건 신이 할 일이니까.

그래서 우진철 협회장을 이렇게 돌려보냈다.

[그렇습니까.]

"응."

문득 진우는 자신의 왼손을 내려다보았다.

용제의 일격.

'파멸의 숨결'을 정면으로 받아 낸 이 왼손의 화상은 어떻게 해도 원래대로 회복되지 않고 있었다.

잊을 수 없는 불쾌한 기억은 이 손의 흉터와 비슷하다.

지워지지 않는 상처.

본인의 요청이라고 한다지만, 그러한 기억을 일부러 상기시켜 줄 필요는 없지 않은가.

이제 누구의 기억 속에서도 마수들과 군주들에게 고통받았던 흔적은 없다.

그래서 우진철 협회장의 머릿속에도 이전의 기억을 남겨 두고 싶지 않았다.

[알겠습니다, 주군.]

이그리트는 납득했다는 듯 조용히 그림자 속으로 다시 들어갔다.

한참 계단 아래쪽을 바라보던 진우도 수업에 들어가기 위해 돌아섰다.

* * *

쉬는 시간이 되자 아이들의 관심이 진우에게 집중됐다.

수업 중에 형사가 교실로 들이닥치는 드라마 같은 상황을 아이들이 또 언제 보겠는가?

그 주인공에게 모든 관심이 쏟아지는 것은 당연한 일.

평소 진우에게 관심이 있던 여자애들까지 한꺼번에 몰려 진우 자리 주변은 인산인해를 이루었다.

"방금 뭔데?"

"형사님이 왜 온 건데, 진우야?"

아이들의 급 뜨거운 관심에 피식피식 웃음 짓던 진우가 금방 만들어 낸 따끈따끈한 변명을 둘러댔다.

"아는 아저씬데 개인적으로 뭘 좀 물어볼 게 있다고 해서."

"와– 쩐다."

"형사 아저씨랑 친한 거야?"

"진우는 좋겠다."

생각지도 못했던 방향으로 아이들의 관심이 이어지자 진우는 웃음을 참아 내기가 여간 힘들지 않았다.

'영길아, 넌 또 왜 거기에서 눈을 빛내고 있는 건데?'

그래도 형사님의 방문 덕분에, 진우를 어려워했던 아이들의 보이지 않는 벽이 조금은 허물어지는 느낌이었다.

이때다 싶어 여자애들은 묻고 싶었던 말들을 쏟아 냈다.

"남자애들이 그러는데 너 그렇게 몸짱이라며?"

"진짜? 진우 너 무슨 운동 하는 거 있어?"

"아, 나 엊그제 진우가 육상부 선배들이랑 달리는 거 봤어."

"와, 어깨 넓은 거 좀 봐."

꺄꺄.

여자들에게 둘러싸인 진우가 어떻게 해야 이 소녀들이 조용히 자기 자리로 돌아가 줄까 방법을 고뇌하고 있는 가운데.

한 사람이 독차지하고 있는 관심을 불쾌하게 여긴 4인조까지 끼어들었다.

"야, 너 좀 잘나간다? 경찰까지 찾아오고."

4인조가 찾아오자 남자애들은 자리로 돌아갔고, 여자애들은 조용히 한 걸음씩 뒤로 물러났다.

4인조 중에서도 가장 서열이 높은 남준식이 여자애들이 만지작거렸던 진우의 어깨를 툭툭 치며 입꼬리를 올렸다.

"내가 이렇게 장난치는 것도 학교 폭력인가? 형사님한테 신고할 거냐?"

계속 치고 있어 봤자 그쪽 손만 아플 텐데.

진우가 그렇게 한심하게 쳐다보고 있으려니, 아니나 다를까.

때리는 손도 아파 오고 진우의 반응도 시큰둥하자 남준식의 얼굴이 점점 붉게 변해 갔다.

"아, 근데 진짜 이 새끼 눈빛이 왜 이렇게 띠껍냐?"

남준식의 손이 진우의 책상 위를 쓸어버렸다.

교과서와 노트, 필통 등이 바닥을 뒹굴었다.

그림자 속에서 하룻강아지의 만용을 지켜보고 있던 천만 그림자 군단병들이 일순간 울부짖었다.

남준식은 순간 얼굴이 굳어진 진우를 보고서 그의 멱살을 쥐었다.
“뭐? 한번 해보게? 좋은 말로 할 때 인상 펴라.”
그때.
위쪽에서 덮치는 거대한 팔뚝이 남준식의 목을 휘감았다.
“컥!”
팔뚝을 움켜쥐고서 숨을 캑캑거리는 남준식의 머리 위에 익숙한 얼굴이 하나 있었다.
“우리 사랑스러운 육상부 에이스에게 무슨 볼일이신가?”
3학년 육상부 주장 최태웅과 같은 3학년인 성질 급한 선배, 육상부원 정구식이었다.
진우를 에워쌌던 4인조들은 전부 선배들의 겨드랑이와 팔뚝에 끼어 안색이 파래지고 있었다.
말없이 자리에서 일어난 진우가 날아간 필통을 주워 들었다.
진아가 고등학교 입학 선물로 준 필통에 얼룩이 남았다면 4인조 모두 무사하지 못했을 테지만.
겉에 묻은 먼지들을 툭툭 털어 책상 위로 돌려놓은 진우가 물었다.
“선배님들이 여긴 어쩐 일이십니까?”
“우리 에이스가 멍청이들 넷을 패 죽이기 전에 말리러 왔지.”
“농담하지 마시고요.”
“하하하핫-!”
그 거대한 몸으로 호쾌하게 웃음을 터트린 최태웅이 말을 이었다.
“오늘 너희 신입생들 환영회 있다고 말해 주는 걸 깜박해서. 오늘 너랑 영길이 시간 되지?”
진우가 영길을 돌아보자, 영길이 고개를 끄덕였다.

"네."

"그럼 둘 다 방과 후에 보자."

웃으며 교실을 나가려는 선배들을 진우가 불러 세웠다.

"선배들, 겨드랑이에 낀 개네들은 어디로 데려가시려고요?"

"하하, 얘네들?"

최태웅이 정구식과 서로 눈빛을 교환했다.

"글쎄, 어쩌지?"

"가볍게 운동장이라도 한 바퀴 뛰고 올까?"

"좋옷–지!"

이내 전국 제패, 전국 제패 외치는 소리가 교실에서 멀어져 갔다.

* * *

딩동댕동, 딩동댕동.

방과 후 종이 울리고 나서도 몇 번의 종이 더 울린 뒤.

진우는 육상부원들과 함께 교문을 나섰다.

영길도 틈틈이 이어진 진우의 지원 덕분에 이제는 육상부 훈련에 많이 익숙해져 땀 흘리는 재미를 알아 버린 모양이었다.

선배들에게 여러 가지 조언을 들으며 교문을 나서는 영길과 한 걸음 떨어진 곳에서 대화를 들으며 따라가는 진우.

여느 때와 다름없는 평화로운 일상의 모습이었다.

앞서가던 정구식이 진우를 돌아보며 물었다.

"참, 진우야. 오늘 개네들 뭐냐? 선배들이 말썽 부리지 말라고 진지하게 좀 타일러 줄까?"

진우는 대수롭지 않다는 얼굴로 대답했다.

"괜찮습니다."

"네가 걱정돼서 그러냐? 괜히 걔네들 땜에 혹시 너 대회 나가는데 지장 생길까 봐서 그러지."

진우가 씩 웃었다.

"문제 안 생기도록 할게요."

그때.

교문 옆에서 불쑥 튀어나온 누군가가 진우를 불렀다.

"성진우 헌터님."

시간이 멈춘 것처럼.

우뚝 선 진우가 목소리가 들려온 방향을 천천히 돌아보았다.

우진철 형사가 여태까지 진우를 기다리고 있었다.

진우의 목소리가 떨렸다.

"어떻게……?"

진우의 대답을 듣고서 그제야 확신을 얻은 우진철 형사의 눈시울이 붉어졌다.

"역시…… 헌터님이셨군요."

* * *

"그 괴수 그림, 기념으로 저한테 주시면 안 될까요?"

몇 시간 전.

진우는 우진철과의 재회를 기념하는 의미에서 방금 그가 손수 그린 베르 그림을 원했다.

'제법 베르와 닮은 것 같아서 갖고 싶기도 하고…….'

물론 그림자 속의 누군가는 그렇게 생각하지 않는 모양이었지만.

[왕이시여어어! 부디 그 조잡하고 허술한 낙서 따위에 눈독을 들이지 마시옵소서어어!]

자신은 그 그림처럼 못생기지 않았다고 항변하는 베르의 절규를 한 귀로 흘려듣고 있는 진우의 앞에서.

우진철은 미련을 털어 버리려는 듯, 잠시 자신의 그림을 내려다보았다.

그러나 곧.

찌이익-

깔끔하게 그림이 뜯겼다.

우진철은 그림이 들린 손을 진우에게 내밀었다.

"여기."

"감사합니다."

진우는 기뻐하며 그림을 건네받았다.

그리고 그 과정에서 우진철의 손이 진우의 손끝에 살짝 닿았다.

아무것도 아닌 일.

하지만 종종 역사의 큰 획을 긋는 거대한 사건들은 그 아무것도 아닌 일에서 시작되고는 한다.

우진철은 그 자리에서 돌아서 바로 계단을 내려갔다.

'역시 바보 같은 짓이었어.'

후회막심.

혹시 뭔가 얻어갈 수 있지 않을까 하는 기대감에 막내 형사에게도 설명하지 못할 짓을 벌였다.

결과가 이렇게 되고 보니 수치심과 후회감이 물밀듯이 밀려들어 왔다.

'꼭 이럴 때마다 계단은 어찌나 길고 많은지.'

툴툴거리며 계단을 내려가던 우진철 형사가 갑자기 자리에 멈춰 섰다.

'음……?'

불현듯 누군가의 소리가 들려왔기 때문이다.

—협회장님, 절 믿으십니까?

'……?'

오싹한 느낌에 굳어 버린 우진철이 위아래를 돌아보았다.

계단 위쪽에서 내려오는 사람도, 계단 아래에서 올라오는 사람도.

……없었다.

아직 수업이 한창인 학교의 계단은 그야말로 고요했다.

고개를 갸웃거리다 얼마 남지 않은 계단을 마저 내려가던 우진철이 또다시 목소리를 들었다.

—예, 믿습니다.

이번엔 자신의 목소리였다.

'뭐, 뭐야?'

겁이 많은 사람이었다면 자리에 주저앉거나 비명이라도 질렀을 상황.

그러나 침착하게 다시 한번 주위를 돌아본 우진철은 심각한 표정으로 품속에 넣어 두었던 수첩과 볼펜을 꺼냈다.

'갑자기 환청이 들려오기 시작했다. 어쩌면 마음속의 공허함도, 개미 괴물을 목격한 것도 실은 내 머리가 이상하게 되어 가는 증거였을까?'

짧은 메모의 끝에는 볼펜으로 그려진 물음표가 붙었다.

기분이 이상해진 우진철은 수첩을 안주머니에 집어넣자마자 계단을 빠르게 내려간 뒤, 그보다 더 빠른 속도로 학교를 빠져나갔다.

그런데 그때.

또다시 강렬한 환청이 우진철의 머릿속을 뒤흔들어 놓았다.

-그렇다면 제가 지금부터 보여 드리는 것도 믿어 주시길 바랍니다.

"윽!"

이를 악문 우진철이 양쪽 귀를 틀어막았다.

들어 본 적 없는 목소리와 한 적 없는 말들이 머릿속을 마음대로 헤집고 다니기 시작했다.

극심한 혼란함이 해일처럼 우진철을 덮쳐 왔다.

"뭐, 뭐냐고!"

그리고 그 목소리들 중에서도 유독 뚜렷한 한마디.

"성진우 헌터님."

"헌터님."

"그럼 저희는…… 아니, 제가 어떻게 헌터님을 도와드리면 되겠습니까?"

“헌터님!”

“성진우 헌터님!”

머릿속을 떠나지 않는 이름, 성진우 헌터.

‘성진우라면…… 방금 만난 학생 이름이잖아?’

정신 질환을 겪는 환자들이 자신 주변의 인물들로 이상한 소리를 꾸며 내곤 한다는 말은 자주 들어 봤다.

지금 그러한 과정이 머릿속에서 벌어지고 있는 것일까?

길거리를 휘청거리며 걷는 우진철은 두통에 연신 이마를 찌푸렸다.

하지만 머릿속은 어떻게 손도 대기 어려울 정도로 복잡해도.

‘성진우 헌터님’이라는 이름을 떠올릴 때마다 어째서인지 마음의 빈자리가 채워지는 느낌이 들었다.

공원 벤치에 쓰러지듯 주저앉은 우진철이 반복해 머릿속을 부유하고 있는 그 이름을 되뇌었다.

‘성진우 헌터, 성진우 헌터, 성진우 헌터…….’

그 이름에 단서가 있다.

나는 분명 ‘성진우’라는 이름을 알고 있다.

기억해 내야 한다.

끄집어내야 한다.

그에 대한 기억과 그 기억이 사라진 이유까지도.

“으윽!”

지독한 두통 속에서 기억을 떠올리려 끊임없이 애쓰던 우진철의 눈앞에 마침내 어떤 장면 하나가 떠올랐다.

"협회장님, 절 믿으십니까?"

"예, 믿습니다."

"그렇다면 제가 지금부터 보여 드리는 것도 믿어 주시길 바랍니다."

"예?"

이마로 다가오는 누군가의 손끝. 그 손끝이 이마에 닿는 순간, 아주 잠깐 어둠으로 물들었던 시야에 무수히 많은 영상들이 스쳐 지나갔다.

그것은 과거와 현재와 미래를 잇는 기억들이었다.

게이트, 마수, 헌터, 지배자들과 군주들의 이야기.

"이럴 수가…… 어떻게 이런 일이?"

말을 잇지 못하고 있는 우진철에게 그림자 군주, 그 자체가 되어 버린 진우가 씁쓸한 표정으로 대답했다.

"상위 존재의 기억은 시간의 흐름에 구애받지 않으니까요."

군주의 기억은 시간을 초월한다.

* * *

"허억, 허억……."

회상에서 벗어난 우진철이 가쁜 숨을 몰아쉬었다.

지금은 존재하지 않는 시간 속에서 자신의 의식은 상위 존재인 진우와 잠깐 연결되었다.

그리고 그때.

영혼 어딘가에 봉인되어 있던 그 기억이 다시 한번 이루어진 진우와의 접촉을 통해 인지의 영역으로 끌어올려진 것이다.

"맙소사……."

항상 마음 한구석에 텅 빈 것처럼 남아 있던 공허감이 채워지며 우진철의 눈가에서 뜨거운 눈물이 흘러내렸다.

우진철은 자신이 진우의 계획을 알게 되었을 당시 진우에게 물었던 질문을 기억해 냈다.

"성 헌터님……. 이런 놈들과 싸우실 생각입니까? 당신 혼자서?"

그 대답이.

그의 대답이 지금 이 눈앞에 펼쳐져 있다.

이어폰으로 음악을 들으며 지나가는 이름 모를 청년, 그와 엇갈려 지나가며 사랑을 속삭이는 연인.

개를 산책시키는 노인과 운동기구 근처에서 몸을 푸는 사람들.

여기에는 게이트도, 마수도, 싸움도 없었다.

그의 손에서 일궈진 평화를 목격한 우진철이 굵은 눈물을 흘렸다.

"성 헌터님…… 성공하셨군요."

괴물들에게 비참한 최후를 맞이해야 했었던 많은 사람들의 비명을 떠올리며, 우진철은 한참을 울었다.

'아니, 이럴 때가 아니지.'

베테랑 형사의 거친 손이 눈물을 닦아 냈다.

세상 전부가 그를 잊었다고 해도.

여기 이 우진철은 당신이 세계를 위해서 혼자서 싸웠음을 알고 있다고.

가서 말해 주어야 한다.

그러한 사명감이 가슴에 북받쳐 올라왔다.

그러나 동시에.

그것이 과연 그를 위한 행동이 맞는 것인가, 하는 의구심도 들었다.

'그는 헌터였던 과거를 잊고서 평범한 학생으로 지내고 있다.'

만약 그가 과거를 알리고 싶었다면 기회는 얼마든지 있었다.

자신의 질문에 대답해 줘도 됐고, 전처럼 손끝을 통해 기억을 통째로 전달할 수도 있었다.

그러나 그는 별 내색도 없이 우연하게 찾아온 자신을 조용히 돌려보냈다.

어쩌면.

어쩌면 그는 지금의 평온한 일상을 방해받고 싶지 않은 것이리라.

그렇다면 그냥 이대로 각자의 생활로 돌아가 모른 척하는 것이 진정 성진우 헌터를 위한 길이 아닐까?

우진철은 고민했다.

고민은 길어져 학생들의 하교 행렬이 이어지는 시간까지도 계속됐다.

하나둘 공원을 가로질러 지나가는 학생들을 보며, 우진철은 어렵게 결론을 내렸다.

'……그래.'

결정은 내가 아니라 성진우 헌터 본인에게 맡기자.

그를 불러서 그가 끝까지 모른 척한다면 나도 그의 의견을 존중하겠다.

하지만.

조금이라도 그가 반응을 보인다면…….

우진철은 다시 진우가 다니는 고등학교로 급히 돌아왔다.

그리고 학교 밖으로 나오는 학생들이 보이지 않을 때까지, 우진철은 교문 앞을 떠나지 않았다.

아직 성진우 헌터가 학교에 남아 있을 것이라는, 그런 근거 없는 믿음이 우진철에게 있었다.

그렇게 애꿎은 담배만 태우며 시간을 죽인 지 몇십 분.

"……걔네들 땜에 혹시 너 대회 나가는 데 지장 생길까 봐서 그러지."

"문제 안 생기도록 할게요."

우진철은 교문에서 걸어 나오는 진우를 발견할 수 있었다.

반가운 마음에 진우를 향해 성큼 걸어 나간 그가 말했다.

"성진우 헌터님."

두근.

이 한마디를 꺼내기 위해 얼마나 큰 용기가 필요했는지.

우진철은 미친 듯 뛰기 시작한 심장박동을 느끼며 진우의 반응을 기다렸다.

아니나 다를까.

몸이 뻣뻣하게 굳어진 진우가 자신을 돌아보며 놀란 듯 물었다.

"어떻게……?"

진우의 눈빛이 모든 것을 말해 주고 있었다.

그의 두 눈을 보고서야 겨우 확신을 얻게 된 우진철이 눈시울을 붉혔다.

"역시…… 헌터님이셨군요."

*　*　*

두 사람은 우진철이 기억을 떠올렸던 학교 근처의 공원으로 이동했다.

공원 중심부에 있는 작은 호수가 저물어 가는 햇빛을 반사해 금색으로 물결치고 있었다.

걸음을 멈춘 우진철이 먼저 이야기를 꺼냈다.

“괜히 저 때문에 선배들과 사이가 틀어지시는 건 아닌지 모르겠습니다.”

진우가 옅은 미소를 띠며 고개를 가로저었다.

“좋은 선배들입니다. 승부욕이 조금 과한 편이긴 하지만…….”

시간을 좀 내줄 수 없겠냐고 하는 우진철의 부탁에 진우는 선배들에게 양해를 구해야 했다.

선약을 한 입장에서는 충분히 기분이 나쁠 수 있는 상황이었지만.

“너무 늦지는 마라!”

“네가 환영식에 올 때까지 영길이를 인질로 잡고 있겠다.”

“서, 선배!”

육상부 선배들은 흔쾌히 약속 장소로 먼저 출발했다.

진우는 그때 선배들의 손에 끌려가며 울먹거리던 영길의 표정이 생각나 피식 웃었다.

“그래도 제 친구의 목숨이 걸려 있는 문제라 너무 오래는 못 있겠네요.”

잘 지내는 것 같은 진우의 표정에 우진철도 웃음이 나왔다.

"알겠습니다. 그럼 용건만 짧게 말씀드리겠습니다."

말을 끝낸 우진철의 얼굴에서 갑자기 미소가 사라졌다.

"얼마나…… 차원의 틈새에서 그들과 얼마나 오랫동안 싸우셨던 겁니까?"

기록상 진우가 사라졌던 기간은 2년.

하지만 그림자 군주의 기억을 통해 군주들의 세력을 파악한 적 있는 우진철은 절대 2년 안에 해결될 수 없는 일이라는 사실을 잘 알고 있었다.

진우가 조심스럽게 대답했다.

"27년……."

대답을 듣자마자 우진철은 숨이 턱 막혀 왔다.

아무것도 존재할 수 없는 차원과 차원의 벽 사이에서, 무려 30년 가까운 시간 동안을 천만의 적들과 싸우며 보내다니.

얼마나 길고 힘든 싸움이었을지 우진철은 상상조차 할 수가 없었다.

한동안 말을 잇지 못하던 우진철이 잠시 후 간신히 입술을 뗐다.

"……후회하지 않으십니까?"

진우는 일말의 망설임도 없이 대답했다.

"네."

이것만큼은 확실히 말할 수 있었다.

"몇 번이고 다시 기회가 주어진다고 해도, 전 같은 선택을 할 겁니다."

비번인 날 아버지의 손을 잡고 가는 야구장도, 어머니께서 정성껏 끓여 주시는 된장찌개도, 마수의 무서움을 잊고 밝게 커 가는 동생의 미소도.

모두 가치를 매길 수 없는 소중한 것들이니까.

혼자서 감당해야 할 짐이 그 대가라면 또 얼마든지 짊어질 수 있었다.

"조금도 후회하지 않습니다."

진우의 담담한 목소리를 듣고 있던 우진철은 순간 코끝이 찡해졌다.

감사합니다, 성진우 헌터님.

그는 목 끝까지 솟아오른 그 말을 어렵게 집어삼켰다.

겨우 감사하단 말로는 성진우 헌터에 대한 자신의 감정이 제대로 전달될 수 없음을 알고 있었기 때문에.

잠깐 인질의 목숨을 생각해 시계를 들여다보았던 우진철이 고개를 들었다.

"꽤 즐겁게 살고 계신 것 같더군요."

진우가 피식 웃었다.

"만족하고 있습니다. 더 이상 나이를 먹지 않는 몸이 돼서 계속 신체를 변형시켜야 된다는 것만 빼고요."

불로불사.

이미 성진우 헌터는 그림자 군주가 되어서 신과 같은 힘을 얻었다.

하지만 그런 힘을 갖고도 평범한 인간처럼 살아가기로 한 것이 그가 택한 길이라면…….

"혹시 앞으로 뭘 하실 건지 생각해 보셨습니까?"

"아직 생각해 둔 건 없습니다."

"그럼…… 이쪽으로 들어와 보시는 건 어떻습니까?"

우진철은 지갑에 넣어 둔 경찰 신분증을 보여 주었다.

"경찰…… 말씀이십니까?"

"요새 서를 찾는 흉악범들이 죽는소리를 하더군요. 그림자 괴물들 때문에 못 살겠다고."

신분증을 눈여겨보던 진우가 씩 웃으며 지갑을 돌려주었다.

"제가 경찰이 되면 다른 경찰들은 할 일이 없어질 텐데요?"

"그런 세상을 만들기 위해 저희가 발 벗고 뛰는 것 아니겠습니까."

변하지 않았다.

헌터협회 감시과 과장으로서, 그리고 헌터협회장으로서 보여 주던 그 표정 그대로 우진철은 형사의 삶을 살아가고 있었다.

"생각해 보죠."

그렇게 대답하고선 슬슬 걱정되기 시작한 친구의 안위를 위해 돌아서려던 진우에게 우진철이 인사했다.

"기다리고 있겠습니다."

"기다리지 마세요. 거기 박봉에 일만 많다던데요."

손을 흔들며 멀어지는 진우에게 우진철은 미소를 보냈다.

'박봉에 일만 많다라.'

반박할 수 없는 정확한 평가에 절로 실소가 흘러나왔다. 동시에 그런 곳에 자원한 막내 형사의 얼굴이 떠올랐다.

'오늘 그 녀석, 비번이던가?'

뭐 비번이면 어떤가.

막내를 불러내 밥이라도 사 줘야겠다고 생각하면서, 우진철은 이제 멀어져 윤곽만 희미하게 보이기 시작하는 진우의 뒷모습을 향해 정중히 허리를 숙였다.

그의 희생을 알고 있는 유일한 한 사람으로서.

세계의 모든 이들을 대신해 진우에게 처음이자 마지막으로 진심

어린 감사를 전했다.

6.

'그것'은 갑자기 나타났다.

5월에 성큼 가까워진 4월의 어느 날, 미국의 긴급 신고 센터에 한 통의 전화가 걸려왔다.

—아, 저는 사막을 횡단하고 있는 여행자입니다.

여행자들이 길을 잃는 경우는 흔한 편이다.

이 전화 역시 사막 한복판에서 길을 헤매는 어느 불쌍한 여행자의 전화겠거니 짐작한 상담원이 물었다.

"조난을 당하셨나요?"

—아니요. 그런 것은 아닙니다.

"그럼 선생님께 무슨 문제가 생기신 거죠?"

—아뇨, 아뇨. 제게 문제가 생겨서 전화한 게 아니라, 제가 본 걸 신고하고 싶어서 전화했습니다.

상담원은 비상 출동 센터로 전화를 연결할 준비를 하면서, 신고자가 당황하지 않도록 최대한 침착하게 대응했다.

"혹시 위급한 일인가요? 사람을 보내 드릴까요?"

—위급하다…… 고 해야 할까요? 저도 솔직히 이걸 어떻게 설명드려야 할지 모르겠습니다.

무언가 많이 망설이고 있는 것 같은 신고자의 목소리에 상담원은 신고자의 신원을 확인했다.

대학교수라는 직업이나 가족 관계, 신고 이력을 봤을 때 재미 삼아 장난 전화를 걸 인물로는 보이지 않았다.

"선생님, 무슨 일이신지 설명을 해 주셔야 저희도 그에 맞는 대처를 할 수가 있습니다."

—…….

"저에게 천천히 설명해 주실 수 있겠습니까?"

그러자 수화기 너머에서 호흡을 가다듬는 것 같은 숨소리가 들려왔다.

—뭔가 깨지고 있습니다. 금이 많이 갔어요.

사막에 무너질 건물이 있나?

고개를 갸웃거리던 상담원이 다시 물었다.

"지금 어디에 금이 가고 있다는 말씀이시죠?"

—그게 그러니까…….

한참을 주저하던 목소리가, 자신도 자신이 본 것을 믿지 못하겠다는 듯 튀어나왔다.

—하늘이…… 하늘이 부서지고 있습니다!

* * *

4월.

학생들은 모두 바쁜 시기라지만, 중간고사와 육상 대회를 앞둔 진우는 특히나 더 바쁜 시간을 보내고 있었다.

늦은 시간까지 공부하는 진우를 위해 진아가 참외를 가지고 왔다.

"오빠, 엄마가 이거 먹고 하래."

스탠드 불빛 아래에서 집중하고 있던 진우가 고개를 들었다.

"아버지는?"

"아빠는 이번 주부터 또 야간 당직이시래."

진우는 참외가 가지런히 올라가 있는 접시를 받아 들며 고개를 끄덕였다.

그러다 조용히 발소리 죽여 방을 빠져나가려 하는 동생의 말총머리를 순식간에 낚아챘다.

"스톱."

"헉!"

눈을 동그랗게 뜨며 돌아서는 동생에게 진우가 물었다.

"왜 가운데 애들 속 부분이 사라져 있지?"

"나, 나는 몰라……."

"입술에 붙어 있는 참외 씨는 떼고 말하시지."

"아잉."

들켰다는 사실에 분하다는 표정이 된 동생의 얼굴이 귀여워 진우는 웃음을 터트렸다.

진아의 입술 끝에 붙어 있는 씨를 엄지로 떼 준 진우가 장난스럽게 인상을 구겼다.

"앞으로 한 번만 더 참외 속 긁어먹으면, 하루 종일 밥 대신 참외 딱딱한 부분만 먹게 할 거다."

"히잉…… 알았어."

울상이 되어 돌아서는 동생의 머리를 쓰다듬어 준 진우가 진아를 내보냈다.

지금 진아는 초등학교 6학년.

진아의 성장 과정을 이미 한 번 쭉 지켜본 적 있는 진우의 입장에선, 동생이 뭘 하든지 그저 귀여울 뿐이었다.

아삭.

참외를 한 입 베어 물며 진우는 다시 문제집으로 눈을 돌렸다.

그러자 늘 주군의 성적을 걱정해 마지않는 이그리트가 이번에도 역시 충언을 보내왔다.

[주군, 24번 문제는 그렇게 접근하실 것이 아니라…….]

'답안지 확인해 본다?'

[조금만 더 생각해 보겠습니다, 주군.]

'…….'

주인을 걱정하는 마음은 참 좋은데 말이다.

'뭐, 덕분에 공부하는 동안 심심하진 않으니…….'

아삭.

문제집의 문제가 줄어들수록 참외도 점점 줄어 갔다.

재깍, 재깍.

시간이 얼마나 흘렀을까?

문득.

오싹한 느낌을 감지한 진우가 고개를 들었다.

'뭐야, 어디지?'

자리에서 벌떡 일어난 진우가 방금 이상이 감지된 방향으로 눈을 감고 정신을 집중했다.

……착각이 아니었다.

최악의 가정을 떠올린 진우의 얼굴이 굳어졌다.

'전에 받았던 명함이…….'

진우는 교복 주머니를 뒤져 안쪽에 넣어 둔 명함 하나를 꺼냈다.

지배자들의 대리인이 남기고 간 그 명함이었다.

번호를 입력한 진우가 통화 버튼을 누르자 곧 전화가 연결됐다.

–오랜만입니다, 그림자 군주님.

반가운 목소리로 인사하려 드는 대리인에게 진우는 감정 없이 어떤 장소의 위치를 말했다.

그러고는 한마디 더 덧붙였다.

"너희 짓이냐?"

심상치 않은 분위기에 놀란 대리인이 빠르게 대답했다.

–무슨 말씀이신지……. 잠시 확인 좀 해 보겠습니다.

"……."

잠깐 동안 이어지던 정적은 당황하는 대리인의 목소리와 함께 깨졌다.

–저, 저희가 아닙니다. 저희도 방금 군주님의 연락으로 알게 되었습니다. 군주님께서도 알고 계시겠지만, 저희와 이동 방법도 다르지 않습니까?

역시나.

다행히 최악의 상황은 아니었던 모양이다.

그러나 그렇다고 해서 상황 자체가 좋아진 것은 아니었다.

'지구로…… 누군가, 혹은 누군가들이 오고 있다.'

그들이 호의를 품고 있는지, 적의를 품고 있는지 지금으로서는 알 방법이 없다.

그러니 일단 어떤 가능성이라도 배제하지 않고 대비하는 수밖에.

핸드폰을 들고 곰곰이 생각에 잠겨 있던 진우가 말했다.

"나를 찾아와 주겠나?"

만나서 하고 싶은 이야기가 있다는 진우의 말에, 대리인은 기다리고 있었던 것처럼 대답했다.

-내일 바로 찾아뵙겠습니다.

* * *

장소는 유진호를 처음 개인적으로 만났던 그 카페로 정했다.

약속 시간에 딱 맞춰 도착한 진우는 먼저 도착해 카페 한쪽에서 자신을 기다리고 있는 대리인을 발견할 수 있었다.

카페로 들어간 진우는 소리 없이 대리인의 맞은편에 앉았다.

진우가 시야에 들어오고서야 진우가 왔음을 뒤늦게 알아차린 대리인이 정중히 묵례했다.

시기가 시기인 만큼, 진우는 곧바로 본론으로 들어갔다.

"지금 오고 있는 것들…… 어떤 놈들인지 짐작 가는 바라도 있나?"

"얼마 전 저희 세계에 발을 들인 적 있는 이방인들입니다. 하늘의 군대에서 쫓겨난 그들이 이곳으로 방향을 돌린 것 같습니다."

"왜 여기로 오려는 거지?"

"그들은 생명체가 살 수 있는 별의 암석을 먹고사는 거인 종족으로, 그들의 세계에서는 '거신족'이라고 불리는 악질들입니다. 지구로 오는 이유야 뻔하겠지요."

진우는 의자에 등을 기대며 고개를 끄덕거렸다.

"……친구는 아니란 말이군."

"그렇습니다."

그들의 목적을 알게 되었으니 대처 방향도 결정되었다.

그러나 아직 풀리지 않은 궁금증도 있었다.

“윤회의 잔을 사용하기 전엔 없었던 일이잖아?”

진우의 기억에 게이트와 마수는 있었어도 별을 먹는 외계 종족의 습격 따위는 없었다.

선뜻 대답을 주저하던 대리인이 순순히 인정했다.

“네, 그렇습니다. 실은 제가 얼마 전이라고 말씀드린 시간도 지금은 사라져 버린 시간대를 가리킨 것이었습니다.”

“원래는 너희 세계를 노려야 했던 적들이 지구로 방향을 틀었다?”

“네.”

그렇게 말하며 진우의 눈치를 살피는 대리인.

진우는 그 이유를 바로 알 수 있었다.

“내가 원인이군.”

“강대한 힘을 지니고 있는 군주님의 흔적을 쫓아왔다고……. 적어도 지배자분들께서는 그렇게 생각하고 있습니다.”

마치 한 치 앞이 보이지 않는 바다 위에서 등대의 불빛을 보고 길을 찾아가는 것처럼, 거신족들은 그림자 군주의 어마어마한 힘을 따라서 이 작은 행성을 찾아온 것이다.

존재해서는 안 될 진우의 힘이 이 세계에 남아 미칠 수 있는 영향력.

지배자들이 걱정했던 부분이 이렇게 표면 위로 드러났다.

그러나 진우에게 큰 빚을 졌다고 생각하는 지배자들은 지구의 위기를 그냥 지켜보고 있을 생각이 없었다.

대리인은 그 점을 분명히 했다.

“지배자들께서 하늘의 군대를 출발시켰습니다.”

진우는 고개를 저었다.

"아니, 너무 늦어."

지금 그쪽과 이쪽을 잇는 게이트를 뚫는다고 해도 최소한 몇 년.

그때쯤이면 아마 모든 것이 끝난 뒤이리라.

그러니.

"내가 한다."

놈들을 막는 것은 나와 내 병사들이 한다.

하늘의 군대가 패퇴시킨 적 있는 적들이라면 자신도 충분히 할 수 있다는 자신감이 진우에겐 있었다.

어깨를 묵직하게 짓누르는 그림자 군주의 목소리에 대리인은 마른침을 꼴깍 삼켰다.

어떤 세력도 눈앞의 상대를 적으로 두기는 싫을 터다.

대리인은 그 '거신족'이란 녀석들이 불쌍해졌다.

그런데.

지원군을 부르기 위함이 아니라면 이 자리는 왜 마련되었을까?

대리인의 마음을 들여다보기라도 한 듯 진우가 말했다.

"전에 그대가 내게 물었던 거……. 대답을 해야 할 때인 것 같아서."

"아아. 그것 말씀이시군요."

그림자 군주의 강대한 힘이 영향을 미치지 않을 장소를 마련해 주겠다고 했던 지배자들의 제의.

이번 일로 결정을 내릴 수 있었던 모양이었다.

결의에 차 있는 진우의 표정을 보고 대리인은 고개를 끄덕였다.

"군주님의 뜻은 잘 알았습니다. 그럼 이번 일이 정리되는 대로……."

"나는 여기에 남겠다."

"……예?"

예상과는 전혀 다른 결정에 대리인의 눈이 커졌다.

그러나 진우는 입가에 옅은 미소를 띠고는 담담히 말했다.

"역시 난 여기서 사는 게 좋겠어."

가족과 친구들, 그리고 만나고 싶은 사람들이 잔뜩 있는 이 세계에서 남은 시간을 보내고 싶다.

우진철 협회장, 아니 이제는 우진철 형사가 된 그를 만나고 나서 확실히 깨달았다.

'자꾸 식사나 같이하자고 부르는 건 조금 귀찮지만 말이지.'

그래도 좋은 사람이다.

아마 같이 끌려 나온 그 어린 형사도 그래서 그렇게 즐거운 얼굴을 할 수 있는 거겠지.

나도 그들과 함께 있고 싶다.

그들의 틈에 끼어 함께 웃고 싶다고, 진우는 생각했다.

진우의 미소를 바라보던 대리인이 멋쩍게 웃었다.

"저 사실…… 여기 남아 있는 게 좀 지루했었거든요. 다행입니다. 이제 저희 세계로 돌아갈 수 있겠군요."

1년.

짧다면 짧고, 길다면 긴 시간.

이 땅에 남아 그림자 군주의 결정을 기다려야 했던 그의 임무가 끝났다.

그림자 군주의 표정을 봤을 때 그의 결정이 번복될 가능성은 전혀 없어 보였다.

"그럼……."

대리인은 홀가분한 얼굴로 자리에서 일어났다.

그러곤 진우를 향해, 아니 두 세계의 전쟁을 끝낸 최고의 영웅을 향해 허리를 숙였다.

"이쪽 세계는 잘 부탁드리겠습니다."

* * *

옷장을 뒤지던 진우가 옆머리를 긁적거렸다.

'곤란하네…….'

얼굴을 가릴 만한 옷들이 하나도 보이지 않았던 것이다.

하긴.

하급 헌터로 일하며 생긴 얼굴의 상처들을 가리기 위해 입었던 후드 티와 모자들이니 지금 남아 있을 리가.

진우는 하는 수 없이 원하는 옷을 만들어 냈다.

몸을 둘러싼 검은 연기는 액체처럼 걸쭉해졌다가, 예전에 자신이 즐겨 입던 후드 달린 재킷이 됐다.

후드를 푹 눌러쓰고 방에 있는 거울 앞에 섰더니.

'얼마 만이냐, 이게…….'

과거의 자신을 보는 것 같아 감회가 새로웠다.

곧 후드 아래 드러난 입술이 미소를 지었다.

"좋아."

준비는 끝났다.

진우의 모습이 발밑 그림자 속으로 천천히 빠져들어 갔다.

* * *

미국 서부의 사막 지대.

인근 지역을 철저히 봉쇄시킨 미국 정부는 전문가라 할 수 있는 이들을 닥치는 대로 불러 모았으나 뾰족한 답을 얻지 못하고 있었다.

"글쎄요, 이건……."

"제가 기상이변을 30년간 연구했지만 이런 현상은 처음입니다."

애초에 학자들이 얼마나 모인다 한들, 대기에 금이 가고 있는 현상을 어떻게 설명할 것인가?

콰지직-

그러고 있는 순간에도 허공은 조금씩 부서지고 있었다.

만에 하나를 대비해 일단 해당 지역 전체를 포위하고 있던 미군은 신경을 곤두세웠다.

조금 과장을 덧붙이자면 나라 하나를 작살낼 수 있을 만한 병력이 모였다.

사령관은 대통령의 전화에 자신 있게 대답했다.

"혹시나 저기서 뭐가 나온다고 해도 저희들이 처리하겠습니다. 예, 예. 초기 발견시보다 많이 커져 있는……."

무심코 균열 쪽을 바라본 사령관은 다가오고 있는 사내를 발견했다.

후드 때문에 얼굴을 전혀 알아볼 수 없는 사내는 곧장 이쪽을 향해 걸어오고 있었다.

"저 새끼 뭐야? 여긴 어떻게 들어온 거야?"

-무슨 문제라도 생겼나?

"아닙니다. 조금 뒤에 다시 연락드리겠습니다."

급히 전화를 끊은 사령관이 부관들과 함께 사내에게 뛰어갔다.

"이봐, 당신 뭐야?"

군인에 의해 완전히 봉쇄된 지역에 평범한 시민으로 보이는 이가 무방비로 들어서다니.

귀찮아진 상황에 사령관의 얼굴에 짜증이 어렸다.

그런데.

무장한 군인들에게 둘러싸인 사내는 조금도 겁먹지 않았다.

사령관을 찾아온 불청객, 진우는 사령관에게 말했다.

"여기서 철수해 주십시오. 이곳은 위험합니다."

익숙지 않은 발음.

'외국인인가?'

미간을 찌푸린 사령관은 불청객이 겁을 좀 집어먹게 할 요량으로 목에 힘을 주었다.

"당신, 죽고 싶어? 진짜 위험에 처해 있는 쪽이 어딘지 몰라서 그러나?"

어디긴, 그쪽이지.

말로는 설득이 어렵다는 사실을 알고 있는 진우는 자신의 힘을 아주 약간 개방했다.

그러자 사령관과 부관들, 진우를 주시하고 있던 병사들이 일제히 하늘로 떠올랐다.

"어, 어어?"

당황한 사령관이 급히 주변을 둘러보았다.

두 발이 떨어지지 않고 땅에 붙어 있는 사람은 사내 한 사람뿐.

심지어 차량이나 기계 장비, 육중한 탱크까지 1미터 이상 허공으로 떠오른 상태였다.

있을 수 없는 일을 목격한 사령관의 눈동자가 심하게 흔들렸다.

"어, 어떻게?"

이만하면 됐다고 판단한 진우가 그들을 땅 위에 내려놓았다.

그러나 사령관은 내려서자마자 총을 뽑아 들었다. 흥분한 그의 목소리가 사막 위에 울려 퍼졌다.

"너 대체 정체가 뭐야?"

진우는 양손을 어깨 아래까지 들어 싸울 의사가 없음을 분명히 한 뒤 차분히 설명했다.

"이런 힘을 가지고 있는 적들이 저기에서 쏟아져 나올 겁니다. 그리고……."

진우는 마나를 이용해 사령관이 쥐고 있던 권총을 뺏어 자기 머리 옆에 띄웠다.

권총이 진우에게 이동하자 긴장한 군인들이 철컥, 철컥 발사할 준비를 했으나, 사령관이 급하게 손을 들어 그들을 말렸다.

"잠깐!"

사령관이 부하들을 진정시키는 동안 진우는 자신의 머리를 향해 있는 권총의 방아쇠를 '보이지 않는 손'으로 당겼다.

탕, 탕, 탕!

진우의 몸에 닿지도 못한 총알들이 바닥으로 툭툭 떨어졌다.

총 하나에 의지하고 있었던 군인들의 시선이 경악으로 변했다.

그들의 심장이 얼어붙고 있음이 진우에게도 느껴졌다.

진우는 경악에 가득 찬 그들의 눈을 둘러보면서 차분히 설명했다.

"그들에게는 이런 무기가 통하지 않습니다."

이윽고.

진우의 시선이 한참 전부터 굳어 있는 사령관에게 고정되었다.

"부하들이 의미 없이 죽는 걸 지켜볼 겁니까?"

"내가…… 내가 어떻게 하면 되겠소?"

"최대한 멀리 병사들을 물리세요. 여기는 내가 남을 테니."

"당신 혼자서…… 그 적들이란 것을 막겠다는 말이요?"

혼자서라…….

굳이 설명해야 할 이유를 찾지 못한 진우가 고개를 끄덕였다.

"……."

입을 일자로 굳게 다물고 고민하던 사령관이 갑자기 허리 뒤춤에 차고 있었던 여분의 권총을 뽑아 진우에게 쐈다.

탕, 탕, 탕, 탕!

사령관의 손끝에서 발사된 총알들도 역시나 진우에게 닿자마자 힘없이 바닥에 떨어졌다.

괴물.

아니, 이쯤 되면 괴물이라기보다는 신화에 등장하는 인물이라고 해야 할까?

몇 번이나 거듭되는 기적을 지켜본 사령관이 총을 떨어뜨렸다.

곧 병사들을 향해 돌아선 그가 모두 들을 수 있게 큰 소리를 냈다.

"전원 철수! 최대한 빠르게, 신속히 이동한다!"

부관들이 사령관의 뜻을 전군에게 알렸다.

"철수!"

"철수!"

잘 훈련된 군대는 순식간에 전장에 멀어졌다.

그들이 멀어지는 것을 지켜보고 있던 진우가 허공에 생기고 있는 균열을 향해 돌아섰다.

느껴진다.

이 땅을 집어삼키고 싶어 하는 적들의 강한 욕망이.

그들의 숨소리가 지척에서 느껴지고 있었다.

오랜만에 요동치기 시작한 검은 심장이 적들의 등장을 예고했다.

진우는 웃으며 아공간에서 단검들을 불러냈다.

곧.

쩌어억-

쩌적!

대기를 뒤흔드는 충격과 함께 공간이 갈라지며 암석으로 이뤄진 거인들이 땅에 발을 내디뎠다.

그들은 뒤늦게 자신들의 발밑에서 적의를 뿜어내고 있는 작은 생명체 하나를 발견하고는 코웃음 쳤다.

[뭐냐? 겨우 너 하나가 우리들을 막겠다는 거냐?]

이 느낌.

눈을 감고 전투 전의 고요를 즐기던 진우가 슬며시 눈을 떴다.

두근, 두근, 두근, 두근.

심장이 뛴다.

진우는 자신의 모든 힘을 해방하며 말했다.

"내가 혼자로 보이나?"

그러자 어느새 뒤쪽 땅을 검게 물들여 버린 그림자 위에서 천만의 그림자 군단이 솟아올랐다.

7.

좋은 아침!

……이라 말하고 싶지만 그림자 속 세상에는 밤낮이 따로 없으므로, 잠에서 깬 나는 말없이 자리에서 일어나 늘어지게 기지개를 켰다.

하암–!

이곳 '안식의 영역'에서 자는 잠은 두말할 것 없이 최고다.

실제로 그림자 군단의 많은 병사들이 주군의 부르심을 받기 전까지 깊은 잠에 빠져 지낸다.

나도 잠을 즐기는 편이지만 아쉽게도 오늘은 일어날 수밖에 없는 중요한 일이 있다.

이리저리 몸을 풀고 있는 나를 발견한 병사들이 꾸벅꾸벅 인사해왔다.

"안녕하세요, 어금니 님."

"어어."

"안녕하십니까, 어금니 장군님."

"어어."

내색하지 않으려고 해도 역시나 이럴 때는 기쁘다.

다른 병사들에 비해 비교적 이른 시기에 주군의 밑으로 들어온 나는, 그간의 여러 공적들을 인정받아 모든 마법병들을 통솔하는 위치까지 올라왔다.

그림자 군단 내에서의 서열은 주군께 얼마나 신임을 받고 있느냐로 결정되기 때문에, 하이오크 주술사에 불과했던 내가 고대 용들에게 인사를 받는 일도 가능한 것이다.

군주님 만세!

위대하신 그림자 군주님 만세!

'이런, 이런…….'

오늘도 주군에 대한 감사함으로 만세 삼창을 외쳐 버리고 만 나는 뿌듯한 마음으로 개미 군단 지역을 찾아갔다.

다른 그림자 병사들과 달리, 잠을 좋아하지 않아 항상 뭔가를 하고 있는 개미 병사들이 자신들의 영역을 방문한 나를 보고서 고개를 숙였다.

"허허……."

나는 인사를 받는 둥 마는 둥 빠르게 걸음을 옮겼다.

사실 개미 병사들은 같은 편인 나로서도 조금 무섭다.

모든 그림자 병사들 중에서 가장 난폭한 데다가 가장 성실하기까지 한 녀석들이 바로 이 개미들이기 때문이다.

키엑!

끼아아악!

개미들이 의미를 알 수 없는 포효를 터트릴 때마다 나는 흠칫흠칫 어깨를 떨어야 했다.

'베르 군단장님이 아니면 누가 이 녀석들을 움직일지…….'

다행히 내 마음을 읽기라도 한 듯 얼마 가지 않아 베르 군단장님께서 직접 마중 나와 주셨다.

나와 눈이 마주친 베르 님의 어깨가 들썩거리기 시작했다.

"키헤헤헤헤헷."

"으흐흐흐."

"키하하하하핫!"

"우후후훗!"

우리는 서로를 보며 호쾌하게 웃어 젖혔다.

베르 님의 얼굴을 보니 상당히 만족스러운 물건이 나온 것 같았다. 그러니 그 물건을 부탁했던 내 얼굴에도 미소가 흘러나올 수밖에.

코앞까지 다가온 베르 님이 등 뒤에 숨기고 있던 '그것'을 보여주었다.

"어떠냐?"

감격한 나의 입에서 절로 감탄성이 튀어나왔다.

"호!"

내가 실례를 무릅쓰고 손재주가 뛰어나신 베르 님께 제작을 부탁드렸던 그것!

주군이 얼마 전 입으셨던 후드 달린 재킷과 똑 닮은 모양의 로브가 완성되어 있었다.

"키헤헤헤헷!"

"으흐흐흣!"

나는 당장에 입고 있던 로브를 벗어던지고 베르 님께서 건네주신 새로운 로브를 걸쳤다.

최고!

이 두 글자 말고 달리 어떤 말이 더 필요할까?

흘러넘치는 감동을 주체할 수 없었던 내가 베르 님께 상기된 목소리를 냈다.

"이거 제가 군단장님께 어떻게 보답해 드려야 할지……."

"케헤헤헷. 주군을 닮고 싶다는 너의 마음을 내가 어찌 모른 척할 수 있겠나? 마음에 들었다면 그걸로 됐다."

"마음에 쏙 듭니다. 마법병들 전부 의무적으로 이 옷을 입게 만들고 싶을 정도입니다, 군단장님."

"키하하하하하핫!"

"우흐흐흐흣!"

한참 웃음을 그치지 못하시던 베르 님께서 무언가를 발견한 듯 내게 시선을 고정시키셨다.

"그거…… 손에 들고 다니는 것보다 지팡이 형태로 만들어 다니는 게 더 낫지 않을까?"

베르 님께서 가리킨 것은 내 오른손에 들린 '탐욕의 구슬'이었다.

"흐…… 그럼 이것까지 군단장님께 부탁드려도……?"

쑥스러워하며 '탐욕의 구슬'을 내미는 내게 베르 님이 한 손을 들었다.

"마법 도구까지는 무리다. 내 앞에 살아 있는 수염 난쟁이 종족 하나를 데려다주면 모를까."

"아…… 아닙니다."

"말 나온 김에 수염 난쟁이들에게 맡기는 건 어떤가? 전투력은 형편없어도 제작에는 재능 있는 병사들이니."

"……."

턱을 괴고 고민해 보던 내가 고개를 끄덕였다.

"좋은 생각입니다, 군단장님."

"키헤헤헤헷!"

수고해 주신 베르 군단장님께 90도로 허리 숙여 인사하고 개미 군단 지역을 빠져나온 나는, 내 친구들이 있는 용들의 구역으로 향했다.

화력 대결을 하며 친해진 친구들은 사정을 설명했더니 흔쾌히 서로 돕겠다고 나섰다.

나는 그중 가장 작은 친구의 등에 올라탔다.

다른 이유는 없다.

다리가 짧아서 너무 큰 친구 등에 올라탔다가는 가랑이가 찢어지는 고통에 시달려야 하니까.

곧 친구가 날개를 펄럭이며 날아올랐다.

나는 수염 난쟁이 종족이 거주하는 방향을 가리켰다.

여기는 안식의 세계.

무한에 가까울 정도로 넓고, 천만에 가까운 병사들이 지내기 때문에 이렇게 친구의 힘을 빌려야 갈 수 있는 곳들이 있다.

펄럭, 펄럭.

빠르게 날아가는 친구의 위에서 슬쩍 고개를 내밀었더니 아래엔 정말 많은 병사들이 있었다.

'저긴…… 총군단장님이네.'

철썩, 철썩.

"똑바로 서라, 거신들!"

벨리온 총군단장님은 길이 조절이 마음대로 가능한 검을 채찍처럼 휘두르며 신병들을 교육 중이셨다.

자기들 세계에서는 좀 잘 나갔었는지 아직 바깥 물이 빠지지 않은 신병들을 보니, 당분간 총군단장님의 철저한 교육이 필요할 듯싶었다.

"앗!"

나를 발견한 벨리온 님이 손을 흔들어 주셔서 나도 급히 고개 숙여 인사했다.

신병 교육 현장을 지나쳐 가자 이그리트 님도 보였다.

머리 위로 용이 지나가는 것도 모를 정도로 공부에 집중하고 있는 이그리트 군단장님을 방해할 수가 없어서 최대한 조용하게 그 자리를 벗어났다.

키악-!

군단장님들이 계셨던 곳을 지나오자 날개를 넓게 펼친 친구가 속도를 내기 시작했다.

경치 좋다!

아래로 개미처럼 작아진 그림자 병사들이 수없이 스쳐 지나갔다.

자고 있는 병사들, 수련을 하고 있는 병사들, 떠들고 있는 병사들, 카드놀이를 하고 있는 병사들, 서로의 멱살을 쥐고 언성을 높이고 있는 병사들까지.

각양각색.

다양한 병사들의 모습이 발아래에 있었다.

원래부터 이랬던 것은 아니다.

주군의 정신과 깊이 연결된 우리들은 주군의 힘이 강해지면 강해질수록 주군을 닮아 가게 되어 있다.

즉, 파괴만을 원하고 일삼던 우리가 점점 주군의 인간적인 면을 배우게 되는 것이다.

인간이 가진 여러 감정들.

텅 비어 있던 우리의 가슴을 새로운 무언가들로 채워 나가는 과정은 무척이나 신선한 경험이었다.

이제 주군의 심장이 뛰실 때, 우리의 심장도 따라 요동친다.

나는 주군이 좋다.

전혀 상상도 하지 못했던 새로운 세계로 나를 초대해 주신 주군께 감사한다.

군주님 만세!

위대하신 그림자 군주님…….

'어?'

주군의 감사함에 나도 모르게 만세를 하고 있는 사이 벌써 수염 난쟁이 종족의 땅에 도착했다.

만들기 좋아하는 친구들답게 그들의 거주지에는 집이나 대장간 등의 건물이 들어서 어엿한 마을이 형성되어 있었다.

펄럭, 펄럭.

친구가 바닥에 착지하고 난 뒤, 나도 조심스럽게 발끝을 버둥거리며 아래로 내려섰다.

"어, 어금니 장군님!"

"장군님!"

내가 방문한 것을 목격한 수염 난쟁이들이 모두 나와 공손히 머리를 조아렸다.

아무래도 이런 변방까지 장군급이 찾아오는 일은 거의 없으니까 당황스럽기도 하겠지.

예를 다하는 그들에게 나는 친절히 상황을 설명했다.

그러자 그들의 장로가 환한 얼굴로 대답했다.

"아아…… 맡겨만 주십시오. 그렇지 않아도 주군께서 저희에게 하사해 주셨던 신성한 목재를 쓸 일이 없어 안타까웠던 참입니다."

"호오!"

재료는 벌써 갖춰진 듯했다.

장로의 집에서 따뜻한 차를 대접받는 동안, 모든 장인들이 모여 나의 무기를 만들었다.

"어떻습니까, 장군님?"

장로가 자신 있게 선보인 멋들어진 지팡이 앞에서, 나는 감격에 찬 비명을 내질렀다.

"호오오오-!"

지팡이 끝에는 항상 손안에 쥐고 다녀야 했던 탐욕의 구슬이 붉게 빛나고 있었다.

"좋구나! 아주 멋지다!"

기분이 날아갈 듯 가벼워진 내가 지팡이를 들고 여러 포즈를 취하고 있으니 장로가 슬며시 입꼬리를 올렸다.

"멋지다는 단어는 이 지팡이보다 장군님께서 입고 계신 로브에 더 어울리는 것 같습니다."

"우후후후후훗! 그대가 멋을 좀 아는구나!"

나는 즐거운 마음으로 수염 난쟁이 종족의 주거 지역을 떠날 수 있었다.

나를 배웅하기 위해 나와서 내게 손을 흔드는 그들을 보면서 나는 엄지를 척 세워 주었다.

만약 먼 훗날 주군께서 이 지팡이의 멋짐에 대해 물으신다면 내 꼭 그들의 노력이 있었음을 빠뜨리지 않으리.

왔던 길을 되돌아가 마법병들의 주거지에 도착한 나는 바로 마법병들을 전부 불러 모아 새 로브와 새 무기를 선보였다.

"멋지십니다, 어금니 님!"

"최고입니다!"

"눈물이 멈추지 않습니다, 어금니 장군님!"

당연히 여기저기서 찬사가 끝없이 쏟아졌다.

멋진 로브와 멋진 지팡이는 모든 마법병들의 로망.

"우후후훗!"

마법병들과 기쁨을 나눈 나는 눈물이 멈추지 않는다며 박수갈채를 아끼지 않았던 병사에게 내가 그전까지 써 왔던 최고급 로브를 선물해 주었다.

"감사합니다, 감사합니다, 장군님!"

"우후후후훗!"

온몸으로 기뻐하는 그의 어깨를 두드려 주던 나의 시야에 못 보던 덩치들이 보였다.

"너희는 뭐냐?"

돌덩이로 이뤄진 거인들은 뒷머리에 손을 올리고 어색해 하며 말했다.

"벨리온 님께서 저희는 이리로 가라고 하셨습니다."

아아.

신병들 중에도 마법병이 있었구나. 그렇게 큰 몸으로 마법이나 쏘고 있다니 덩치가 아깝……. 아니지, 내가 할 소리는 아닌가?

어쨌든.

신입 마법병들은 내 밑으로 들어오면 반드시 통과해야 하는 과정이 있다.

"자자, 다른 마법병들은 돌아가고 신입들, 너희는 거기 앉아 봐라."

교육이 잘된 신병들은 그 거대한 무릎을 꿇고 얌전하게 앉았다.

"이제부터 위대하신 우리 주군과 끔찍했던 적 용제와의 첫 번째 싸움에서 내가 어떤 활약을 했으며, 또 이어진 차원의 틈새에서는 어떤 공을 세웠는지 천천히 설명해 줄 테니 잘 듣고……."

잊을 수 없는 역사에 대한 긴 이야기를 끝내고 감동에 젖어 있는 신병들을 돌려보내고 나서야 하루 일과가 끝났다.

슬슬 졸리기 시작한 나는 요를 깔고 누워 늘어지게 하품을 했다.

하암-!

멋진 옷도, 멋진 무기도, 멋진 이야기도 좋아하지만 무엇보다 좋아하는 것은 역시 잠이다.

특히나 오늘처럼 바빴던 하루의 막을 내리는 잠이라면 더더욱.

목 아래까지 이불을 끌어올린 나는 포근함을 느끼며 잠에 들었다.

그런데.

살며시 수마가 찾아와 나를 꿈나라로 데려갈 그 시점에 누군가가 내 어깨를 흔드는 것이 아닌가?

감히!

감히 누가 이 어금니 장군의 꿀잠을 깨운다는 것인가!

나는 상대를 죽여 버릴 기세로 눈을 부릅떴다.

"……?"

이그리트 군단장님이 머리맡에서 내려다보고 계셨다.

"사랑합니다, 군단장님."

"그대의 충정에는 나도 늘 감사하고 있다."

"한데…… 무슨 일로 저를 찾아오셨습니까?"

상체를 일으키는 내게 이그리트 군장님께서는 먼 하늘을 가리켰다.

"슬슬 시작되려 한다. 주군을 최측근에서 모시는 장군급 이상 병사들은 모두 주군을 응원해 드려야 하지 않겠나?"

"헉!"

이불을 집어던지고 벌떡 일어난 내가 하늘로 고개를 쳐들었다.

하늘에는 마치 어마어마한 규모의 영화관처럼 주군의 시야가 우리들에게 공유되고 있었다.

"드디어 주군께서 해인 님을 만나신 겁니까!"

"그렇다."

"우호호홋-!"

역사적인 순간을 함께한다는 감격에 내가 탄성을 터트리자 주군을 응원하고 있었던 그림자 군단병 전원이 하늘을 향해 양손을 쳐들고 함성을 내질렀다.

와아아아아아아아-!

주군의 심장이 뛰실 때면.

우리의 심장도 뛴다.

나도 손을 번쩍 들고 병사들과 같이 함성을 내질렀다.

와아아-!

나도 심장이 뛰었다.

8.

내 이름은 안타레스.

어둠에서 태어난 '최초의 군주'이자 '최강의 군주'. 모든 용들 위에 군림하는 왕이면서 공포와 파멸을 상징하는 존재.

그래.

나를 아는 이들은 모두 내게 존경과 경의를 담아 '용제'라 부른다.

그런데.

차원의 틈새에 숨어 천만의 병사들과 함께 평범히 지구 침략을 준비하고 있던 어느 날.

눈을 뜨고 보니 인간의 몸속에 들어와 있었다.

'…….'

게다가 어찌 된 영문인지 이 인간의 기억까지 모조리 가지게 된 듯하다.

방구석에 걸린 거울 앞을 찾은 나는 기함을 토할 수밖에 없었다.

'뭐냐, 이 약해 빠져 보이는 인간의 얼굴은?'

하아, 한심하도다.

이름은 성진우.

대한민국이란 나라에서 E급 헌터로 활동하고 있는 청년이었다.

이 인간, 보잘것없는 능력 때문에 꽤 자주 죽음의 위기에 직면하면서도 끝까지 헌터 일을 포기하지 않고 있는 듯하다.

'이유는…… 어머니의 병인가?'

그딴 병쯤이야 내 마법 한 번이면 깔끔하게 치료가…… 하고 생각하고 있을 때 핸드폰이 울렸다.

우우웅- 우우웅-

책상 위에서 부들부들 떨어 대고 있는 조그마한 전자 기기를 발견한 내가 그것을 들어 올렸다.

그러자 기기 저 너머에서 어떤 여성의 다급한 목소리가 들려왔다.

-성 헌터님, 어떻게 되신 거예요? 레이드 시간이 다 돼 가는데

아직까지 안 보이시고…….

이 인간의 기억에서 지금 듣고 있는 목소리를 검색해 봤더니 협회 직원이라는 결과가 나왔다.

'흥.'

그렇게 습관처럼 받아 버린 전화를 끊으려 하는데, 뒤이어 들리는 여자의 목소리가 내 신경을 긁었다.

―설마 또 지각이신가요?

'……!'

지각.

제시간에 도착할 능력이 없어 약속 시간을 맞추지 못하는 행위.

즉, 이 여자는 감히 전지전능한 힘의 화신인 나 '용제'에게 무능력의 상징과도 같은 행동을 할 것이냐고 물은 것이다.

있을 수 없는 일이기에 내 눈에는 노기가 차올랐다.

"너…… 어디냐?"

―어디긴요, 지금 다들 게이트 앞이에요. 그리고 갑자기 왜 반말을 하세요, 성진우 헌터님?

집중한다.

이 건방진 여자의 목소리가 흘러나온 장소를 찾기 위해.

나의 기감이 도시 전체를 덮었었고, 곧 위치가 잡혔다.

"찾았다."

―네? 뭘 찾았단 말씀…….

뚝.

인간의 거리 단위로 11킬로라는, 그리 멀지 않은 거리였기에 전력으로 달려간 나는 몇 초 안 되어 그들이 있는 장소에 도착할 수 있었다.

그러고는 이제 막 통화가 끊어진 핸드폰을 귓가에서 떨어뜨리려 하는 협회 직원 앞에 서서 말했다.

"내가 늦었는가?"

"허, 헌터님?"

끝을 알 수 없는 내 힘을 조금이나마 느꼈는지 잔뜩 겁에 질린 직원이 슬슬 뒤로 피했다.

나는 그녀가 물러서지 못하게 양어깨를 잡고 다시 물었다.

"내가 지각하였는가?"

"아, 아니요."

"좋아."

만족스러운 얼굴로 그녀를 놓아주고서 주변을 둘러봤더니 헌터들이 술렁거리고 있었다.

나는 별 볼 일 없는 그들의 얼굴보다 그들의 손에 들린 종이컵에서 올라오는 향긋한 냄새에 주목했다.

"커피…… 나도 커피를 마시고 싶다."

직원을 돌아보자 얼굴이 창백해진 그녀가 진심을 다해 고개를 숙였다.

"죄, 죄송해요, 헌터님. 지금 커피가 다 떨어져서……."

"문제없다."

"네?"

그녀가 숙였던 고개를 미처 들어 올리기도 전에 나는 가장 가까이에 있는 녀석의 종이컵을 빼앗았다.

"뭐, 뭡니까?"

꿀꺽, 꿀꺽.

단숨에 달달한 액체를 전부 삼켜 버린 내가 얼굴을 구기자, 커피를 뺏기고 당황해 하던 녀석이 깜짝 놀라 줄행랑을 쳤다.

"하하!"

강한 힘을 가진 자가 약한 자의 것을 취한다.

우리 군주들에게는 상식.

인간들에게도 같은 상식이 통하는 것 같아 기분이 아주 상쾌해졌다.

"성씨…… 뭔가 이상하지 않아?"

"오늘 눈빛이 좀……."

"아니, 난 자꾸 아까부터 으스스한 느낌이 들어."

뒤에서 헌터들이 수군댔지만, 어차피 하등한 인간들의 의견 따위 조금도 귀 기울일 필요가 없으므로 당연히 무시했다.

"자자, 이제 다들 모였으니 슬슬 시작합시다."

헌터들이 레이드를 시작하려고 몸을 푸는 사이.

내 시선은 그들이 이번에 들어가기로 예정되어 있는 게이트로 향했다.

'……'

저곳.

상당히 수상하다.

지구에 생기는 게이트들은 분명 지배자들의 수작일 텐데…… 어째서 저 게이트에선 군주의 기운이 느껴지는 걸까?

조사해 볼 필요가 있다.

매처럼 날카로운 눈빛으로 게이트를 노려보던 나는 게이트로 들어서려는 헌터들의 뒤에 섰다.

"나도 간다."

"다, 당연히 성 헌터도 가야지?"

안에서 흘러나오는 흉흉한 분위기를 감지했는지 당혹감을 표현하는 헌터들과 함께, 난 게이트로 들어갔다.

* * *

퍽, 퍽, 퍽, 퍽!

던전의 진짜 목적을 숨기기 위해 배치되어 있던 가짜 마수들. 그들을 때려잡고 있는 내게 헌터들이 경의를 표했다.

"오늘 성 씨 진짜 이상하지 않아?"

"아니…… 그냥 이 던전의 마수들이 지나치게 약한 걸지도……."

"근데 내 눈엔 안 보인다고, 성씨 움직임이……."

순식간에 마수들을 정리한 내가 수상한 입구를 찾아냈다.

"이리로 간다."

"잠깐, 이런 문제는 서로 투표로 결정하는 게……."

그는 더 이상 말을 잇지 못했다. 딱 한 방에 의식을 잃었으므로.

털썩.

쓰러진 노인을 내려다보던 내가 헌터들을 둘러보며 물었다.

"또 투표하고 싶은 사람?"

"……."

그러자 만장일치로 들어가는 것이 결정됐다.

길었던 통로를 한없이 걸어 그 끝에 위치한 거대한 문에 도착했다.

"아니, 동굴 끝에 문이라니?"

"여태까지 문이 있던 방이 있었나?"

"이런 적은 처음인데……."

"이거…… 위험한 거 아냐?"

웅성웅성.

헌터들이 불안감을 드러냈다.

물론 안에서 흘러나오고 있는 무시무시한 기운을 감지한 나 역시 위험하다는 그들의 의견에 동의했다.

때문에 나는 문을 연 뒤, 가장 앞서 있는 헌터의 멱살을 잡아 살짝 안으로 던져 보았다.

"으, 으악!"

던져진 녀석은 바닥에서 허우적대고 있었지만 아무 일도 일어나지 않았다.

안전하다는 사실을 확인한 나는 그제야 안으로 들어섰다.

넓은 내부는 마치 오래된 신전처럼 꾸며져 있었다.

"뭐, 뭐지, 여긴?"

뒤늦게 들어온 헌터들이 주변을 살피기 시작했으나 부질없는 짓.

잠깐 눈을 감고 정신을 집중한 나는 단박에 이곳의 실체라 할 수 있는 녀석을 찾아냈다.

"저거다."

헌터들은 내 손끝을 따라 석판을 든 천사상 앞으로 우르르 모여들었다.

"석판에 뭐라고 적혀 있는 것 같은데?"

"어어? 석판에 룬 문자가!"

룬 문자를 읽을 수 있는 헌터가 여기 없는 듯해서, 내가 큰 소리로 그들에게 읽어 주었다.

"카르테논 신전의 규율."

그러자 누가 내 팔을 잡아당겼다.

뒤를 돌아봤더니 얼굴이 파랗게 질린 여자 하나가 거기에 서 있었다.

"저, 저기 신상이……."

"놔라."

나는 여자의 손을 뿌리치고 석판을 계속해서 읽어 나갔다.

"첫째, 신께 경배하라. 둘째, 신께 찬양하라. 셋째, 신앙심을 증명하라. 이 규율을 지키지 않는 자, 살아 돌아갈 수 없으리라."

그러자 기다렸다는 듯 신전의 구석에 앉아 있던 거대한 신상이 두 눈으로 붉은 광선을 뿜어냈다.

지이이이이이잉—!

나는 피하거나 막을 생각도 없이, 당당히 가슴을 드러내고 그 광선과 정면으로 마주했다.

"감히 이 정도의 힘으로 짐을 능멸하려 들었는가!"

고대 용들의 입김만도 못한 광선의 위력을 비웃은 나는 진짜 파괴적인 힘이란 것이 뭔지 보여 주었다.

콰아아아아아아아—!

내 입에서 일직선으로 뿜어져 나간 '파멸의 숨결'은 신상의 머리를 시원하게 날려 버렸다.

"이것이 힘이다."

그것을 신호로.

벽면에 장식품처럼 세워져 있던 조각상들이 다른 헌터들을 무시하고서 일제히 내게로 달려왔다.

"크하하하하!"

이 시건방진 인형들!

나는 맨손으로 달려드는 놈들의 머리통을 하나씩 깨부쉈다.

쾅! 쾅! 쾅! 콰직! 쾅!

"느리다, 느려!"

무자비하게 튀고 있는 파편을 피해 바닥에 몸을 숙이고 있던 헌터들이 비명을 질러 댔다.

"뭔가! 뭔가 다른 방법이 있었을 거 같은데!"

"아까 그 규율은 뭐냐고!"

그들의 절규가 채 끝나기도 전에 조각상들은 거의 대부분 내 손에 산산조각 나 먼지가 되었다.

당연한 이야기지만 이 정도로는 준비운동조차 되지 않았다.

"이것이 끝인가!"

자신의 준비가 엉망이 된 것을 보고 발끈했는지, 석판을 들고 있던 천사상이 벌떡 일어나 외쳤다.

[네놈, 대체 정체가!]

"시끄럽다!"

나는 조각상 하나가 들고 있던 창을 뺏어 놈에게 던졌다.

찰나의 순간, 목이 꿰뚫린 천사상이 바닥에 너부러졌다.

나는 저런 가짜와 대화하러 온 것이 아니다.

내가 원하는 것은 이 뒤에 숨어 있는 실세!

"모습을 드러내라, 비겁한 자여!"

모든 방해물들을 말끔히 제거한 내가 포효하자, 머리가 사라진 신상이 조용히 몸을 일으켰다.

그래, 그래야지.

나는 피가 끓는 기분에 입꼬리를 씩 올렸다.

코앞까지 다가온 신상이 나를 내려다보았다.

[파멸의 군주, 너와는 언젠가 이렇게 되었을 운명. 여기에서 너와의 악연을 끝내겠다!]

"어어, 그거 좋지!"

검은 오러로 둘러싸인 신상이 거대한 그림자로 변했고, 나는 그 웅장한 박력에 맞서기 위해 모든 힘을 해방했다.

저 발밑에서부터 머리카락 끝까지, 짜릿한 전율이 온몸을 타고 흘렀다.

"와라!"

우리의 싸움은 쉽게 끝나지 않을 테니!

* * *

"헉!"

진우가 상체를 일으켰다.

익숙한 침대, 벽지, 천장, 컴퓨터.

주위를 둘러보던 진우는 지금 자신이 일어난 곳이 자신의 방이라는 사실을 깨달았다.

'꿈이었나?'

자신이 용제가 되다니 엄청난 개꿈이었다.

아니, 용제가 자신이 되었다고 해야 할까?

'가만…….'

황급히 휴대폰으로 시간을 확인한 진우가 안도의 한숨을 내쉬었다.

시험 시작 전까진 아직 여유가 있었다.

'그러고 보니…… 용제를 처치한 지도 벌써 4년이 흘렀구나.'

그렇게 시간이 흘러 오늘은 수능 시험 당일.

아침부터 이런 개꿈을 꿨다는 건 그만큼 긴장하고 있다는 증거겠지.

피식.

잠깐 실소했던 진우가 자리에서 일어났다.

그동안의 노력과 결실을 확인해 볼 수 있는 날이 바로 오늘이다.

가고 싶은 대학은 정해져 있었다.

또 한 명.

꼭 만나고 싶은 사람이 거기로 올 테니까.

'네가 그리 공부를 잘하지 못해서 다행이다, 진호야.'

유진호.

그리운 이름을 속으로 되새겨 보던 진우가 창을 가리고 있던 커튼을 양옆으로 밀어젖혔다.

어스름한 새벽의 기운이 서서히 달아나고 있었다.

'먼저 가서 기다리고 있으마.'

진우가 창틈 사이로 들어오는 아침 바람을 맞으며 해후를 기대하고 있는 동안, 후다닥거리는 발소리가 들리더니 방문이 급하게 열렸다.

"아들, 오늘 수능인 거 알지?"

"아들, 아빠가 데려다줄까?"

행여나 아들이 늦잠을 자 중요한 시험을 놓칠까 봐 밤새 잠을 설치셨던 두 부모님의 얼굴을 보면서, 진우는 웃으며 고개를 끄덕였다.

"지금 갈게요."

[갑시다, 주군.]

묘하게 긴장하고 있는 이그리트의 격려를 받으며 진우는 집을 나섰다.

상쾌한 아침이었다.

9.

미국, 백악관 관저.

미 대통령의 거주와 업무를 위해 만들어진 하얀 건물에 중요 인사들이 모였다.

"……."

회의실 자리를 하나씩 차지하고 앉은 거물들은 하나같이 긴장된 낯빛을 띠고 있었다.

그중에서도 유난히 얼굴이 어두운 한 사람.

미 대통령은 연신 얼굴을 쓸어내리며 자신의 판단이 옳은 것인지 고민, 또 고민했다.

'아무것도 없는 하늘에 금이 갔고, 거기서 뭔가 튀어나오기 시작했다.'

사상 초유의 사태.

이 유례없는 사건을 국민들에게 일언반구 없이 처리해도 되는 것인가?

아니, 그전에 '그곳에서 나온 뭔가'의 처리가 가능하긴 한 것인가?

담당자를 초조하게 기다리던 대통령은 회의실 문이 열리고 현장의 지휘관이었던 체스터 헤리슨이 안으로 들어서자 벌떡 일어나 맞이했다.

"헤리슨, 대체 어떻게 된 건가?"

현장에서 들려온 마지막 보고.

—상황은 종료되었습니다. 다시 한번 보고합니다. 상황은 종료되었습니다.

그 안에는 일이 해결된 순서, 즉 '인과'가 들어 있지 않았다.

그렇기에 대통령을 포함한 회의실의 많은 이들이 굳은 얼굴로 그를 기다리고 있었던 것이다.

체스터는 가장 먼저 대통령에게 짧게 인사한 뒤, 잠깐 주위를 둘러보고는 맨 앞으로 나섰다.

"제가 백 마디 말씀을 드리는 것보다 여기에 담긴 영상 하나를 보시는 것이 훨씬 빠를 듯합니다."

그의 손에 들려 있는 것은 자그마한 USB.

안에 담긴 것이 궁금했던 대통령은 빠르게 고개를 끄덕였다.

대통령뿐만 아니라 회의실 모두의 시선이 비장한 얼굴을 하고 있는 장군의 손끝에 가 있었다.

장군이 USB를 단자에 꼽자 회의실 벽면에 설치된 거대한 화면에서 영상이 재생되기 시작했다.

"현장의 드론들과 로봇들로 촬영한 영상입니다."

그렇게 짧게 덧붙인 체스터 헤리슨은 화면 옆에 서서 침을 꼴깍 삼켰다.

여기 모인 이들이 이 영상을 어떻게 받아들일지 짐작도 할 수 없었다.

영상을 몇 번이나 돌려 본 자신도 어떻게 받아들여야 할지 알 수 없었으니까.

그러나 중요한 건 이 일이 분명 일어났다는 것이다.

그 증거가 여기 담겼고, 이번 일의 책임자인 자신은 이 영상을 공개할 의무가 있었다.

시작은 균열에서부터였다.

"크흠……."

"허어!"

공간 자체가 부서져 버린 것 같은 균열에서 암석으로 이루어진 거인들이 걸어 나오자 곳곳에서 신음이 흘러나왔다.

괴생명체에 대한 사전 보고가 미리 이뤄지지 않았다면 아마도 이 회의실은 아수라장이 됐을 터.

그러나 더 놀라운 장면은 바로 이다음에 있었다.

보기만 해도 숨이 멎을 것 같은 무시무시한 거인들 앞에 누군가가 홀로 서 있는 게 아닌가?

'체격으로 봐서는…… 소년?'

'동양인인가?'

흥분한 국방부 장관이 참지 못하고 화면을 가리키며 물었다.

"저 남자! 저 남자는 뭔가? 병사들은 어디 가고 웬 일반인이 저들 한복판에 서 있는 건가, 해리슨?"

그랬다.

이 영상은 여기 모인 인물들이 기대했던 것처럼 최강의 미 정예군이 이계의 생명체를 패퇴시킨 기록이 아니었다.

이름은커녕 얼굴도 알 수 없던 한 남성에 대한 영상.

마침 사내의 등 뒤로 검은 병사들이 일제히 일어서는 장면이 나오자, 시선을 고정시키고 있던 체스터 해리슨 장군이 신음하듯 말했다.

"……저도 그걸 알고 싶군요."

* * *

"내가 혼자로 보이나?"

그 한마디와 함께 진우의 등 뒤로 천만에 가까운 그림자 병사들이 일제히 도열했다.

균열에서 걸어 나온 거신족의 숫자는 수백.

천만 대 수백.

일반적이라면 천만 쪽이 압도해야 할 병력 차.

문제는.

수백의 거신들 하나하나가 상위 존재급의 힘을 가지고 있다는 사실이었다.

쿵쾅쿵쾅.

간만의 전투를 앞두고 진우의 심장이 거세게 뛰었다.

진우는 마법병들을 통솔하고 있는 어금니에게 신호를 보냈다.

-준비는?

[문제없습니다, 주군.]

어금니를 비롯한 마법병들은 전부 이 싸움으로 발생할 충격을 최소화시키는 주문을 유지하는 데 투입되었다.

마나가 없는 현재의 세계는 너무도 약하기에 어쩔 수 없는 선택이었다.

불청객들도 이 땅을 먹어 치우겠다는 본인들의 목적이 있으니 쓸데없이 강력한 마법은 사용하지 않을 터.

필연적으로 이제부터 시작될 전투의 양상은 적과 아군의 육탄전이 될 터였다.

힘과 힘의 싸움.

―좋아.

다행스럽게도 그런 싸움을 싫어하지 않는다.

씩, 진우의 입가에 미소가 떠올랐다.

그 웃음의 의도를 곡해한 거신족 중 하나가 분노에 찬 주먹을 순식간에 내리꽂았다.

쾅―!

그러나 타깃이었던 진우는 이미 공중으로 날아오른 상태.

장대높이뛰기를 하는 것처럼 가볍게 솟아오른 진우가 깃털이 떨어지듯 사뿐히 거신의 주먹 위에 내려섰다.

'……?'

손등에 올라선 인간의 얼굴에 지어진 미소에서 걷잡을 수 없는 불길함을 느낀 거신족의 얼굴이 굳어졌다.

아니나 다를까.

인간이 손등 위에서부터 팔을 따라 뛰어 올라오기 시작했다.

파바바밧―!

다리가 어찌나 빠른지 상위 존재급의 힘을 지닌 거신족이 미처 어떤 반응을 보이기도 전에, 진우는 벌써 거인의 어깨를 지나쳐 뒷목을 향해 가고 있었다.

곧이어 진우의 손에 들려 있던 단검이 거인의 목을 뚫고 들어갔다.

[크아아악!]

마치 동전을 가지고 자동차 표면을 긁으며 지나가는 것처럼.

거인의 목에 박힌 단검을 꽉 움켜쥔 진우가 건너편 어깨를 향해 달려가며 목 위에 긴 선을 남겼다.

콰가가가가가각!

검 끝에 실린 검은 오러가 거인의 머리를 목과 깔끔히 분리시켰다.

쩌적!

머리가 떨어지는 거인의 어깨 위에서, 진우는 뒤에 서 있는 다른 거신족들 바라보았다.

그들의 얼굴에 떠올라 가는 분노가, 당혹감이, 두려움이 느껴졌다.

하나하나.

차원의 틈새에서 군단을 사냥해 나갈 때의 기억과 기분이 진우의 머릿속에 떠올랐다.

그들의 기세를 꺾는 데 성공했다.

목표는 거신족들의 궤멸.

진우는 그제야 대기시켜 놓고 있었던 그림자 군단을 움직였다.

'전군, 출진!'

아래쪽에서 움직이기 시작한 거대한 군단의 기세가 느껴졌다.

와아아아아아아아-!

'여기서 대장의 발이 멈춰 있으면 안 되지.'

적어도 그건 그림자 군주, 자신의 스타일이 아니었다.

진우의 예리한 시선이 다음 사냥감을 찾았다.

흠칫.

진우와 시선이 마주친 거신족 중 하나가 어깨를 살짝 떨었다.

공포에 사로잡힌 적은 가장 먼저 잡아먹힌다.

그쪽을 향해 뛰어오르며 오러가 가득 실린 단검을 휘둘렀다.

들고 있는 단검은 '카미쉬의 분노'가 아니지만, 이미 27년 동안 전장을 누볐던 진우의 오러 컨트롤은 무기의 수준에 구애받지 않게 된 지 까마득했다.

단검 끝에서 흩뿌려진 검은 오러가 전방으로 뻗어 나가 얼어붙어 있는 거신의 얼굴을 갈라놓았다.

콰가각!

작은 생명체의 압도적인 힘을 보고 겁먹었던 거신은 그렇게 허무하게 목숨을 잃었다.

그러나 거신들 모두가 겁쟁이는 아니었다.

진우가 눈을 부릅떴다.

얼굴이 갈라져 뒤로 넘어가는 거신의 뒤로, 자신을 잡기 위해 총공세를 펼치는 다른 거신들의 모습이 시야에 들어왔다.

정면으로 쇄도해 오는 거대한 주먹을 아래쪽으로 비행해 피한 뒤, 뒤쪽에서 날카롭게 파고드는 손끝을 위로 날아올라 피했다.

이미 몸에 배어 버린 '지배자의 권능' 스킬이 공중에서도 자유로운 움직임을 가능하게 했다.

그러나 적들의 힘도 예상을 훨씬 뛰어넘는 수준.

망치질하듯 아래로 내려찍는 거신족의 주먹을 올려 차 걷어 내자, 이번에는 측면에서 손등이 날아왔다.

급히 팔을 모아 몸의 표면적을 줄여 충격에 대비한다.

쾅-!

나가떨어지지 않기 위해 자신을 후려치고 멀어지는 집채만 한 손등을 마나로 다시 당긴다.

그 거대한 손이 순식간에 가까이 당겨지고.

진우가 휘두른 단검이 거신의 손목을 잘라 냈다.

스걱!

거신은 잘린 손목을 붙들고 고개를 쳐들었다.

[크아-!]

재빠르게 목 근처로 이동한 진우가 단검을 녀석의 목젖 부근에 꽂아 넣었다.

콰직!

날카로운 한 방에 그 어마어마한 몸뚱이가 또 하나 뒤로 넘어갔다.

쓰러지는 거신의 가슴팍을 차서 밀듯 뛰어오른 진우가 자신을 향해 쉴 새 없이 뻗어 오는 거신들의 손을 베어 나갔다.

측면!

거신이 전력으로 휘두른 손날을 위로 솟아올라 피한 진우가 사방을 다 살필 수 있는 여유를 찾았을 때.

그 찰나의 순간, 밀착해 온 거신들의 어깨가 양쪽에서 부딪혔다.

쿠웅-!

"……!"

무지막지한 힘의 두 어깨 사이에 끼어 양손으로 버텨 내던 진우가 거신들을 힘껏 밀어냈다.

그러자 그 거구들이 거짓말처럼 뒤로 밀려났다.

[크흠!]

[저 작은 몸으로 어떻게!]

자신들이 힘에서 밀렸다는 사실에 경악하는 거신이 있는 반면, 기다리고 있었다는 듯 침착하게 팔을 내려치는 거신도 있었다.

벌레를 때려잡으려는 것처럼 위에서 떨어지는 거신의 손바닥을.

"으아아아-!"

진우는 끔찍한 포효로 마나를 뿜어내 그것을 튕겨 냈다.

보이지 않는 힘에 손이 밀려 나가며 당황하던 거신은 뒤늦게 보았다.

'……?'

자신을 덮쳐 오는 거대하고 새까만 주먹을.

투쾅!

진우의 오른손에 집중된 검은 오러가 마치 거인의 팔처럼 변해 거신의 머리를 날려 버렸다.

곧 오러로 자신을 둘러싸 거대화한 진우가 거신들을 가차 없이 부숴 버리기 시작했다.

굶주린 짐승들처럼 서로 뒤엉켜서 싸우던 거대한 그림자와 암석으로 이뤄진 거인들.

결과는 금방 나왔다.

무릎을 꿇으며 쓰러지는 거신들 중앙에서, 거대한 그림자가 방금 한 거신의 어깨에서 뽑아낸 팔을 악력을 이용해 으깨 버리고 있었다.

으드득!

그 기세에 질린 것인지, 진우를 에워싸고 있던 거신들이 진우에게서 한 걸음씩 물러났다.

'……?'

진우가 의아한 눈빛으로 거신들을 둘러보고 있을 때.

그들 틈 사이에서 다른 거신들보다 훨씬 더 크고 튼튼해 보이는 녀석이 하나 걸어 나왔다.

그러나.

[호오.]

정작 목소리는 그 거신의 한쪽 어깨 위에 올라서 있는 작은 생명체에게서 들려왔다.

[이런 변방의 작은 행성에도 쓸 만한 인재가 있었군요.]

거신을 사이즈만 줄여 놓은 것 같은 암석 인간은 진우에게 비릿한 미소를 지어 보였다.

[그러나 파워를 극대화하기 위해서 신체를 부풀려야 한다는 것 자체가 당신 종족의 미개함을 보여 주는 증거예요. 그에 반해 우리 거신족들은 전력을 드러낼 때 오히려 이렇게 크기가 줄지요.]

그는 아래로 뻗은 양손 끝을 자기 쪽으로 굽혀 자신을 가리키며 웃었다.

[후훗, 물론 그것이 가능한 건 나를 비롯한 거신족 최고의 전사들뿐이지…….]

그때.

같잖다는 표정으로 듣고 있던 진우가 고개를 훽 옆으로 꺾는 순간.

번쩍!

때마침 진우의 뒤쪽에서 터져 나온 한 줄기의 붉은 섬광이 거신족 최고 전사를 순식간에 지워 버렸다.

섬광을 뿜어낸 고대 용에 올라타고 있었던 벨리온이 당황하며 물었다.

[주군, 혹시 그 녀석과 대화 중이셨습니까?]

괜찮다며 손을 흔들던 진우가 벨리온에게 시선을 옮겼다.

"얘네들 상당히 시건방져 보이니까, 네가 특별히 신경 좀 써야겠다."

[맡겨만 주십시오, 주군.]

정중히 고개를 숙였던 벨리온이 어디론가 날아가고.

진우는 다시 거신들을 돌아보았다.

이미 진우에 의해 전력의 상당 부분이 사라진 거신들은 그림자 병사들이 만들어 내는 검은 물결에 뒤덮이고 있었다.

[크아아아아아아악!]

[크학!]

사막 위에는 암석으로 이루어진 거인들이 내뱉는 비명만이 가득했다.

* * *

"……."

"……."

정적.

이 단어보다 이곳의 분위기를 더 잘 설명해 줄 수 있는 단어가 과연 있을까?

회의실 안은 찬물을 끼얹은 것처럼 조용했다.

영상을 보고 한참이나 할 말을 잃고 있던 대통령이 어렵게 말을 꺼냈다.

"저 남자…… 신원은 파악됐나?"

장군은 고개를 저었다.

무시무시한 괴물들을 장난감처럼 때려잡을 수 있는 진짜 괴물.

그 괴물의 힘이 아무도 모르는 사이 미국을 구해 냈다.

'아니, 어쩌면 세계를…….'

그러나 세계를 구할 수 있는 힘은 바꾸어 말하면 세계를 파괴할 수 있다는 뜻이기도 하다.

적어도 그의 신원 정도는 파악해 두는 것이 최선이라는 결론을 내린 대통령이 회의실의 인원들에게 물었다.

"방금 영상에 나온 남자의 신원을 파악할 방법이 없습니까?"

간간이 몇 마디 의견들이 나오고 들어갔으나 현실적으로는 불가능하다는 것이 중론이었다.

그런데.

"현실적으로는 불가능하겠지요. 현.실.적.으.로.는 말입니다."

미국 중앙정보국을 맡고 있는 국장 데이비드 브레넌의 말이었다.

대통령의 고개가 그에게로 움직였다.

"……뭔가 하고 싶은 말이라도 있는 겁니까?"

국장은 조심스럽게 말을 꺼냈다.

"현실적인 방법이 불가능하다면 비현실적인 방법으로 한번 찾아보는 것은 어떻습니까?"

고개를 갸웃거리는 주변인들을 돌아보며 국장이 씩 웃었다.

"있습니다. 누구도 알지 못하던 사실들을 비현실적인 방법으로 우리에게 알려 주었던 한 사람이."

설마!

이 미국 땅에서 모르는 사람이 없을 그녀가 CIA와 특별한 관계를 유지하고 있다는 것은 정계에 공공연히 알려져 있는 비밀.

그녀의 이름을 떠올린 대통령이 눈을 크게 뜨며 물었다.

"그렇다는 말은……?"

국장은 자신 있게 말했다.

"예. 노마 셀너 부인. 그녀는 언제나처럼 이번에도 역시 우리에게 답을 알려 줄 겁니다."

* * *

미국, 교외의 한산한 주택가.

도로 위를 서행하던 검은 세단 한 대가 목적지에 도착했다.

빨간 지붕의 아담한 주택.

탁, 탁, 탁.

세단에서 내려서는 이들은 데이비드 브레넌 중앙정보국 국장과 그의 수행원들이었다.

잠시 집 쪽을 바라보던 국장이 부하들에게 지시를 내렸다.

"자네들은 여기서 기다리게."

"국장님……."

그의 신변을 책임져야 할 요원들에게는 난처한 지시였으나, 국장의 태도는 완고했다.

"됐어, 됐어."

자신을 만류하려 드는 부하들에게 그는 손을 휘휘 내저었다.

"부인은 이런 시끌벅적한 방문을 안 좋아해."

수행원들을 차에 남겨 두고 혼자 문 앞까지 걸어간 국장이 잠깐 옷매무새를 다듬었다.

그러고는 조심스럽게 문을 두드렸다.

"부인, 접니다. 데이……."

그가 자신을 다 소개하기도 전에 문이 열리며 흑인 꼬마 하나가 나왔다.

부인의 손자를 알아본 국장이 자세를 낮춰 꼬마와 눈높이를 맞추고는 꼬마의 머리를 쓰다듬었다.

"할머니 계시니?"

"아까부터 콧수염 아저씨를 기다리고 계셨어요."

국장은 자신을 가리키고 있는 꼬마의 손끝을 보며 피식 실소를 흘렸다.

아무렴.

지금 자신이 만나려 하는 여성이 누구인가?

영능력자, 예언가, 초능력자.

어떤 수식어를 붙여도 어색하지 않은 세계 최고의 점술가 노마 셀너 부인 아닌가.

물론 국장도 처음부터 그녀를 신뢰한 것은 아니었다.

그러나 정보력의 최정점에 서 있다는 중앙정보국조차 포기한 난제들을 초자연적인 힘으로 해결하는 그녀를 보고서는 의심을 거둘 수밖에 없었다.

그녀는 진짜였다.

'진짜 능력자…….'

그런 그녀에게 있어 자신의 예고 없는 방문을 알아맞히는 것쯤은 손에 쥔 리모컨으로 TV 채널을 돌리는 것보다 더 쉬운 일이리라.

손자의 안내를 받아 응접실로 들어선 국장이 테이블 위에 차를 올려놓고 있는 부인에게 정중히 인사했다.

"오랜만입니다, 부인."

"어서 와요, 데이브."

국장은 고개를 들었다.

약 1년 전.

자신이 마지막으로 그녀의 집을 방문했을 때와 하나도 달라진 것이 없는 응접실을 둘러보던 국장은, 천천히 엉덩이를 소파에 붙였다.

"부인이 은퇴하신 뒤로 저희 일이 얼마나 더 힘들어졌는지 부인께선 아마 상상도 못 하실 겁니다."

과거의 어떤 정보도 미래의 정보에 비하면 가치가 없다고 할 수 있다.

부인의 도움을 받고 있었던 중앙정보국에게 그녀의 은퇴가 가져다준 상실감은 상상 이상의 것이었다.

웃으며 농담처럼 말하고 있는 국장이지만, 그 말속에 녹아 있는 아쉬움만큼은 진심.

그러나 부인은 과자를 달라고 조르는 아이를 타이르듯 점잖게 말했다.

"말했잖아요, 데이브. 저는 그 사람이 찾아온 이후 아무것도 볼 수 없게 됐다고."

"아……."

또 그 '죽음의 신' 이야긴가.

국장은 매번 돌아오는 같은 대답에 씁쓸히 입맛을 다셨다.

인과를 비틀 수 있을 정도의 강력한 힘을 가진 존재가 지상에 강림했기에 자신의 능력이 쓸모가 없어졌다는 이야기.

상식으로는 이해하기 어려운 그녀의 은퇴 이유에 국장은 늘 할 말을 잃었었다.

"……."

그렇게 두 사람 사이에 찾아온 침묵.

이 어색한 정적을 어떻게 깨트려야 할지 고민하던 국장이 코끝을 간질이는 음식 냄새들을 맡았다.

"부인, 혹시 식사 중이셨습니까?"

부인은 고개를 저었다.

"실은 지금 저희 집에 먼저 온 손님이 있답니다."

"아…… 그렇습니까."

사람 만나기를 즐기지 않는 그녀에게 또 다른 손님이라니.

잠시 고개를 갸웃했던 국장이 드디어 본론을 꺼내야겠다고 마음먹고 얼굴의 미소를 지웠다.

"그럼 부인께 누가 되지 않도록 용건만 빠르게 말씀드리고 가겠습니다."

그러자 기다리고 있었다는 듯.

부인이 대답했다.

"첫 번째 질문의 답은 예스, 두 번째 질문의 답은 노예요."

"아니……."

채 말을 꺼내기도 전에 말문이 막혀 버린 국장이 당황스럽다는 얼굴이 되었을 때.

부인이 싱긋 웃었다.

"미래를 알 수 없게 됐다면서 어떻게 질문을 알고 있느냐고요?"

"……예."

"데이브. 당신이 내게 얻고 싶은 대답들을 생각한 것은 과거의 일이에요. 전 그 과거의 단면을 보고서 대답을 끼워 맞춘 것뿐이랍니다."

"아아……."

낮게 신음하며 고개를 끄덕이는 국장에게 부인이 슬며시 말을 이었다.

"그럼 이제부터 질문의 답을 해도 될까요?"

국장은 품 안에서 꺼낸 손수건으로 이마의 땀을 찍어 눌렀다.

"예, 부인."

그러자 부인의 설명이 시작됐다.

"그래요, 데이브. 전 당신이 알고 싶어 하는 이가 누군지 알고 있어요."

첫 질문의 대답 예스.

그러나 그다음 바로 이어졌을 질문의 대답은 노였다.

"하지만 전 그에 대해서 아무 말도 하지 않겠어요."

"부인!"

국장의 목소리가 높아졌다.

부인에게 위협을 가하려는 의도는 아니었다. 단지 너무 흥분한 탓에 소리가 커진 것이다.

"부인이라면 그 남자가 어떤 일을 했는지도 아시겠지요! 그런 사람을 두고 아무런 대책도 없이……."

그때.

부인이 참지 못하겠다는 듯 소리쳤다.

"알고 있으니까 하는 말이에요!"

처음이었다.

부인이 화를 내는 모습을 처음 대한 국장은 어떤 표정을 지어야 할지 모르겠다는 얼굴을 했다.

그러나 부인의 고성은 거기서 그치지 않았다.

"국장님의 눈은 장식품인가요?"

"부인!"

"그날 그 USB에 담긴 영상을 국장님도 보시지 않았나요?"

"……."

보았다.

한 명의 인간이 무시무시한 괴물들을 앞에 두고서 단 한 걸음도 물러서지 않던 모습을.

그 힘은 무섭도록 강력한 것이었으나 분명 인류를 구했다.

"그런 일이 이번이 처음이 아니라면 믿을 수 있으시겠어요?"

부인의 비장한 얼굴에 국장은 그대로 얼어붙었다.

"……."

그런 일이 과거에도 또?

우리가 알지 못하는 사이, 인류가 몇 번이나 멸망할 위기에 처해 있었다고 생각하니 국장은 절로 몸서리가 쳐졌다.

그러고 보니.

정부가 이번 일을 극비로 지정하면서 극소수의 관계자가 아니면 누구도 그가 어떤 일을 했는지, 그날 무슨 일이 있었는지 알 수 없게 됐다.

그렇다면.

다른 나라에서도 이와 비슷한 경우가 없었다고 장담할 수 있을까?

'어쩌면 부인의 말처럼 그 남자는 정말로…….'

손으로 턱을 감싸고서 무언가를 심각하게 고심하던 국장이 고개를 들었다.

"저는 부인을 믿습니다."

그녀를 알게 된 지는 3년 정도밖에 되지 않았지만, 왠지 그보다 훨씬 전부터 알고 지냈던 것 같은 느낌이 종종 들곤 했다.

그래서 그녀에게는 근거를 말할 수 없는 신뢰감이 있었다.

부인이 고개를 끄덕이자, 국장이 조심스레 물었다.

"영상에 나왔던 남자…… 위험한 인물이 아니라고 제게 약속해 주실 수 있습니까?"

부인은 한 치의 망설임도 없이 대답했다.

"약속합니다."

혼자서 고개를 끄덕거리던 국장이 마음의 결정을 내렸는지 고개를 들었다.

"그럼 알겠습니다. 그 남자를 알고 있다는 부인의 말씀은 못 들은 걸로 하지요."

국장은 시원섭섭한 얼굴로 자리에서 일어났다.

"그럼."

짧게 인사한 후 돌아서려는 국장을 붙잡은 것은 부인의 다정한 목소리였다.

"데이브, 쿠키를 좀 만들어 놨는데 가져갈래요?"

"아……."

부인의 손에 들린 쿠키 봉투를 바라보던 국장은 웃으며 사양했다.

"전 괜찮습니다."

볼일이 끝나자 평범한 인상의 아저씨로 돌아간 국장에게 부드러운 미소를 지어 보이던 부인이 손자를 불러 손님의 배웅을 맡겼다.

유난히 '콧수염 아저씨'를 좋아하는 꼬마가 후다닥 달려와 '콧수염 아저씨' 데이비드 국장의 손을 잡고 매달렸다.

"또 찾아뵙겠습니다, 부인."

"잘 가요, 데이브."

손자의 손에 붙들린 국장이 집 밖으로 나가자 응접실의 벽면에 숨어 있던 다른 손님이 걸어 나왔다.

"마음에 안 드는 영감이네. 할멈, 내가 손 좀 봐줄까?"

금발의 머리를 올백으로 넘긴 거구는 부인의 손에 들려 있는 쿠키 봉투에서 쿠키들을 한 움큼 꺼내 자기 입으로 옮겨 갔다.

"한 번만 더 문제를 일으키면 선수 자격이 정지되는 거 아니었나요, 토마스?"

토마스는 멋쩍게 웃으며 입안을 가득 채운 쿠키를 우물거렸다.

으적으적.

"그거야 뭐……."

토마스 안드레.

현 UFC 무제한급의 챔피언인 그가 부인의 적은 친구들 중 한 명이라는 사실은 세간에 거의 알려져 있지 않았다.

기자들이 알면 펄쩍 뛰며 셔터를 눌러 댈 일.

그러나 정작 토마스 본인의 얼굴은 숙모의 집에 놀러온 것처럼 편안한 표정이었다.

순식간에 쿠키 한 봉지를 비워 버리고도 성에 차지 않았는지, 쿠키 봉투를 뺏어 들고 남아 있던 쿠키 부스러기들을 입안에 톡톡 털어 넣던 토마스가 물었다.

"할멈, 나도 하나 물어봐도 돼?"

부인이 싱긋 웃으며 고개를 끄덕이자, 토마스가 빈 종이봉투를 공처럼 둥글게 말면서 말했다.

"나 말고도 사고로 죽는 사람은 많을 거란 말이지."

특히 교통사고로 죽는 사람 숫자라면 정말 어마어마하게 많을 것이다.

그러나 그들 모두가 부인의 전화를 받지는 못했다.

모처럼 찾아온 휴일.

아끼는 스포츠카를 타고 광란의 질주를 즐기고자 했었던 토마스 안드레는 그 흔치 않은 행운의 몇 안 되는 대상자였다.

부인의 전화를 받고서 급히 확인해 보았던 애마의 바퀴에는 작은 못이 박혀 있었다.

다행히 사고는 일어나지 않았지만, 아마 생각 없이 차에 시동을 걸었다면 부인이 경고했던 대로 목숨을 잃었을지도 모른다.

그러니까 토마스에게 노마 셀너 부인은 생명의 은인이었다.

그 뒤로 토마스는 이렇게 식사를 같이할 정도로 부인과 가까워졌음에도 불구하고 그때의 일은 여전히 의문으로 남아 있었다.

"그때, 왜 나를 살린 거야?"

설마하니 부인이 UFC의 팬이라 급하게 수화기를 들었을 리는 없을 테고.

토마스는 부인이 자신을 도와준 이유가 항상 궁금했었다.

"……."

토마스의 갑작스러운 질문에, 부인은 현재 스포츠 스타로 대활약하고 있는 그의 얼굴을 물끄러미 바라보다 뒤늦게 대답했다.

"전생에 착한 일을 많이 해서."

"……내가?"

UFC의 악동, 아니 악마로 불리고 있는 이 토마스 안드레가?

잠깐 이 할멈이 뭐 못 먹을 걸 먹었나, 싶었던 토마스는 은인에 대한 예의상 머릿속에 떠오른 생각을 차마 입 밖으로 꺼내지는 않았다.

"호호."

웃음 짓던 부인은 눈길을 돌려 창 너머로 국장이 탑승한 차가 출발하는 것을 지켜보았다.

손자는 차가 보이지 않을 때까지 콧수염 아저씨를 향해 손을 흔들어 댔다.

인연.

과거에 맞닿았던 인연들이 이렇게 의도적이든, 의도적이지 않든 다시 엮이는 것을 보면 정말로 운명이라는 것이 있는 게 아닐까.

그녀는 그런 생각이 들었다.

국장이 완전히 떠난 것을 확인한 토마스가 국장이 앉아 있던 소파에 털썩 주저앉았다.

"그래서, 그 영상의 남자가 뭘 했기에 영감이 찾는 건데?"

부인은 빨래가 끝난 옷들을 빨랫줄에 거는 것처럼 대수롭지 않은 말투로 말했다.

"세계를 구했지."

"……."

가끔 이 아줌마는 농담을 하는 건지, 진담을 하는 건지 알 수가 없었다.

'뭐, 그래서 재밌는 거지만.'

자신이 즐겨 쓰는 선글라스를 착용한 토마스가 어두워진 시야로 셀너 부인을 돌아보며 물었다.

"그럼 그 세계를 구했다는 용자는 지금 어디서 뭘 하고 있을까?"

셀너 부인은 배웅을 끝내고 돌아오는 손자에게서 시선을 떼지 않으며 조용히 미소를 지었다.

"글쎄…… 어디선가 젊음을 만끽하고 있지 않으려나?"

* * *

와아아아아—!

응원의 열기가 가득한 전국 학생 육상 대회 예선.

라이벌인 두 고교가 만나자 주장들의 눈에서 아주 불꽃이 튀었다.

"어이, 최태웅이! 너희도 많이 죽었네. 전 경기에 1학년을 다 끼워 놓고."

진우가 소속된 육상부의 오랜 라이벌, 화성공고 육상부 주장 조기석이 조소를 보내왔다.

"우상인이 부상으로 몇 달 쉬었다더니 1학년한테 에이스를 맡겨야 할 만큼 전력이 형편없어진 거냐?"

연이어지는 조기석의 도발에 최태웅이 피식 웃으며 진우의 어깨를 짚었다.

"너흰 그 1학년의 실력에 입을 다물지 못하게 될 거다."

"이야, 늘리라는 기록은 안 늘고 농담 실력만 늘어왔네."

두 사람 사이의 불꽃 튀는 신경전을 지켜보고 있던 진우가 검지로 옆머리를 긁적거렸다.

'이러면 눈에 안 띄게 대충 뛰어다니는 게 힘들어지는데…….'

난색을 표하고 있는 진우를 위아래로 훑겨보다 자신감을 얻은 조기석이 입꼬리를 씩 올렸다.

"그런데 있단 말이지. 참 기막힌 우연이."

뒤로 돌아선 조기석이 자기네 부원들에게 손짓하자 부원들 뒤에서 있던 덩치가 자신만만한 얼굴로 걸어 나왔다.

"실은 우리한테도 들어왔거든, 괴물 신인."

그런데.

그 괴물 신인의 얼굴을 알아본 진우가 저도 모르게 소리를 냈다.

"어?"

"너네 1학년은 벌써 감이 온 모양인데?"

조기석은 이미 고등학생 레벨을 넘어선 근육으로 온몸이 다져져 있는 신입생의 어깨에 한 손을 척 올리며 목청을 높였다.

"얘가 바로 우리 화성공고 비밀 병기, 1학년 김철이다."

* * *

충동.

압도적 충동.

김철은 이성을 통째로 날려 버릴 것만 같은 강렬한 충동에 휩싸였다.

'어…… 어째서 나는…….'

생전 처음 보는 동년배 학생에게 무릎을 꿇고 싶은 것일까?

방금 한순간.

발목과 종아리에 필사적으로 온 힘을 다하지 않았더라면 필시 꼴사나운 모습을 보이고 말았으리라.

위험했다.

그렇게 말할 수밖에 없는 순간을 간신히 넘긴 김철이 이마에 맺힌 식은땀을 손등으로 닦아 냈다.

그때.

아주 합리적인 의심 하나가 뇌리를 스치고 지나갔다.

'설마…… 내가 같은 학년에게 겁을 먹고 있는 건가?'

그게 아니라면 상대와 눈이 마주치자 호흡이 가빠지고 시선을 피하게 되며 다리에 힘이 빠지는 현상을, 달리 어떻게 설명할 수 있을까?

그러나 김철은 현실을 받아들일 수가 없었다.

'웃기는 소리!'

이미 초고교급의 체격과 그에 걸맞은 괴력으로 중학교 때부터 두각을 나타내 왔던 이 김철이 동급생에게 겁을 먹는다?

있을 수 없는 일.

아니, 결코 일어나서는 안 되는 일이었다.

"철아, 왜 그래?"

"어디 아파?"

선배들의 걱정 속에서 김철이 목에 힘줄을 세웠다.

"아무렇지 않습니다, 선배님들!"

그래, 난 아무렇지도 않다.

김철은 그렇게 스스로를 납득시키며 고개를 끄덕였다.

'분명 아침을 부실하게 먹었던 탓에 잠깐 현기증이 일었던 거다.'

금방 세운 가설을 증명하기 위해서, 김철은 천천히 고개를 들어 다시 상대 학교의 신입생을 바라보았다.

몸은 제법 다듬어져 있지만 자신에 비하면 수수깡이나 다름없는 고등학교 1학년생이 거기 서 있었다.

겨우 여유를 되찾은 김철의 입가에 미소가 떠올랐다.

씨익.

'……거 봐라.'

저런 한주먹거리도 안 될 것 같은 녀석에게 겁을 먹다니, 당치도 않지.

잠깐 숙이고 있었던 상체를 곧게 편 김철의 얼굴은 처음의 그 기고만장한 표정으로 돌아가 있었다.

갑작스러운 김철의 변화에 걱정하던 화성공고 육상부원들도 멀쩡해진 그의 얼굴을 보고서 미소를 되찾았다.

"깜짝이야."

"우리 1학년이 이렇게 쇼맨십까지 있다니까."

어깨를 두들겨 주는 선배들의 격려에 미소로 화답하던 김철이 다시 시선을 진우에게 고정했다.

'쪽팔리게, 하필 저놈이랑 눈이 딱 마주치는 순간에 현기증이 일어서…….'

김철은 공교로운 타이밍 탓에 당해야 했던 창피를 어떻게든 상대에게 돌려줘야겠다고 생각했다.

부끄러운 상황을 모면하기 위해 가장 좋은 방법은 기선 제압.

'…….'

그러고 보니, 저 1학년은 감히 이 몸이 노려보고 있는데도 건방지게 눈을 똑바로 뜨고서 마주 보고 있는 것이 아닌가?

김철은 단 한 번도 그런 녀석을 내버려 둔 역사가 없었다.

"야."

목소리를 내리깐 그가 턱짓으로 운동장의 뒤편을 가리켰다.

"너한테 할 말이 있으니까 잠깐 뒤쪽으로 따라와라."

오오-!

화성공고 육상부원들은 자기 후배의 패기에 휘파람을 불어 대는 반면, 진우의 선배들은 무심코 김철 뒤를 쫓아가려는 진우를 급히 막아섰다.

"진우야, 살인은 안 된다!"

"설마 대회 날에 피를 볼 생각이야? 네가 참아."

"그냥 사람 목숨 하나 살린 셈 치고 참자."

진우가 웃으며 선배들의 손을 떼어 냈다.

"별일 없을 겁니다, 선배님들. 걱정 안 하셔도 돼요."

그러자 선배들이 재차 상대의 안전을 확인했다.

"진짜지? 별일 없는 거지?"

"형들은 너 믿는다."

"저 친구, 자기 두 발로 걸어 돌아오는 거다?"

선배들을 안심시키기 위해 웃으며 고개를 끄덕인 진우가 먼저 사라진 김철을 따라 걸음을 바삐 옮겼다.

'…….'

그 모습을 지켜보던 화상공고 육상부의 주장 조기석이 어이없다는 얼굴로 다가왔다.

"너네…… 진심이냐?"

잠깐 조기석의 얼굴을 흘깃 쳐다봤던 최태웅이 다시 진우가 사라진 방향을 걱정스럽게 바라보았다.

"말 걸지 마. 지금 심란하니까."

진우의 괴물 같은 운동신경을 그동안 옆에서 쭉 지켜봐 왔던 최태웅은, 부디 그 김철이란 친구가 도를 넘지 않기만을 속으로 간절히 기도했다.

* * *

김철을 따라가는 동안 진우는 속으로 살짝 기대했었다.

혹시 김철도 예전 기억이 돌아온 건 아닐까?

만약 그렇다면.

예전의 그림자 병사 '아이언'이 아닌 인간 '김철'은 그때의 기억에 대해 어떤 반응을 보일 것인가.

하지만 돌아서는 김철의 눈빛을 보니 옛일을 꺼내기 위해 자신을 불러낸 것은 아닌 듯했다.

"야."

김철의 살기등등한 시선이 진우를 내려다보았다.

"학교 유니폼 입고 같은 경기장에 서 있다고 내가 우습게 보이냐?"

김철은 화를 내고 있었지만.

흥분해 있는 김철의 모습이 꼭 레드 게이트에서 길길이 날뛰던 때의 기억을 떠올리게 해, 진우는 별생각 없이 피식 웃고 말았다.

당시는 짜증이 났어도 지금은 다 추억 아닌가.

그러나 그때의 기억이 전혀 남아 있지 않은 김철에게는 진우의 미소가 그다지 유쾌하게 느껴지지 않았던 모양이었다.

"이 새끼가 보자 보자 하니까!"

김철의 억센 손이 눈 깜짝할 사이에 진우의 멱살을 움켜쥐었다.

그러자 와아아- 하고.

그림자 속에서 일제히 그림자 병사들의 환호성이 터져 나왔다.

[아이언이 돌아오는 구나!]

[환영한다, 아이언!]

[주군, 저 벨리온에게 맡겨 주신다면 확실한 재교육을 통해 다시는 이런 일이 없도록…….]

'…….'

아무래도 그림자 병사들에게는 문명사회에 적응하는 방법에 대한 가르침이 좀 필요할 것 같다.

혀끝을 쯧쯧 차던 진우가 김철의 눈동자를 들여다보았다.

분명 시비가 걸려 온 상황이었지만, 그림자 병사 시절에 들었던 정 때문인지 밉지가 않았다.

오히려 지금 내가 여기서 김철 몸에 손을 대면 그의 기억이 돌아오는 게 아닐까 하는 호기심이 들었다.

'…….'

김철도 진우의 눈빛에서 무언가를 느끼고 꼴깍 마른침을 삼켰다.

'뭐지……?'

예전 같았으면 육상부 출전 정지고 뭐고 자신을 비웃은 상대한테 주먹이 날아갔어도 이상하지 않았을 순간인데.

상대에 대한 분노나 응징해야겠다는 마음보단 더 짙고 순수한 감정이 가슴속 밑바닥에서 꿈틀댔다.

그 순간.

어떻게 해야 할지 망설이는 김철의 손목을 진우가 슬며시 잡았다.

진우의 손끝이 김철에게 닿았다.

그러자.

"어……?"

김철의 눈에서 폭포수 같은 눈물이 쏟아졌다.

이유를 짐작조차 할 수 없는 눈물이 끝도 없이 쏟아져 나왔다.

그러다 다리에 힘이 풀린 김철이 결국 털썩 주저앉았다.

"왜……?"

김철은 진우를 올려다보았다.

그는 진우에게 답을 찾으려 했으나, 진우는 씁쓸히 웃기만 할 뿐이었다.

'이전에 군주의 기억을 공유하지 않았으면 접촉이 있더라도 기억은 돌아오지 않는구나.'

일부러 기억을 되살리지 않는 한은.

진우는 사라진 시간대에서 자신이 기억을 공유했던 대상들을 떠올려 보았다.

'우진철 협회장과…….'

노마 셀너 부인.

어쩌면 그녀도 사라진 시간대의 기억을 가지고 있을지도 모르겠다는 예상을 해 보며 진우가 돌아섰다.

더 이상 '아이언', 아니 '김철'에게 볼일은 없었다.

그는 이제 그림자 병사가 아닌 '인간' 김철로 살아가는 중이니까.

그런데.

김철이 먼저 멀어지는 진우를 불러 세웠다.

"자, 잠깐…… 기다려."

김철은 눈가를 손으로 쓸어내리며 급하게 몸을 일으켰다.

진우의 시선이 자신을 향하자.

눈물은 그쳤지만 아직 코끝이 벌게져 있는 상태의 김철이 울먹이는 목소리로 물었다.

"이런 게…… 사랑이라는 걸까?"

생전 처음으로 겪어 보는 격한 감정의 급류.

그 원인을 오해한 김철은 상당히 진지했다.

"……."

진우는 뒤통수를 얻어맞은 것 같은 강력한 충격에 잠시 김철을 바라보고 있어야 했다.

그러다 깊은 한숨을 푹 내쉬었다.

"……안 되겠다."

이대로 자신의 성 정체성을 오해한 채 평생을 살게 내버려 둘 수는 없는 노릇 아닌가.

진우가 다가가자 김철이 사랑에 빠진 소녀처럼 얼굴을 붉혔다.

그러나.

딱!

손가락 튕기는 소리 한 번에 김철의 얼굴에서 표정이 사라졌다.

눈의 초점이 흐릿해진 김철 앞에 선 진우가 지운 기억을 대신할 가짜 기억을 읊어 주었다.

"너는 그러니까…… 나한테 시비를 걸었다가 우연히 내가 너희 아버지 친구의 친구의 친구의 아들이라는 걸 알게 돼서 불편했던 감정이 다 풀린 거다."

김철이 멍하니 고개를 끄덕였다.

"그리고……."

잠깐 그가 아이언이었던 시절.

'윤회의 잔'을 사용하기 직전 이별을 앞두고서 통곡하던 김철의 모습을 떠올린 진우가 얼굴에 옅게 미소 띠고는 말을 이었다.

"앞으로는 좀 착하게 살아. 너도 세계를 지키기 위해서 싸웠던 한 사람이니까 자부심을 가지고."

"……네."

김철의 입에서 나직한 대답이 흘러나왔을 때, 진우가 그에게 걸었던 최면을 풀었다.

딱.

"어…… 어?"

의식이 돌아와 어리둥절한 표정이던 김철은 뒤늦게 자신에게서 멀어지고 있는 진우를 발견할 수 있었다.

진우는 오랜만에 만난 친구와 헤어지는 것처럼 살갑게 손을 흔들어 주었다.

"다음에 또 보자!"

"어…… 그래."

김철도 얼떨결에 손을 흔들며 따라 웃었다.

'좋아.'

돌아서는 진우의 얼굴에 기분 좋은 미소가 떠올랐다.

예상치 못했던 옛 동료와의 만남이 성공적으로 끝났으니, 이제 정말로 그 애를 찾아볼 차례였다.

마침.

운동장 전체를 울리는 방송이 흘러나왔다.

―곧 중등부 예선 경기가 시작됩니다. 선수들은 경기장으로 모여주세요.

* * *

인적 드문 운동장의 뒤편.

나무 그늘 아래로 힘겹게 걸어간 한 소녀가 털썩 주저앉았다.

소녀는 떨리는 손으로 한쪽 신발을 벗고 양말을 내렸다.

퉁퉁 부어오른 발목이 그녀의 상태를 말해 주고 있었다.

아랫입술을 질끈 깨물고 발목을 노려보던 소녀는 눈을 감고서 나무 밑동에 머리를 기댔다.

실수였다.

옆에서 달리던 선수가 어깨를 밀치는 바람에 발을 잘못 내디디고 말았다.

가볍지 않은 부상에도 불구하고 어찌어찌 1차 예선을 통과하긴 했지만.

이런 다리로 나머지 경기들까지는 무리였다.

'분해…….'

분했다.

중학생 시절 마지막 경기가 될지도 모르는 오늘을 이렇게 부상으로 끝내기는 싫었다.

'그러니까…….'

그러니까 그냥 달리자.

아직 아이 티를 다 벗어나지 못한, 치기 어린 중학생의 머릿속에서나 나올 법한 결론.

예로부터 잘못된 길을 가려는 아이를 말리는 것은 어른들의 몫이었다.

"다친 거 숨기게?"

소녀는 아무 기척도 없이 나무 뒤에서 걸어 나오는 남학생의 한마디에 어깨를 흠칫 떨었다.

남학생은 소녀에게 눈길을 주지 않고 먼 곳을 바라보았다.

"그렇게 달린 누군가는 결국 발목에 무리가 가 1년 이상을 부상 회복에 보내고, 결국 별 볼 일 없는 선수가 되어 오늘의 선택을 평생 후회하게 되는데도?"

남학생은 눈을 동그랗게 뜨고 있는 소녀를 내려다보며 싱긋 웃었다.

"아는 사람 얘기야, 아는 사람."

이상한 소리를 하는 이상한 사람.

하지만 소녀, 차해인은 자리를 뜨는 대신 남학생을 살펴보았다.

'육상부 선수……? 고등학생인가?'

남학생에게서는 뭔가 좋은 냄새가 났다.

그 향기가 진우에게서 흘러나오는 순수한 마나의 냄새이며, 자신이 마나를 후각으로 감지할 수 있는 특이체질이라는 사실을 알게 되는 것은 훨씬 더 나중의 이야기.

당황스러워하는 해인에게 몸을 낮춘 진우가 그녀의 부어오른 발목에 살며시 손을 얹었다.

"아……."

해인은 잠깐 움찔했으나, 크게 저항하지는 않았다.

그리고 해인의 발목에 얹혀 있던 진우의 손이 떨어졌을 때.

발목은 말끔해져 있었다.

해인은 놀란 눈을 들어 진우를 바라보았다.

"후회 없이 달려. 한 번뿐이잖아."

S급 헌터로 마수들과 싸우던 그때의 해인도 빛났지만, 봄 햇살을 받으며 땀을 흘리는 해인의 모습도 빛나리라.

웃으며 몸을 일으키는 진우의 손목을 해인이 급히 잡았다.

"자, 잠깐만요."

"……?"

혹시 방금 있었던 접촉으로 무언가 변화라도 생긴 걸까?

진우의 호기심 어린 눈빛과 정면으로 마주하게 된 해인의 얼굴이 조금 상기되었다.

"저기, 우리…… 어디서 본 적 있지 않나요?"

이 한마디를 꺼내기 위해 얼마나 큰 용기를 짜내야 했는지, 질문이 끝난 뒤 해인의 얼굴은 목덜미까지 붉어져 있었다.

"달리기."

"네?"

당황하는 해인에게 진우는 웃으며 답했다.

“나랑 달려서 한 번이라도 이기면 대답해 줄게.”

“……저 오빠 봤어요. 예선전 경기 전부 다 1등 하시는 거.”

씩 웃던 진우가 자리에서 일어났다.

“그럼 기권하는 걸로 알고.”

그때.

“그, 그러면!”

차해인이 다시 한번 용기를 내어 말했다.

“조금 있다 있을 예선 결승 기록…… 언제가 됐든지 내가 그걸 깨면 알려 주는 걸로 하면 어때요?”

진우가 고개를 숙이고 끅끅 웃음을 삼켰다.

‘어렸을 때나 컸을 때나 여전히 순수하네.’

잠깐 학생부 육상 경기에서 세계 신기록을 한 번 갱신해 볼까, 생각했던 진우가 여전히 미소를 띤 채로 고개를 끄덕였다.

“좋아.”

내기 조건을 바꾸는 데 성공한 해인이 해맑게 웃었다.

‘나중엔 웃음이 안 나올 텐데.’

해인에게서 돌아선 진우가 웃음을 눌러 삼키며 경기장으로 향했다.

그날.

화창한 봄날의 평범한 예선 경기였을 뿐인 이번 대회에서 고등부 남학생 역대 최고 기록이 나왔고.

진우가 소속된 육상부는 라이벌인 화성공고를 꺾고 종합 성적 1위를 차지했다.

* * *

자신이 기억을 공유한 상대가 아니었기에 진우는 잊고 있었지만.

상위 존재들과 연결되어 있었던 이는 몇 사람 더 있었다.

그리고 그들 중 한 사람은 매우 운이 좋게도 상위 존재인 진우와 직접적인 접촉이 가능했다.

이른 아침.

"아들, 왜 그래?"

잠에서 깬 아들이 방에서 나와 울먹거리는 것을 보고 아들의 어깨에 손을 얹었던 성일환은, 눈앞에 펼쳐진 또 다른 과거를 보았다.

물리적으로는 찰나 같은 시간이 지나갔을 뿐이지만, 그 안에는 영원처럼 긴 수년이 담겨 있었다.

"보고 싶었다, 늘."

"너와 좀 더 많은 얘기를 나누고 싶었는데."

"좋은 아버지가 되지 못해 미안하다."

철렁.

심장을 내려앉게 만드는 마지막이 눈앞을 스쳐 지나갔다.

그리고.

시간이 되돌려져 현재에 다시 이르기까지의 기억이 거꾸로 재생된 파노라마 영상처럼 이어졌다.

그것이 가능하게 만들어 주는 유일한 신의 도구, '윤회의 잔.'

지배자들의 기억을 통해 윤회의 잔이 존재함을 알고 있었던 성일환은 아들의 표정을 보고 아들과 지배자들 사이에 어떤 계약이 성립되었음을 직감했다.

계약의 대가가 얼마나 혹독한지에 관계없이 진우는 그 짐을 짊어지고 가기로 작정한 것이다.

성일환은 울컥 쏟아지려는 감정을 참아 내기 위해 입술을 앙다물어야 했다.

그 노력이 성공했는지.

진우가 글썽거리던 눈물을 닦아 내며 웃었다.

"……악몽을 꿨나 봐요."

그때 성일환은 진우의 얼굴에 잠시 새겨졌던 강한 각오를 보았다.

하지만 그때까지도.

아니, 진우가 쪽지 한 장만을 남기고 홀연히 사라져 버릴 때까지도 성일환은 아들이 지배자들에게 어떤 '약속'을 했는지 짐작조차 하지 못했었다.

* * *

"……그 약속이 혼자서 군단 전체를 때려잡겠다는 것이었을 줄이야."

성일환은 당시를 회상하며 실소를 머금었다.

만약.

아들이 차원의 틈새로 떠나기 전에 약속의 내용을 알게 되었더라면 아들을 말렸을까, 아니면 세계를 위해 그대로 아들이 떠나게 두었을까?

"그래도 멋지게 해내셨지 않습니까?"

맞은 자리에서 듣고 있던 지배자들의 대리인이 싱긋 웃었다.

입을 굳게 다문 성일환도 고개를 끄덕였다.

진우가 희생한 대가로 이 세계가 원래 겪어야 했던 끔찍한 전쟁들이 말끔히 사라졌으니까.

그러나 그동안 아들이 감내했을 고통들을 떠올리면 성일환은 조금도 웃을 수 없었다.

그 뒤로 1년.

진우가 차원의 틈새에서 돌아온 지 1년가량이 지났다.

"아들은……."

주저하는 목소리가 카페 안에 흐르는 잔잔한 음악 소리에 묻혀 사라졌다.

대리인은 아직 잔에 반쯤 남아 있는 커피를 빨대로 들이마시며 성일환의 다음 말을 차분히 기다려 주었다.

"아들은 어떤 결정을 내렸습니까?"

"그림자 군주께선."

대리인은 성일환의 얼굴에 언뜻 스쳐 지나간 긴장감을 발견하고 선 옅게 미소를 지었다.

"이곳에 남기로 하셨습니다. 여기서 보내는 일분일초가 소중하다고 말씀하시더군요."

성일환은 속으로 긴 안도의 한숨을 내쉬었다.

잔을 다 비운 대리인이 살며시 컵을 테이블 위에 내려놓았다.

진우의 결정으로, 이 세계에 남아 있었던 그의 역할은 어제로 완전히 끝났다.

이제는 떠나야 할 때.

성일환은 그가 이곳을 떠나기 전 마지막으로 만난 손님이 될 터였다.

그래서일까?

수다를 좋아하지 않는 성격임에도 그는 조금 더 대화를 나누고 싶어졌다.

“그림자 군주님…… 아니, 아드님께 계속 숨기실 겁니까?”

“그 아이가 아무도 기억하지 않기를 바라니까요.”

진우가 원하는 것이 평범한 가족의 일상이라면 언제까지고 아들을 위해 연기할 자신이 있었다.

“그 아들 위에 그 아버지군요.”

씩 웃으며 고개를 끄덕이던 대리인이 얼굴을 들었다.

“제가 떠나고 나면 지배자분들의 개입은 더 이상 없을 겁니다.”

“알고 있습니다.”

“그러면 이걸로 정말 끝이군요, 이 세계와는…….”

대리인은 카페의 내부를 둘러보며 감격에 젖은 듯한 목소리로 말했다.

“재미있었습니다. 그림자 군주님이 돌아오는 걸 기다리는 동안 어떤 결과가 나올지 가슴이 뛰기도 했고요.”

사실 지배자들조차 진우가 성공할 것이라고 예상하지 못했다는 말은 하지 않았다.

훈훈한 이별의 순간에 굳이 찬물을 끼얹을 필요는 없으니까.

자리를 일어서기 직전.

작별 인사를 꺼내기 전에 대리인이 말했다.

"지배자분들께서는 그림자 군주께는 물론 성일환 님께도 감사함을 느끼고 있습니다."

그의 도움이 아니었다면 이런 결과를 낳지 못했을지도 모른다.

그는 지배자들을 대신해 싸웠고, 지배자들이 그림자 군주와 힘을 합칠 것을 제안했다.

그의 도움이 컸다.

그렇게 결론을 내린 지배자들은 성일환에게 작은 선물을 준비했다.

"혹시 저희가 도움을 드릴 일이 있으십니까?"

지배자들이 가진 막강한 힘과 '신의 도구'들을 생각했을 때, 그건 어떤 소원이든 들어주겠다는 의미와 맞먹었다.

그러나 성일환은 고개를 저었다.

"아무것도……."

하긴.

대리인은 성일환의 마음을 이해할 수 있었다.

바로 근처에 가족이란 이름으로 신과 같은 힘을 가진 존재가 있는데 굳이 다른 이들에게 소원을 말할 필요가 있을까?

"그럼."

짧게 고개를 숙였다 든 대리인이 자리에서 일어나려 한 순간.

뒤늦게 성일환이 말했다.

"잠시."

멈춰 섰던 대리인이 다시 자리에 엉덩이를 붙였다.

"더 하실 말씀이라도……?"

잠깐 고민하던 성일환이 어렵게 말을 꺼냈다.

"내 기억을…… 이전 시간의 기억을 지울 수도 있습니까?"
"물론 가능은 합니다만, 어째서 그런 선택을……?"
"눈치 빠른 아들 앞에서 아무것도 모르는 척 지내는 것이 여간 힘든 일이 아니어서요."
성일환은 그렇게 말하며 씩 웃었다.
과연 아들과 아버지라고 할까? 웃는 얼굴이 진우와 꼭 닮아 있었다.
"그리고."
시선을 내리깔고 생각에 잠겨 있던 그가 천천히 말을 이었다.
"나도 아들을 걱정하는 평범한 아버지이고 싶습니다."
아들이 어디서 다쳐 오지는 않을까 불안해 하기도 해 보고, 아들의 시험 성적에 한숨을 내쉬기도 해 보며, 평범히 아들을 걱정할 수 있는 아버지로 돌아가고 싶다.
"내게는 진우가 그림자 군주가 아닌, 소중한 아들이니까요."
그것이 성일환의 작은 소망이었다.
"알겠습니다."
그런 의미라면.
대리인은 미소를 지으며 성일환의 부탁을 받아들였다.
"이 카페를 나가고 나시면 사라진 시간대의 일은 머릿속에서 완전히 지워질 것입니다."
성일환에게 마법 주문을 걸어 주던 대리인은 그가 듣지 못할 정도의 작은 목소리로 작별 인사를 건넸다.
"기억하지 못하시겠지만, 앞으로도 평안하시길."

시간은 흘러, 흘러 어느 겨울 아침.

6시에 맞춰 놓은 알람 소리에 눈을 뜬 성일환이 자리에서 벌떡 일어났다.

옆에는 동시에 일어난 아내가 남편을 마주보고 있었다.

"진우는?"

"진우는?"

서둘러 시간을 확인하는 부부는 아직 새벽 6시밖에 되지 않았음을 확인하고 안도했다.

"여보, 어쩌지? 진우 깨울까?"

"아직 시간이 좀 남았잖아요. 수능 날인데 조금만 더 자게 놔둬요."

"그래. 시험장까진 내가 차로 태워다 주면 되니까."

"7시…… 7시에 깨우러 가요."

성일환은 아내의 말에 고개를 끄덕거렸다.

초조하게 시곗바늘만 확인하고 있던 부부는 7시가 되자마자 방을 뛰쳐나가 진우의 방문을 열었다.

"아들, 오늘 수능인 거 알지?"

"아들, 아빠가 데려다줄까?"

방금 일어난 듯한 아들은 웃으며 대답했다.

"지금 갈게요."

방을 나오는 진우를 보며, 빠르게 옷을 챙겨 입고 차 열쇠를 챙기던 성일환은 잠시 열쇠고리에 시선을 빼앗겼다.

진우에게서 선물받았던 열쇠고리였다.

수제로 만든 듯한, 꼭대기에 검은 깃발이 걸려 있는 하얀 성 모양 열쇠고리를 보는 성일환의 얼굴에는 미소가 걸렸다.

맑은 날씨에.

이른 시간부터 아침 햇살이 스며들기 시작한 상쾌한 아침이었다.

* * *

12월 24일 저녁.

진우는 크리스마스 분위기가 가득한 거리를 걸었다.

거리 곳곳에 걸려 있는 광고용 사진들에서 인기 연예인이나 스포츠 스타들의 얼굴을 쉽게 찾아볼 수 있었다.

'거리가 많이 변했네.'

스타들 대신 헌터들의 얼굴이 거리를 장식하고 있었던 때를 떠올리면 진우는 아직도 어색한 기분이 들고는 했다.

그러다 어떤 스포츠 음료의 포스터를 발견하고서 실소를 지었다.

낯익은 얼굴 하나가 거기에 있었다.

이 자연스러운 표정의 사진 한 장을 만들기 위해 얼마나 많은 이들의 노고가 들어갔을지.

'육상계의 아이돌이라…….'

확실히 포스터에 나와 있는 차해인의 미소는 아이돌급이라 불릴 만했다.

눈부신 성적으로 주목을 받은 그녀는 결국 매스컴의 눈에 뜨이고, 육상 인기를 살려 보기 위해 육상계가 그녀에게 사정사정한 결과.

'S급 헌터일 때도 카메라 앞에 서는 일이 없었던 녀석이 인기 스포츠 선수로 대활약 중…….'

해인의 부상을 고쳐 주지 않았으면 발생하지 않았을 미래에 진우는 만족스러운 표정을 지었다.

아직도 카메라가 어색해서 애를 먹고 있다고는 하지만 차차 나아지겠지.

웃음 짓던 진우가 다시 약속 장소로 걸음을 옮겼다.

문득 주위를 둘러보니 거리를 가득 메우고 있는 연인들의 화려한 복장이 눈에 들어왔다.

'누가 수능 끝난 수험생 아니랄까 봐, 너무 수수하게 입고 나왔나?'

자신의 평범한 옷차림에 혀끝을 찬 진우가 가까운 옷 가게를 찾았다.

물론 시간이 시간인 만큼 가게 문은 닫혀 있었지만 처음부터 옷을 살 생각은 없었다.

진우는 쇼윈도로 보이는 마네킹들 중에서 가장 깔끔한 옷을 입고 있는 녀석 앞에 멈춰 섰다.

샤아악-

잠깐 진우의 몸을 휘감았던 칠흑의 연기는 마주 선 마네킹이 입고 있는 옷과 똑같이 변했다.

쇼윈도에 이리저리 옷을 비춰 보던 진우가 그림자 병사들을 향해 물었다.

"어때?"

어느 순간부터 패션에 지대한 관심을 가지게 된 어금니가 누가 먼저 답할까 봐 다급히 말했다.

[최고십니다, 주군.]

"좋아."

한결 더 가벼워진 발걸음은 순식간에 약속 장소까지 도착하게 해주었다.

광장 한복판에 설치된 커다란 크리스마스트리 근처에는 많은 이들이 주위를 서성이며 상대방을 기다리고 있었다.

초조하게 시계를 들여다보는 그들의 얼굴마저도 행복하게 느껴지는 것은 오늘이 이브이기 때문일까?

그들과 달리 가만히 하늘을 올려다보고 있는 진우에게는 여유가 있었다.

거리를 오가는 사람들의 수많은 소음들 속에서도 진우는 상대의 발소리를 정확히 구별해 낼 수 있었다.

'……3, 2, 1.'

그 아이가 등 뒤에 딱 도착했을 때 진우가 빙글 돌아섰다.

"왔어?"

진우를 깜짝 놀라게 만들려고 했던 해인이 슬며시 손을 내렸다.

"오빠는 등 뒤에도 눈이 달려 있는 거 같아."

왠지 시무룩해진 모습도 귀여워서 피식 웃었다.

해인은 사람들의 눈을 피하기 위해 예전에 진우가 그랬던 것처럼 후드를 푹 눌러쓰고 있었다.

"일단 좀 걸을까?"

진우의 제안에 해인이 밝게 웃으며 고개를 끄덕였다.

둘은 갈림길이 나올 때마다 사람들이 좀 더 적은 쪽으로 걸어 나갔다.

진우의 성적을 듣고 난 해인이 눈을 동그랗게 떴다.

"그렇게 좋은 성적을 받아 놓고서 왜 거기 간다는 거예요?"

"전액 장학금에 유학은 덤. 그리고 거기서 꼭 만나고 싶은 사람이 있거든."

그 말에 해인의 귀가 쫑긋했다.

"혹시 그 사람이 여자는 아니죠?"

가늘어지는 해인의 눈매가 재밌어 진우는 일부러 뜸을 들였다.

"글쎄."

금세 부풀어 오르는 볼.

둘 다 성인이었을 때는 보지 못했었던 해인의 여러 모습들이 진우에게는 색다른 즐거움이었다.

그때.

톡.

하늘에서 떨어진 뭔가가 코끝에 내려앉았다.

피부 위에서 녹아드는 차가움.

눈송이였다.

고개를 들어 올리니 까만 하늘에서 새하얀 점들이 떨어져 내리고 있었다.

화이트 크리스마스.

진우는 내려앉는 눈들을 바라보며 용제를 처치한 뒤 떨어지던 회색 재들을 떠올렸다.

눈처럼 하얀 재들이, 아니 재처럼 가벼운 눈들이 소리 없이 떨어져 내리고 있었다.

"오빠, 무슨 생각해요?"

진우는 웃으며 대충 대답을 넘겼다.

"그냥."

크리스마스 전날 밤하늘에서 내리고 있는 눈을 보면서, 내 인생에서 가장 위협적이었던 적들 중 하나를 떠올리고 있었노라고 말할 수는 없지 않은가.

진우의 대답을 듣고서 무슨 생각인지 싱글싱글 웃음을 보이던 해인이 대뜸 말했다.

"오빠, 약속 기억해요?"

"무슨 약속?"

"달리기에서 이기면 뭐든지 대답해 주겠다던 약속."

"기억하지."

그러자 해인은 조금 떨어진 곳의 가로수를 가리켰다.

"그럼 내기할까요? 저기까지 누가 먼저 도착할지."

갑작스러운 해인의 도전에 피식 웃던 진우가 물었다.

"뭘 묻고 싶어서 그래?"

"다."

"다?"

"오빠가 가끔 무슨 생각을 하는지, 대학에서 만나고 싶은 사람은 여자인지 남자인지, 그리고……."

"그리고?"

"그날 대회에서 말고 우리가 또 언제 만난 적이 있었는지."

"……좋아."

흔쾌히 승낙한 진우가 주머니에 넣고 있던 손을 뺐다.

손을 주머니에 넣고 있느냐 아니냐가 결과에 영향을 끼치지는 않겠지만, 이 승부에 진지하게 임하겠다는 각오를 보여 준 것이었다.

그런데 그때.

한 걸음 떨어져 있던 해인이 다가와 자신이 두르고 있었던 목도리를 진우의 목에 걸쳐 주며 부탁했다.

"오빠, 내가 좋으면 여기서 움직이지 마요."

"뭐?"

진우가 당황하는 사이.

진우를 바라보며 걷기 시작한 해인이 천천히 가로수 쪽으로 다가갔다.

진우는 패배가 확정된 승부를 지켜보면서 웃음밖에 나오지 않았다.

"하……."

결국 가로수를 손으로 짚는 데 성공한 해인이 제자리에서 가볍게 뛰어오르며 승리를 선언했다.

두 사람의 승부를 흥미진진하게 보고 있었던 그림자 병사들이 신나 날뛰었다.

[이야, 우리 주군이 지셨네!]

[주군께서 내기가 걸려 있는 승부에 지실 때도 있네!]

[주군이 잘못했다!]

[끼에에엑-! 왕이시여, 지금이라도 어서 출발을!]

망연자실 웃으며 옆머리를 긁적이던 진우가 주위를 둘러보며 가로수를 향해 걸어갔다.

다행히.

사람이 없는 길만을 찾아다닌 까닭에 도로에는 지나다니는 행인 한 명 보이지 않았다.

"내가 이겼죠?"

들뜬 얼굴로 대답을 기다리는 해인의 앞에 멈춰 선 진우가 그림자 병사들에게 지엄한 명령을 내렸다.

'그림자들, 전원 눈을 감아라.'

[…….]

[…….]

그림자 병사들의 아쉬움 속에서.

천천히 해인의 얼굴로 다가간 진우의 입술이 그녀의 입술과 포개졌다.

하늘에서는 여전히 하얀 눈이 조용히 내리고 있었다.

10.

중부경찰서 강력계에는 '귀신'이라고 불리는 형사가 있다.

올해 보직공모를 통해 형사과에 지원한 신참 형사 이세환은 순경으로 지구대에 근무할 때부터 줄곧 그런 소문을 들어왔다.

검거율 200퍼센트.

자신이 맡은 사건뿐만 아니라 미제로 남겨져 있던 과거 사건의 범인들까지 잡아낸다는 그 '귀신' 앞에서는 어떠한 흉악범이나 폭력배도 순하디순한 양이 되어 버린다고.

이 근방의 순경들에게 그는 동경의 대상인 동시에 하나의 전설이었다.

오죽하면 승진할 수 있는데도 불구하고 실무에 전념하기 위해 진급을 거절했다는 소문까지 돌고 있을까?

'물론 진짜 승진을 거절하는 사람은 없겠지.'

하지만 떠도는 소문의 반만 진실이라고 해도 실로 대단한 형사임은 틀림없는 일.

순경 동기들의 부러움 속에서 중부서 강력계로 오게 된 이세환은 누가 소문의 형사일지 사무실 안을 둘러보며 마른침을 꼴깍 삼켰다.

강력범들과 부대끼며 살아가는 형사들답게 강렬한 인상을 가진 사내들이 낯선 방문자를 향해 매서운 눈빛을 보내왔다.

그들 중 누가 '귀신'이라 불려도 어색하지 않으리라.

'다들 눈빛이…….'

베테랑들의 시선에 주눅이 들고 만 이세환은 문득 여기서 잘 버틸 수 있을지 걱정이 되었다.

"어…… 네가 오늘 온다는 신입이야?"

예고도 없이 뒤에서 들려온 목소리에 펄쩍 뛰어오른 이세환이 급히 돌아보며 경례했다.

"충성!"

"아아, 그렇게 긴장할 거 없어. 이제 다들 한 식구인데 뭘."

커피가 담긴 종이컵 두 개를 들고 있던 중년 남자가 그중 하나를 이세환에게 내밀었다.

"이건 서비스."

"감, 감사합니다!"

이세환은 고개를 꾸벅 숙이며 커피를 받아 들었다.

외딴곳에 홀로 떨어져 살다가 보고 싶었던 가족의 전화라도 받은 것 같은 따스함이 밀려 올라왔다.

따뜻한 커피 한 모금에 마음이 조금 편해졌기 때문일까?

커피를 홀짝거리며 눈치를 살피던 이세환이 방금 커피를 나눠 준 선배에게 물었다.

"저…… 반장님께 인사드렸더니 저는 앞으로 성 형사님과 같이 움직이게 될 거라고 하시던데……."

"아, 그 '귀신'?"

"푸흡!"

이세환은 입과 코로 뿜어져 나오려는 커피를 간신히 참아 냈다.

"워낙 신출귀몰해서 우리가 붙인 별명인데 언젠가부터 다른 서에서도 알고 있더라고. 너도 들어 본 적은 있지?"

"네, 네에."

거듭 고개를 끄덕이는 이세환을 보며 선배는 피식 웃음을 터트렸다.

"사실 내가 준 커피가 걔한테 주려던 거거든."

복도로 슬쩍 나갔던 선배가 웃으면서 먼 방향을 턱짓했다.

"호랑이도 제 말 하면 온다더니. 저기 오네."

호기심을 이기지 못한 이세환이 급히 복도로 나가 선배가 바라보는 방향으로 고개를 돌렸다.

그러자 복도 끝에서 이쪽으로 천천히 다가오고 있는 한 사람이 보였다.

'저 사람이 그…….'

상대는 분명 서두르지 않고 있었으나 정신을 차렸을 땐 어느새 벌써 눈앞에 서 있었다.

위압감.

이세환은 대한민국 남성 평균 키인 자신보다 머리 하나는 더 큰 선배 형사를 올려다보며, 숨이 막혀 오는 것 같은 기이한 압박감을 느꼈다.

'중부서의 귀신…….'

그런 별명이 붙은 것은 그가 신출귀몰하기 때문만은 절대 아니다.

이세환은 소문의 장본인을 만나고서 그렇게 확신했다.

"선배."

"오, 그래. 일 나가냐?"

"일은요. 이 녀석이 그 신입입니까?"

"그래, 맞아. 얘가 이세환."

이세환 옆의 선배에게 짧게 고개 숙여 인사한 진우가 얼어붙은 이세환을 돌려세운 뒤 어깨에 손을 척 올렸다.

"이 녀석 좀 가르치고 오겠습니다."

사람 좋아 보이는 선배는 뭐가 그리 좋은지 싱글싱글 웃으며 고개를 끄덕였다.

"어어. 다녀와, 다녀와."

선배의 인사가 떨어지기가 무섭게 진우는 자신에게 맡겨진 햇병아리 신참을 데리고서 바깥을 향해 갔다.

'서, 설마 내가 선배님 커피를 마셨다고 화가 나신 건 아니겠지?'

그런 생각이 머릿속을 스쳤을 때, 이세환이 다급하게 물었다.

"서, 선배님! 지, 지금 어디로 가시는 겁니까?"

그러나 대답 대신 질문이 돌아왔다.

"너는 왜 경찰이 됐냐?"

"아…… 저는……."

주저하던 이세환은 요 몇 년간 지구대에서 취객들과 씨름하며 잊고 지냈던 자신의 꿈을 기억해 냈다.

"나쁜 놈들 잡고 싶어서……."

"그래."

신참과 문답을 주고받는 동안에도 걸음을 늦추지 않고 어디론가 그를 이끌던 진우가 드디어 멈춰 섰다.
"지금 그거 하러 가는 거야."
이세환이 고개를 들어 올리자, 진우가 특유의 미소를 지었다.
씩.
보는 것만으로도 마음이 놓이는 미소.
그렇게 신입을 내려다보던 진우가 웃으며 말을 이었다.
"나도 그래서 경찰이 됐거든."
그 한마디에 이세환의 심장이 크게 요동쳤다.
두근.
지구대에서 보낸 1년 가까운 시간이 지금을 위해서라면 전혀 아깝지 않다는 생각이 처음으로 들었다.
그 '귀신'에게 범죄자를 잡는 방법을 배운다.
제대로 된 경찰이라면 어떻게 가슴이 뛰지 않을 수가 있을까?
"갈 거지?"
대답이 정해져 있는 물음에 이세환은 들뜬 얼굴로 대답했다.
"물론입니다, 선배님!"

* * *

하루 종일 잡범들을 잡으러 다니느라 탈진 상태가 된 이세환은 책상에 엎드린 채로 잠들었다.
원래는 그가 잡은 범인들의 조서 작성까지 맡길 생각이었으나.
타닥.
진우는 조서를 적어 내려가던 손을 멈추고 곤하게 잠들어 있는 이세환을 돌아보았다.

'맨손으로 무장 강도를 잡은 적도 있다더니, 가르치는 맛이 있네.'

오랜만에 꽤 쓸 만한 녀석이 들어와 자연스레 미소가 새겨졌다.

"흐흐."

진우의 얼굴에 피어난 미소를 보고서 분위기가 좋아졌다고 오해한 맞은편의 범죄자가 따라 미소 지었다.

그러자 진우의 얼굴이 험악하게 굳어졌다.

"……넌 왜 웃어?"

"죄, 죄송합니다."

"그럼 다음은……."

진우의 손가락이 다시 키보드에 올라가는 순간.

[주군, 그런 잡무는 저희 병사들에게 시키는 것이…….]

그림자 속에서 이그리트의 목소리가 들려왔다.

병사들을 쓰는 것은 편하다.

신입들을 가르쳐 범죄자들을 잡을 것 없이, 천만에 가까운 병사들을 풀어 범죄자들을 잡아 오면 단숨에 대한민국 전체를 깨끗이 청소할 수 있다.

그러나 그 뒤를 따를 혼돈과 공포는 어떻게 할 것인가?

모든 일에는 그에 맞는 균형이 유지되어야 한다.

그래서 진우는 사회에 충격이 가지 않도록 자신의 힘을 최대한 조절해서 쓰고 있었다.

그렇게 잡범들의 정리가 거의 끝나갈 때쯤.

그러나 아직 신참은 꿈나라에서 헤어 나오지 못하고 있을 무렵.

진우는 사무실 한쪽에서 들려오는 목소리들에 귀를 기울였다.

"형사님, 진이는 절대 자살할 아이가 아니라고요."

"아니, 친구분 마음은 저도 잘 알겠지만요, 제가 설명을 드렸잖아요! 모든 증거들이……."

"보세요, 여기 이 문자! 이게 세 시간 뒤에 자살할 사람이 보낼 만한 문자로 보이세요?"

"하……."

사망자 이름이 동생의 이름과 비슷해서였을까?

진우는 아까부터 전혀 이어지지 않고 있는 두 사람의 대화가 어째서인지 신경 쓰였다.

과로로 지쳐 있던 형사는 신경질적인 반응을 보였다.

"이봐요, 친구분! 원래 자살이란 게 계획적이라기보다는 즉흥적으로……."

"제가 좀 봐도 될까요?"

형사는 기척도 없이 뒤쪽에서 다가온 진우에게 흠칫 놀랐다.

눈빛만 스치듯 한 번 마주쳐도 그 사람이 죄를 저질렀는지 아닌지 파악할 수 있다는 사람들이 형사들이다.

그런 형사들조차 전혀 접근을 알아챌 수가 없으니 귀신이란 별명이 붙을 수밖에.

"성 형사……."

난처한 얼굴로 뒤를 돌아보다 다시 시선을 옮긴 형사는 사망자 친구의 얼굴에 떠오른 희망을 보았다.

'아……'

자신의 입장이 곤란해질 것을 직감한 형사가 조용히 진우를 불러냈다.

그는 진우에게 관련 파일을 넘겨주며 담배를 꺼내 물었다.

"성 형사…… 나 좀 곤란하게 만들지 말아 주라."

"……."

그러나 선배의 부탁에도 아랑곳하지 않고 파일을 넘기는 진우의 시선이 점점 매서워졌다.

담배에 불을 붙이려던 형사는 진우에게서 느껴지는 기운에 놀라 한 발짝 물러섰다.

'이렇게 집중할 때는 전혀 다른 사람 같다니까…….'

떨리는 가슴을 진정시키려는 듯 선배 형사는 빨갛게 불이 붙은 담배의 연기를 흐읍 빨아들였다.

욕조에서 발견된 여성은 손목의 큰 상처로 인한 출혈로 죽었다.

손목을 긋는 데 사용되었던 칼은 욕실 안에서 발견되었고, 당연하다면 당연하다 할까, 다른 사람의 지문은 없이 본인의 지문만이 남아 있었다.

평소 밝은 성격으로 보였던 사망자는 실은 우울증을 앓고 있었다고 한다.

이러한 조사 결과를 보고 자살 말고 다른 결과를 떠올리는 형사는 흔하지 않으리라.

진우는 파일을 원주인에게 도로 넘겨주었다.

"이상한 점은 없네요."

"그, 그렇지?"

어쩐지 기뻐하는 기색으로 형사가 파일을 받아 들었다.

"그래도."

"그래도……?"

설마 하는 심정으로 되묻는 선배의 얼굴은 진지했다.

"제가 한번 확인해 보겠습니다."

"아……."

귀신이 냄새를 맡았다.

초조하게 기다리고 있는 사망자의 친구를 향해 걸어가는 진우의 뒷모습을 바라보며, 형사는 뒷머리를 벅벅 긁으며 속으로 투덜거렸다.

'저 자식은 진짜 지치지도 않나?'

시선을 바닥으로 떨어뜨리고 있던 사망자의 친구가 진우의 목소리에 고개를 들었다.

"성진우 형사입니다. 잠깐 저 좀 보실까요?"

친구는 희망과 슬픔이 교차하는 듯한 비장한 얼굴로 고개를 끄덕였다.

"네!"

* * *

주인 없이 텅 비어 있는 고요한 집 안에서.

검은 그림자 하나가 일어났다.

진우였다.

여성 혼자 살기엔 조금 커 보이는 아파트.

아파트 곳곳에 아직 그녀가 살아 있었을 때의 온기가 남아 있었다.

밤늦은 시간.

주위는 칠흑같이 어두웠지만 불을 켤 필요는 없었다.

진우에게는 대낮과 다를 바가 없었으니까.

진우는 그녀가 최후를 맞이했다는 욕실을 찾아 들어갔다.

청소하지 않은 짙은 피 냄새가 코를 찔러 왔다.

사망자가 죽음을 각오했던 자리 앞에 서서, 진우는 욕조를 가만히 내려다보았다.

주변에 가득한 혈흔을 보고 있으니 사망자의 고통이 느껴지는 듯했다.

그러나 고통을 상상할 수만 있을 뿐이지 그 고통을 느낄 순 없다.

사망자가 어떤 심정으로 죽음을 선택했는지, 죽음의 순간은 얼마나 고통스러웠는지 남은 사람은 알지 못한다.

대개는…….

자세를 숙여 혈흔을 훑어보던 진우는 그녀가 친구에게 보낸 마지막 문자를 떠올렸다.

그 문자는 곧 있을 친구와의 만남에 대한 기대로 가득 차 있었다.

친구의 말처럼 곧 죽을 사람의 메시지로는 보이지 않았다.

아마 친구는 믿고 싶었을 것이다. 절친한 자신을 두고 그녀가 한마디 이별의 인사도 없이 죽음을 택하지는 않았을 거라고.

확실히.

남은 사람은 죽은 사람이 무슨 말을 하고 싶었는지 알지 못한다.

대개는 말이다, 대개는.

그러나.

진우에게는 죽은 자의 목소리를 들을 수 있는 방법이 있었다.

'예전엔 사체가 필요했지만…….'

진우가 지시하자.

검게 굳어 있던 피가 검붉은 액체로 변해 주변을 흐르기 시작했다.

그저 흔적이었을 뿐인 핏자국들이 모이고 모여 끓어오르는 깊은 피 웅덩이가 되었다.

마치 살아 있는 것처럼 핏덩이가 스스로 움직이며 증식에 증식을 거듭했다.

죽은 자의 흔적을 향해 망자들의 왕, 그림자 군주가 거역할 수 없는 절대적인 명령을 내렸다.

"일어나라."

흥건히 고인 피 웅덩이에서 아직 소녀티를 다 벗지도 못한 성인 여성의 그림자 하나가 솟구쳐 올라왔다.

촤악-

긴 머리카락 끝에서 핏방울이 뚝뚝 흘러내리고 있는 여성의 그림자는 지금 상황이 혼란스러운 듯 주위를 둘러보며 고통스러운 신음을 내뱉었다.

[아…… 아……!]

죽어 갈 때의 기억이 고스란히 남아 있으니 고통스러울 것이다.

진우는 그림자 군주의 권한으로 일단 그림자를 진정시켰다.

"두려워하지 마라."

지금의 너는 생과 고통의 굴레에서 벗어난 존재이니.

왕의 따스한 목소리에 여성은 점차 안정을 찾아 갔다.

죽었을 때의 모습 그대로인 여성의 그림자를 위해, 진우는 어둠으로 덮을 옷을 만들어 내 그녀를 감싸 주었다.

[아…….]

그녀는 어깨 위에 얹힌 옷을 조심스럽게 끌어안았다.

그녀의 이름은 서진이.

그림자로 되살아난 그녀에게 원래의 이름을 다시 붙여 준 진우가 질문을 시작했다.

"너는…… 스스로 목숨을 끊었나?"

그림자, 아니 서진이는 고개를 끄덕거렸다.

그녀의 눈높이에 맞춰 한쪽 무릎을 바닥에 대고 있었던 진우가 그녀의 얼굴을 들여다보며 나지막이 물었다.

"이유는?"

그러자.

얼음장처럼 굳게 닫혀 있었던 그녀의 입술이 열렸다.

[저는…….]

* * *

딩동.

밤늦게 울리는 초인종 소리에, 중년 남성은 딸의 사진이 들어가 있는 탁상 액자를 제자리에 돌려놓았다.

'이 시간에 누가……?'

고개를 갸웃거리며 자리에서 일어난 그가 인터폰 앞에 섰다.

문 바깥을 비추고 있는 화면에는 정장을 깔끔하게 차려입은 사내 하나가 서 있었다.

굳이 이상한 점을 찾는다면 왼손에만 끼고 있는 검은 장갑 정도일까.

중년 남성은 별다른 의심 없이 호출 버튼을 눌렀다.

삑.

그러자 사내가 자신의 신분증을 꺼내 보여 주었다.

-중부서 강력계 성진우입니다. 따님 일로 여쭤볼 게 있는데, 지금 시간을 좀 내주실 수 있으십니까?

신분증의 사진과 화면에 비치는 얼굴은 일치했다.

형사라는 말에 중년 남성은 손님이 찾아오기에 너무 늦은 시간이라는 사실도 잊고서 황급히 문을 열어 주었다.

"조사 결과가 나온 겁니까? 딸은 어떻게 죽은 거지요?"

서진이의 아버지, 서규남의 얼굴을 내려다보던 진우가 고개를 가로저었다.

"아직 밝혀진 것은 없습니다. 다만 따님에 대해 몇 가지 질문을 드리고 싶은 것들이 좀 있습니다."

아무것도 밝혀지지 않았다는 말에 약간은 실망스러운 표정이 된 사망자의 아버지에게.

진우가 조용히 요구했다.

"같이 가 주시겠습니까?"

잠깐 고민하는 것 같던 서규남이 비장한 표정을 지었다.

"그래야지요. 딸의 죽음을 밝히는 데 제가 도움이 될 수 있다면 당연히 그래야지요."

바깥으로 나와 문을 걸어 잠근 그가 진우에게 돌아섰다.

"갑시다."

짧게 고개를 끄덕인 진우가 방향을 틀었다.

"이리로."

* * *

경찰서로 간다고 생각했던 서규남의 예상과 달리, 두 사람은 가까이에 있는 카페로 들어갔다.

왜 카페냐는 질문에 형사는 '조용히 얘기할 곳이 필요하다'는 애매한 대답뿐이었다.

그렇게.

진우와 서규남이 테이블을 가운데 두고 마주 앉았다.

무거운 표정의 서규남에게 진우가 물었다.

"서진이 양은 평소에 어떤 학생이었습니까?"

"예?"

"혹시 따님에게 원한을 가지고 있을 만한 사람은……?"

뒤늦게 질문의 취지를 파악한 서규남이 크게 손을 내저었다.

"아닙니다, 아니에요. 절대 다른 누군가에게 밉보일 만한 짓을 할 아이가 아닙니다. 얼마나 착하고 순수한 아이인데……."

거기까지 대답한 서규남이 고개를 숙이고 흐느끼기 시작했다.

얼마나 시간이 갔을까?

어깨의 떨림이 멎은 서규남이 천천히 고개를 들었다.

"죄송합니다, 형사님. 아직도 전 제 딸애가 그렇게 갔다는 게 도저히 믿기질 않아서……."

"진이 양을 많이 아끼셨군요."

"그럼요. 형사님도 알고 계시겠지만 진이는 제 친딸이 아닙니다. 그래서 더 친딸처럼, 아니 친딸보다 더 애정을 주고 아꼈던 딸이에요."

시선을 떨어뜨린 채 슬픔을 꾹 눌러 삼키고 있던 그가 말을 이었다.

"아프면 아프다고, 힘들면 힘들다고 나한테 한마디라도 해 줬으면……."

격한 감정의 표현을 보이는 서규남과 달리, 처음부터 끝까지 차가운 눈빛으로 그를 바라보고 있던 진우가 품 안에서 자신의 핸드폰을 꺼냈다.

"따님의 유품을 조사하던 중에 음성 파일 하나를 발견했습니다."

"……예?"

"일단 들어 보시지요."

진우는 플레이 버튼을 눌러 녹음해 놨던 그림자의 목소리를 들려주었다.

–저는…….

그것은 그녀가 어릴 때부터 그녀의 양아버지에게 받아 왔던 끔찍한 학대의 증거였다.

증언이 이어지는 내내.

방금 전까지 딸을 잃은 슬픈 아버지 연기를 하고 있었던 서규남의 눈동자가 끊임없이 흔들렸다.

일부러 먼 지역의 대학교에 들어가 양아버지의 괴롭힘에서 벗어났다고 믿었던 그녀는.

언제인가부터 '널 보고 싶다'며 다시 날아오기 시작한 양아버지의 연락에 결국 죽음을 선택했다.

그녀는 스스로 목숨을 끊었지만.

그녀를 그렇게 궁지로 몰아간 사람은 따로 있었다.

틱.

음성 파일의 재생이 끝나자 서규남은 딱딱하게 굳어 버린 얼굴을 들었다.

"이걸…… 저한테 들려주는 이유는 뭡니까?"

서규남은 남들보다 눈치가 빠른 사람이었다.

만약.

자신을 체포하는 게 목적이었다면 경찰들을 몇 더 데려와 수갑을 채웠으면 그만인 일.

그런데 형사는 서로 데려가는 대신 조용히 이야기할 곳이 필요하다며 카페로 들어왔다.

분명 눈앞의 형사에게는 뭔가 다른 목적이 있을 거라고, 서규남은 직감했다.

그리고 그의 직감에 화답이라도 하는 것처럼 무표정이던 형사가 드디어 미소를 보였다.

"당신에게는 두 가지의 선택권이 있습니다."

선택권이 있다!

절체절명의 위기에서 하늘이 내려 준 동아줄 같은 한마디에 서규남은 주먹을 불끈 쥐었다.

'됐어!'

형사가 말을 이었다.

"하나는 모든 죄를 인정하고 서로 가셔서 자수하는 겁니다."

"그럼…… 다른 하나는?"

"죄를 인정하지 않는 대신 합당한 대가를 치르시면 됩니다."

서규남은 가슴속 깊은 곳에서부터 강렬하게 터져 나오려는 웃음을 참아 내느라 이를 악물어야 했다.

세상에.

하늘이 무너져도 솟아날 구멍은 있다더니.

하필 자신의 추악한 범죄를 들추어낸 형사가 너무나 감사하게도 이런 부류의 인간일 줄이야!

의사로서 남부럽지 않은 인생을 살아왔던 그였다.

경찰 나부랭이 따위가 얼마를 원하든 충분히 지급할 수 있는 경제적인 여유가 있었다.

서규남은 자꾸만 올라가는 입꼬리를 감추려 노력하며 물었다.

"얼마면 되겠습니까?"

"그걸로 충분합니다."

진우는 씁쓸히 웃으며 핸드폰을 안주머니 안에 도로 넣었다.

얼마나 많은 이들이 방금 이 선택을 뼈저리게 후회했는지 알고 있는 진우에겐, 지금 눈앞에서 웃음을 참고 있는 남자가 가소로울 뿐이었다.

순식간에 진우의 표정이 바뀌었다.

"잘 들어."

미소가 사라진 진우의 얼굴에서 음산하리만큼 흉흉한 기운이 흘러나왔다.

"사실 네가 앉아 있는 이곳은 네가 살고 있던 세계가 아니야. 내가 잠깐 바깥세상처럼 꾸며 놓은 다른 세상이지."

주인의 허락 없이는 산 자가 발을 들일 수 없는 죽은 자들의 땅.

안식의 영역.

지금부터는 너를 수감하게 될 감옥의 이름이라고, 진우는 차분하게 설명을 덧붙였다.

갑자기 확 달라진 진우의 태도와 알아듣기 힘든 설명에 서규남이 당황스럽다는 표정을 지었다.

"아니, 형사님 대체 그게 무슨……?"

"잘 생각해 봐."

진우의 살벌한 눈빛에 서규남은 숨이 막혀 오기 시작했다.

"어떻게 여기까지 왔는지 기억할 수 있나?"

그러고 보니.

등줄기를 스쳐 가는 오싹함과 함께 서규남은 이질감을 눈치챘다.

'어떻게……?'

어째서 불이 환하게 켜져 있는 이 카페에는, 자신과 이 정체 모를 형사를 제외하면 아무도 보이지 않는 걸까?

손님은 그렇다 치고 주인은, 아니 주인이 없을 수 있다고 해도 길거리에 행인 하나는 있어야 하지 않은가?

그러나 건물의 안과 유리 벽 너머의 그 어디에도 사람의 흔적은 없었다.

"아……."

그가 겨우 자신에게 일어난 이변을 눈치챘을 때.

이미 모든 것들은 사라지고 어둠만 남았다.

깜깜한 어둠 속에 남은 것이라곤 테이블과 의자 두 개.

그리고 그 의자에 앉아 있는 자신과 형사뿐.

"으, 으아아악!"

의자를 박차고 일어난 서규남은 새파랗게 질린 얼굴로 뒷걸음질 쳤다.

"다, 당신 뭐야! 이거 꿈이지? 꿈인 거지?"

서규남은 진우를 삿대질하며 악을 써 댔다.

그러나 그의 뒷걸음질은 오래가지 못했다.

툭.

무언가 벽같이 단단한 것에 부딪힌 그가 영문을 알 수 없는 소름을 느끼며 고개를 돌렸다.

그러자 벽이 움직였다.

아니, 벽처럼 단단히 서 있던 거대한 개미가 움직였다.

개미는 서규남에게 얼굴을 들이밀며 일자로 세운 검지를 조용히 자기 입 앞에 붙였다.

[쉬-]

그 순간.

"읍! 으읍……!"

어둠 속에서 뻗어 나온 수십 개의 개미 팔들이 그를 붙잡아 어딘가로 끌고 갔다.

그는 아마 차라리 죽는 게 나을 만큼 끔찍한 고통을 겪겠지만 쉽게 눈을 감을 수는 없을 것이다.

그의 징벌을 맡은 그림자는 최고의 병사인 동시에 최고의 힐러이기도 하니까.

[키엑!]

주군에게 깍듯이 허리를 굽혀 인사한 베르가 어둠 속으로 돌아갔다.

'……'

서규남이 사라진 방향을 말없이 바라보고 있던 진우가 천천히 일어났다.

이번엔 앞쪽이 아니라 뒤쪽에서.

어둠 속에 숨어 모든 것을 지켜보고 있던 다른 인물이 걸어 나왔다.

진이였다.

가해자에게 어떤 고통을 주어도 피해자의 고통이 사라지지 않는다는 사실쯤은 진우도 알고 있었다.

그러나 이런 것이 조금이나마 마음의 위로가 될 수 있다면…….

그녀에게 다가선 진우가 손끝을 그녀의 머리 위에 대고 양아버지에 대한 기억을 지워 주었다.

[감사합니다. 감사합니다, 군주님.]

그림자는 몇 번이고 진우에게 고개를 숙였다.

그림자로 다시 태어난 그녀는 본능적으로 진우가 어떠한 존재인지 알 수 있었으나, 진우는 그녀를 새로운 그림자 병사로 쓸 생각이 없었다.

그러니 이제는 그녀를 다시 무의 세계로 돌려보내 줄 차례.

작별의 순간에 앞서, 진우가 다정히 물었다.

"더 하고 싶은 말은 없어?"

고개를 가로젓던 그림자가 아, 소리를 냈다.

[혹시…… 폐가 되지 않는다면 부탁 하나만 드려도 될까요?]

* * *

다음 날.

진우는 아침부터 서를 찾아온 진이의 친구를 사무실 밖 복도로 불러냈다.

"정황으로 봐서는 타살의 가능성이 희박합니다. 수사도 곧 종료

될 겁니다."

믿기 힘들다는 표정으로 진우를 바라보던 친구가 지푸라기라도 잡는 심정으로 다시 물었다.

"정말…… 다른 가능성이 1퍼센트도 없나요?"

진우는 대답 대신 묵묵히 고개를 위아래로 움직였다.

친구의 고개가 떨어졌다.

그녀는 하고 싶은 이야기가 많지만 입 밖으로 나오지 않는 듯 침울한 얼굴로 말을 삼켰다.

"그럼 진이는……."

잠깐 그녀를 가만히 바라보던 진우가 귀여운 포장지로 감싸져 있는 선물을 내밀었다.

"네?"

"그 편지에 적혀 있는 게 친구분 이름 맞죠?"

"……네."

생일을 맞은 친구를 위해 피해자가 정성껏 준비해 두었던 선물. 주인의 손에 들어가지 못할 뻔했던 선물이 제자리를 찾아갔다.

"이걸 진이가……?"

"예, 아마 진이 양도 선물이 주인을 찾아가길 바랄 거 같아서."

"아…… 감사합니다."

친구는 눈물을 글썽거리며 진우에게 진심으로 감사했다.

진이가 손목을 긋기 1시간 전.

양아버지의 흑심 가득한 문자가 그녀의 핸드폰에 도착하지 않았다면, 두 사람은 예정했던 대로 즐겁게 생일 파티를 즐길 수 있었을까?

여러 가지 생각에 마음이 착잡해진 진우가 시선을 먼 곳으로 돌리다 주머니의 진동을 느꼈다.

"잠시."

흐느끼는 피해자의 친구에게 양해를 구한 진우가 뒤돌아서 전화를 받자마자.

—형님!

수화기 너머에서 반가운 목소리가 들려왔다.

—접니다, 유진호!

그날 저녁.

진우는 유진호와 늘 보던 고깃집으로 향했다.

—형님! 저 형님께 말씀드려야 할 게 있습니다.

그렇게 말하던 유진호의 목소리에선 평소와 다른 비장감이 느껴졌다.

고깃집 안으로 들어서자, 입구가 잘 보이는 자리에 앉아 초조하게 기다리고 있던 유진호가 손을 번쩍 들었다.

"형님!"

대학을 졸업한 후, 꾸준하게 아버지 유명한 회장 밑에서 경영 수업을 받고 있는 유진호의 신수는 몰라보게 좋아졌다.

하지만 진우에겐 여전히 동생 같은 녀석일 뿐이었다.

"어."

웃으며 대답한 진우가 유진호의 맞은편에 앉았다.

진우의 시선이 잠깐 유진호의 손에 들린 소주잔과 반쯤 빈 소주병을 훑고 지나갔다.

'술도 못하는 녀석이…….'

무슨 마음을 먹었는지 몰라도 진호 나름대로는 엄청난 각오가 필요한 일은 틀림없어 보였다.

진우가 물었다.

"말도 없이 이렇게 갑자기 무슨 일이야?"

그러자 대답을 머뭇거리던 유진호가 품속에서 작은 상자를 꺼내 열었다.

안에는 고급스러운 반지가 하나 들어 있었다.

"형님!"

"왜?"

"저 이번에 진아 씨한테 프러포즈할 겁니다."

아아.

'그런 얘기였나.'

또 진아한테 혼난 후 하소연이라도 잔뜩 늘어놓지 않을까 지레짐작하고 있었던 진우의 입가에 미소가 떠올랐다.

그 미소의 의도를 오해한 유진호가 게슴츠레해지던 눈에 힘을 주었다.

"형님! 저 진짜 진지합니다! 저 오늘이야말로 고백할 겁니다. 근데…… 이 반지, 진아 씨가 좋아할까요?"

진아가 대체 언제 고백할 생각이냐고 집에서 혼자 툴툴거리던 걸 생각하면 당연히 기뻐 날뛰겠지만…….

고백 후의 짜릿함을 위해 진우는 일부러 결말의 여지를 남겨 두었다.

"글쎄…… 난 이런 쪽은 좀 문외한이라."

"크윽."

유진호는 괴롭다는 듯이 고개를 푹 숙였다가 다시 얼굴을 들었다.

"그래도 괜찮습니다, 형님. 사실 뭐가 좋을지 몰라서 준비해 둔 선물이 많거든요."

그러면서 주섬주섬 커다란 종이봉투 하나를 꺼내는 것이 아닌가?

봉투 안에서 나오는 건 건물의 조감도였다.

"실은 저희 회사 부지에 빌딩 하나가 올라가고 있는데요, 진아 씨가 전문의 과정을 끝내면 여기에 병원을 하나……."

"잠깐."

어디서 많이 본 것 같은 조감도에 진우가 유진호의 말을 잘랐다.

"혹시 이 건물…… 예상가가 3백억?"

화들짝 놀란 유진호가 눈을 동그랗게 떴다.

"아니, 형님께서 그걸 어떻게……."

당연하지만, 똑같았기 때문이다.

사라진 시간대에서 유진호가 자신을 길드 마스터로 만들어 주는 대가로 제시했던 건물의 조감도와 말이다.

진우는 애써 웃음을 꾹 눌러 참았다.

그걸 보고 얼굴이 벌게진 유진호가 급하게 변명했다.

"형님, 제가 아직 아버지께 일을 배우고 있는 입장이라 진아 씨에게 해 줄 수 있는 게 이 정도밖에는 없지만……."

"아니, 그게 아니야."

진우는 더 이상 유진호가 오해하지 않도록 미소를 지우고 진지하게 말했다.

"진호야."

"네, 형님."

"그렇게 여러 가지를 주면서 무리하게 애쓸 필요는 없어. 넌 괜찮은 녀석이니까, 그냥 있는 그대로를 보여 주면 돼."

"……."

진우의 한마디에 꿀 먹은 벙어리가 되어 버린 유진호가 갑자기 울먹거리기 시작했다.

"형님……."

한 박자 늦게 유진호의 술버릇을 떠올린 진우가 불길함을 느꼈다.

아니나 다를까.

울먹이던 유진호가 말했다.

"제가 한번 안아 드려도 되겠습니까, 형님?"

"안 된다."

"형님!"

감정을 주체하지 못한 유진호가 진우에게 안기려 들었으나, 진우는 한 손을 내뻗어 능숙하게 유진호의 접근을 차단했다.

한참을 바동거리던 유진호는 간신히 감정을 가라앉히고 제자리로 돌아갔다.

"어흐흑."

흐느끼는 유진호를 보며 진우는 피식 웃었다.

조금 푼수기가 다분한 동생이지만, 그래도 진우는 알고 있었다.

목숨이 경각에 달려 있던 순간에서 녀석이 보여 주었던 모습들.

사기꾼들과 함께 간 C급 던전에서 선택을 강요받았을 때도, 복수에 눈이 먼 S급 헌터에게 잡혀 모진 고문을 당했을 때도.

유진호는 늘 자기 자신의 안위보다 의리를 택했다.

좋은 녀석.

그게 오랜 시간 유진호를 가까이서 지켜본 진우의 솔직한 평가였다.

진우가 비어 있던 자기 잔에 술을 따랐다.

"성공을 기원하며 건배나 할까?"

"네?"

유진호가 고개를 들자 진우가 잔을 내밀었다.

"프러포즈가 성공하면 우리도 진짜 가족이 되는 거잖아. 성공을 염원하며 건배 한번 어때?"

"형님과 진짜 가족……."

잠시 감격에 젖은 얼굴이 되어 있던 유진호가 잔을 들어 올리다 진우의 왼손에 시선이 머물렀다.

왼손을 가리고 있는 검은 장갑 안에 뭐가 있는지 유진호는 잘 알고 있었다.

"저…… 형님."

"응?"

"실례가 안 된다면 하나만 여쭤봐도 될까요?"

"얼마든지."

진우의 왼손을 힐끔거리던 유진호가 용기를 냈다.

"그 손의 상처…… 어떡하다 그렇게 심한 상처가 남으신 거예요?"

한눈에 봐도 극심한 통증을 떠올리게 하는 끔찍한 상처.

그런 화상을 입게 만든 것이 보통 사고일 리 없다.

그래서 그동안 쉽게 묻지 못했던 질문을, 유진호는 술기운을 빌어 어렵게 꺼내 보았다.

"이거?"

잠깐 자신의 왼손을 바라보던 진우가 이내 씩 웃었다.

"세상을 구하느라."

진우의 시선은 벌써 유진호를 향해 있었다.

대수롭지 않게 말하는 진우의 대답에 유진호는 가볍게 웃었다.

"형님은 참, 농담도……."

진우 역시 그저 웃기만 했다.

곧 진우의 손이 꽤 오랫동안 잔을 들고 있었다는 사실을 뒤늦게 깨달은 유진호가 자신의 잔을 높이 들어 올렸다.

"성공적인 프러포즈를 위하여!"

진우가 거기에 자기 잔을 살짝 가져다 대며 행운을 빌어 주었다.

"성공적인 프러포즈를 위하여."

짹.

잔을 부딪친 두 사람은 각자의 잔을 비웠다.

소주의 쓴맛에 얼굴을 찌푸리는 유진호와 달리, 진우는 씁쓸히 웃으며 테이블 위에 빈 잔을 올려놓았다.

'이렇게 좋은 날은 좀 취하고 싶기도 한데…….'

절대적인 힘이 마냥 좋기만 한 것은 아니었다.

그때.

"참."

'가족'이란 말에 진우의 가정이 생각났는지 유진호가 문득 말을 꺼냈다.

"형수님은 잘 계시죠?"

"응. 잘 있지."

"수호는요? 수호도 한번 보러 가야 하는데. 이제 막 걸어 다니나요?"

진우가 웃으며 고개를 저었다.
"아니. 아직 6개월이라 겨우 기어 다니는 수준이야."
"이상하네요. 형님과 형수님 아이면 태어나자마자 막 뛰어다닐 수 있을 것 같았는데."
"넌 대체 우리 부부를 뭐라고 생각했던 거냐?"
"하하."
유진호가 장난스럽게 뒷머리를 긁적거리며 웃자 진우도 피식 웃었다.
그러다 아이가 어릴 땐 육아가 무척 힘들다는 이야기를 어디서 들었는지, 유진호가 아차 싶어 재빠르게 말을 이었다.
"그러면 빨리 가 보셔야 하는 거 아니에요?"
"음…… 그럴까?"
마침 진우도 '가족'이란 말에 자신을 기다리고 있을 해인과 아들 수호가 보고 싶어진 참이었다.

* * *

도시 외곽에 위치한 주택.
집에 도착한 진우는 몰고 온 차를 근처에 주차했다.
끽.
형사의 월급으로는 도저히 구할 수 없을 것 같은 커다란 집이었지만.
그 집에서 같이 사는 사람이 한때 대한민국에서 모르는 사람이 없었던 스포츠 아이돌이었던 까닭에 진우는 어떤 의심도 받지 않을 수 있었다.

그러나 실은 그 집을 지은 이들이 사람이 아니라는 사실은 진우와 해인만의 비밀이었다.

진우가 집에 들어서자, 입구에서부터 신경전을 벌이고 있는 두 군단장을 볼 수 있었다.

벨리온과 이그리트는 한 치의 양보도 없이 서로를 마주 보고 선 채 물러서지 않았다.

곧 해인이 아들 수호를 안아 들고서 나왔다.

"여보."

진우는 웃으며 해인에게서 수호를 넘겨받아 가볍게 흔들었다.

그러자.

"빠-!"

수호가 까르르 웃으며 손을 뻗었다.

아빠에게 안기려 하는 아들을 한쪽 어깨로 품은 진우가 군단장들을 턱짓으로 가리켰다.

"쟤들은 왜 저래?"

"그게……."

해인이 새어 나오려는 웃음을 참으며 대답을 망설였지만, 진우는 곧바로 상황을 이해할 수 있었다.

벨리온이 이그리트를 쏘아보며 말했다.

[소군주님께 검을 쓰는 방법을 가르쳐서는 안 된다니. 그게 말이나 된다고 생각하나, 이그리트?]

그러나 그에 맞서는 이그리트의 기세도 만만치 않았다.

[이 세계에서는 성적이 곧 실력이다, 벨리온.]

이그리트의 한쪽 손엔 언제 주문을 했는지 유아용 학습지가 들려 있었다.

팽팽한 두 병사의 기 싸움에 진우는 기가 막혀 왔다.

어이없다는 얼굴로 둘을 지켜보던 진우가 한 발 가까이 다가서며 말했다.

"너희들……."

진우가 코앞까지 다가왔음을 알게 된 군단장들이 급히 돌아서며 무릎을 꿇었다.

[주군!]

[주군!]

진우는 육아에 열정이 지나친 두 군단장을 향해서 끌끌 혀끝을 차며 말했다.

"검술이든 공부든 좋으니까, 애가 좀 걷고 난 후에 고민하는 게 어때?"

벨리온과 이그리트는 잠시 서로를 바라보다가 곧 진우에게 고개를 숙였다.

[지당하십니다.]

[옳으신 말씀입니다, 주군.]

"좋아."

수호를 안아 든 진우가 씩 웃자, 아빠 품에 안겨 있는 수호도 씩 웃었다.

"꺄."

누가 부자지간 아니랄까 봐, 공장에서 찍어 낸 것같이 꼭 닮은 미소에 곁에 서 있던 해인까지 피식 실소를 흘렸다.

* * *

후임으로 들어온 이세환도 이제 제법 형사 일에 익숙해져 가기 시작하는 무렵.

진우는 서장에게 불려 갔다.

서장실에 먼저 들어갔다 나오며 심상치 않은 눈빛을 보내오는 선배 형사의 얼굴을 봐선 결코 좋은 용건은 아닌 듯했다.

선배 다음 서장실로 들어간 진우가 책상 쪽을 향해 걸어갔다.

"부르셨습니까?"

창밖을 내려다보던 서장은 돌아보지도 않고 나직이 말했다.

"아직도 다른 형사들 사건을 들추고 다닌다는 소문이 돌고 있던데……."

역시나.

어쩐지 선배의 눈빛에서 고소해 하는 냄새가 난다 했더니.

진우는 속으로 헛기침을 삼켰다.

곧 서장이 진우를 향해 돌아서며 싱긋 미소를 보내왔다.

"적당히 다른 형사들의 원성을 사지 않는 선에서만 해 주십시오, 성 헌터님."

익숙한 얼굴.

역대 최연소로 서장의 자리에 오른 우진철이었다.

물론.

거기에는 우진철이 맡은 사건들을 물밑에서 도와준 진우의 여러 노력이 숨어 있었다.

진우가 웃으며 우진철의 말을 정정했다.

"이제는 헌터가 아니지 않습니까, 서장님."

"그래도 전 여전히 헌터님을 헌터님이라고 부르는 게 편합니다."

그렇게 말하며 책상에 올라온 서류를 훑어보던 우진철이 말을 이었다.

"며칠 전, 자살한 여성의 보호자였던 아버지가 갑자기 실종됐다는 사실 알고 계십니까?"

"그래요?"

"우연히도 그가 사는 집 주변의 모든 CCTV가 일제히 오류를 일으켰더군요."

"세상에 그런 우연이."

진우의 능청에 실소를 터트리고 만 우진철이 서류를 휴지통에 던져 넣었다.

"성 헌터님께서 무슨 일을 하시든 전 헌터님을 믿습니다."

진우는 우진철이 보내는 전폭적인 신뢰에 대한 감사의 의미로 잠깐 그에게 고개를 숙여 보였다.

그러자.

"실은 이거 때문에 헌터님을 부른 것은 아니고……."

우진철은 책상 한쪽에 치워 놓았던 메모지를 스윽 내밀었다.

거기엔 병원 이름 하나와 병실의 호수가 적혀 있었다.

"……알고 싶어 하실 것 같아서."

"이게 뭡니까?"

진우가 되묻자, 우진철이 기다렸다는 듯이 말했다.

"고건희 협회장님, 아니 고건희 회장님께서 위독하시답니다."

* * *

진우가 고건희의 병실을 방문한 것은 이번이 두 번째였다.

약 10년 전.

진우는 어머니의 목숨을 살리는 데 썼던 '생명의 신수'로 병상에 누워 있던 고건희의 목숨을 구했다.

그리고 또다시 죽음과 직면해, 비쩍 곯아 있는 고건희와 마주했다.

두 번째 방문인 만큼, 이번에는 고건희도 진우를 보고 놀라지 않았다.

후드를 눌러쓴 낯선 청년을 향해 고건희는 고개를 끄덕였다.

그러곤 자신의 입을 막고 있는 산소 호흡기를 톡톡 건드렸다.

진우가 조심스레 호흡기를 벗겨 내자 고건희가 가쁜 숨을 몰아쉬며 힘겹게 단어들을 이어 갔다.

"다시 와 주었구려, 젊은이……. 실은 꽤 오랫동안 자네를…… 찾아 헤맸었다네."

그 모습을 애처롭게 바라보던 진우가 말했다.

"혹시 회장님께서 병의 치료를 원하신다면."

한 번 더 병을 치료해 드릴 생각이 있다는 말을 꺼내기도 전에, 고건희가 먼저 고개를 가로저었다.

"나는…… 오래 살았어. 자네가 준 10년간 내가 해야 할 일들을 다 했지. 그 정도면 충분하다네."

사라진 시간대에서 자신의 사업체를 정리하고 헌터협회장이 됐었던 고건희는, 현재 자선사업에 앞장서는 모범적인 기업가로 활동하고 있었다.

그리고 이제 그는 더 이상 자신의 목숨이 이어지길 원하지 않았다.

그가 원하는 것은 사람들의 생각과는 전혀 다른 것이었다.

"실은…… 자네에게 부탁이 하나 있네."

진우가 고개를 끄덕였다.

그러자 고건희는 간절한 눈빛으로 진우를 바라보며 말했다.

"내가 자네와 함께 싸웠던 세계가 있었다고 했지?"

진우는 또 한 번 말없이 고개를 끄덕거렸다.

"혹시 그때를 내게 보여 줄 수 있는가? 나도 알고 싶다네. 내가 어떤 모습이었는지, 그리고 자네가 어떤 모습이었는지도……."

"떠올리고 싶지 않은 기억들일 수도 있습니다."

"괜찮네. 나는 그저 사라진 기억을 되찾고 싶을 뿐이니."

고건희 회장의 얼굴에 떠올라 있는 간절함을 확인한 진우가 그의 손을 잡았다.

그러자.

사라진 시간대의 기억이 밀려드는 해일처럼 고건희의 머릿속으로 흘러들어 갔다.

"아아……."

고건희 협회장의 눈에서 눈물이 흘러내렸다.

진우는 눌러쓰고 있던 후드를 천천히 벗어 고건희 협회장에게 맨 얼굴을 보였다.

진우의 손을 꼭 맞잡은 고건희 협회장은 그 얼굴을 보고서 더 굵은 눈물을 흘렸다.

"헌터님과 이렇게…… 다시……."

진우는 힘겹게 숨을 헐떡이는 고건희 협회장의 손을 부드럽게 감싸 쥐었다.

고건희의 고개가 다시 병실의 천장을 향했다.

"정말로…… 정말로…… 내가 당신같이 젊은 영웅들과 함께……."

만족스러운 음성.

가슴 깊은 곳에서부터 솟아오르는 감격에 기뻐하던 고건희는 눈물을 흘리며 조용히 숨을 거두었다.

잠깐 눈물이 고였던 진우가 고건희의 눈꺼풀을 감겨 주었다.

이윽고 기계가 환자의 임종을 알렸다.

삐익-

놀란 의사들이 병실로 들이닥쳤을 땐, 이미 수상한 방문자가 자취를 감추고 난 뒤였다.

진우가 거리를 걷는 동안, 곳곳에 설치된 거리의 전광판에서 고건희 회장의 부고를 알리는 속보가 연이어 나왔다.

속보를 보는 많은 사람들의 얼굴에서 애도의 빛이 스쳐갔다.

이전도, 지금도.

고건희 회장은 많은 이들의 사랑을 받았고, 그의 죽음은 많은 이들에게 추모를 받았다.

진우는 생전 고건희 회장의 모습이 흘러나오고 있는 영상을 향해 작별 인사를 고했다.

'안녕히……. 많은 이들을 위해 헌신했던 당신 또한 영웅이었습니다.'

사람들이 가득했던 거리를 벗어난 진우는 인적이 드문 도로 쪽으로 걸어갔다.

바람이 스쳐 지나갈 때마다 도로변의 가로수에서 가을을 맞아 색이 변한 나뭇잎들이 우수수 떨어져 내렸다.

이제 곧 겨울이 온다.

'그리고 또 봄이 찾아오겠지.'

흩어지는 나뭇잎들을 보며 생각에 잠겼던 진우는 뒤늦게 열심히 울리고 있는 전화를 들어 올렸다.

해인의 전화였다.

"여보?"

그녀를 부르기 무섭게 다급한 목소리가 이어졌다.

–여, 여보! 수호가! 우리 수호가!

설마 두 군단장이 지키고 있는 집에 무슨 일이라도 생긴 것인가?

믿을 수 없는 상황에 진우의 목소리 또한 커졌다.

"수호가 왜?"

그러자.

해인 또한 믿을 수 없다는 듯 소리를 질렀다.

–지금 날아다니고 있어요!

"뭐?"

–수호가 지금 집 안을 날아다니고 있다고요!

그때.

며칠 전 유진호에게서 들었던 말이 머릿속을 스쳐 지나갔다.

"이상하네요. 형님과 형수님 아이면 태어나자마자 막 뛰어다닐 수 있을 것 같았는데."

그 한마디가 떠오른 진우는 할 말을 잃고서 가만히 멈춰 섰다.

—어, 어쩌죠?

당황하고 있는 아내의 목소리를 듣고 있으니 이상하게도 웃음이 터져 나올 것만 같았다.

진우는 일단 해인부터 진정시키기로 했다.

"괜찮아, 걱정하지 마."

—네?

"내가 수호한테 비행부터 차근차근 가르쳐 줄 거니까."

—당신…… 날 수도 있었어요?

아.

아직 거기까진 말 안 했던가?

사라진 시간대에서 해인과 같이 다닐 땐 지금만큼 비행이 익숙지 않아서 주로 비룡 '카이셀'을 타고 다녔으니까.

결국 웃음이 터진 진우의 뒤로, 바람에 흔들린 가을 낙엽들이 또 한 번 우수수 바닥으로 떨어졌다.

가을이 오면, 겨울이 오고, 또 봄이 온다.

모든 일에는 시작과 끝이 있고, 그 끝에서 이어지는 또 다른 시작이 있다.

하지만.

—수호야, 그건 안 돼!

쨍그랑!

아직 진우 집의 겨울은 먼 모양이었다.

후일담

후일담

1.

알 속에서.

아직 태어나기도 전, 두꺼운 알껍데기에 둘러싸여 있었던 베르는 여왕의 목소리를 들었다.

[왕국을 위해.]

'왕국을 위해.'

[우리의 앞을 막아서는 적들을 두려움에 떨게 하라.]

'우리의 앞을 막아서는 적들을 두려움에 떨게 하라.'

강해져야 한다.

강해야 한다.

그것이 배아 상태로 잠들어 있던 베르에게 내려진 최초의 사명이었다.

그리고 왕국을 번성시키겠다는 여왕의 집념은 마침내 끔찍한 괴물을 만들어 냈다.

[키에에에에엑!]

알을 부수고 나와 포효를 토해 내는 어린 전투 개미는 두 눈에 담긴 흉포한 살기에서부터 그 어떤 개미들과 비교를 불허했다.

전율.

여왕은 자신이 탄생시킨 걸작에 감격했다.

'이 아이라면 그 이상한 힘을 쓰는 인간들을 필시…….'

눈을 빛내던 여왕이 방금 막 알을 깨고 나온 최강의 병사에게 첫 명령을 내리기 직전.

허기를 느낀 베르는 자신이 원하던 바를 행했다.

덥석.

부화를 돕고 있었던 일개미 하나의 손목이 베르에게 붙잡혔다.

'……?'

일개미가 무슨 일이 일어났는지 채 깨닫기도 전에, 베르는 그를 머리에서부터 씹어 삼켰다.

와그작, 와그작.

[……!]

예상하지 못했던 베르의 행동에 여왕조차 기함했으나 베르의 박력에 압도되어 말릴 생각을 못 했다.

순식간에 동족 하나의 자취를 세상에서 지워 버린 베르가 여왕 앞에 섰다. 그의 입가에서 뚝뚝 떨어지는 동족의 체액이 사뭇 괴기했다.

'적들의 공포…….'

그러나 강력한 공포의 대상은 아군에게도 두려움을 준다.

뒤늦게 그 사실을 깨달은 여왕이 주위를 둘러보았다. 그 용맹한 왕국의 병사들이 두려움에 떨고 있었다.

그들이 느끼고 있는 감정이 그들을 전부 통솔할 수 있는 여왕에게 고스란히 전해져 왔다.

합격이었다.

역시나 자신이 낳은 최강의 병사는 걸작이었다.

[더욱더 강해져라.]

여왕은 인간들의 땅을 범하기 위해 베르에게 다음 지시를 내렸다.

[누구도 너를 막을 수 없도록.]

* * *

베르는 섬의 모든 것들을 먹어 치워 나갔다. 먹을 것이 부족할 때는 동족을 잡아먹는 일도 서슴지 않았다.

지렁이, 애벌레 같은 바닥의 작은 생물에서부터 바다 안의 거대한 어류, 포유류까지.

눈앞의 모든 생명을 게걸스럽게 먹어 가며 한 가지 깨닫게 된 사실이 있었다.

치명적인 독을 가지고 있는 생물도, 육중한 덩치를 가지고 있는 생물도 자신을 만나면 모두 두려움에 떨었다.

생존은 모든 생명들이 가지고 있는 최소한이자 최대한의 목표.

그 목표를 뿌리째 뒤흔들 수 있는 절대적인 존재 앞에서 생명들이 보이는 눈빛은 모두 비슷했다.

'…….'

베르는 자신이 먹이사슬의 정점에 올라서 있음을 수없이 재확인한 끝에야 결론을 얻었다.

'나는…….'

나는 처음부터 최상위 포식자로서 만들어졌다.

그렇다면.

바닷물 속에 잠겨 있던 베르가 물 밖으로 얼굴을 내밀었다.

저 멀리 바다 끝에 육지가 보인다. 바다와는 또 다른 넓은 세계가 저곳에 펼쳐져 있다.

'어머니께서 경계하시는 그 강한 인간들의 힘은 어느 정도일까?'

궁금해진다.

최상위 포식자인 내가 이렇게 몸을 사리고 있어야 할 정도로 강한 적들이 존재하는 것인지.

나의 힘이 그들에게 얼마나 먹힐 것인지.

몇 번이고 육지 쪽으로 시선을 돌렸지만.

[아직은 이르다.]

베르의 머릿속을 들여다볼 수 있는 여왕의 단호한 목소리가 어김없이 호기심을 가로막는다.

어쩔 수 없이.

그저 망연히 육지를 바라보고 있던 베르의 시선이 다시 바닷물 밑으로 가라앉았다.

그래, 때가 되면 알 수 있겠지.

'…….'

여왕의 명령에 따라 베르는 숨죽여 시기를 기다렸다.

그리고 마침내.

그들이 이 땅에 발을 디뎠다.

베르는 처음으로 자신의 진짜 힘을 시험해 볼 기회를 얻었다.

그것은…….

"너, 너는 뭐냐?"

"으아아악!"

싸움이 아니었다.

그저 일방적인 사냥에 불과했다.

익숙한 일상.

베르는 죽어 가는 헌터들의 눈에 떠오른 '두려움'을 발견하고는 실망감을 감출 수 없었다.

'고작 이런 것들과 싸우기 위해…….'

나는 그토록 긴 시간을 기다리고 있었던 것인가?

피식자들의 온몸에서 흘러나오는 극심한 공포의 냄새.

베르는 헌터들을 통해 자신이 먹이사슬의 최정상에 있음을 다시 한번 확인했을 뿐이다.

시시하다.

생태계의 정점에 선 생물이 그렇게 자신의 머릿속에서 인간들에 대한 정의를 확립하려 한 순간.

그때.

처음으로 자신을 눈앞에 두고서도 겁먹지 않은 인간이 나타났다.

여태껏 한 번도 겪어 보지 못했던 상황에 베르는 심장이 쿵쾅쿵쾅 뛰기 시작했다.

'인간…… 너는 내가 두렵지 않은 것인가?'

단숨에 목을 따 버리기엔 어쩐지 아까웠으므로 베르는 말을 건넸다.

"네가 인간들의 왕인가?"

그러자 그가 답했다.

"벌레가 말을 다 하네."

* * *

아마 그때 이후론 처음일 것이다.

살아 있는 생명체가 두려움 외의 눈빛으로 자신을 바라보고 있는 것이.

반짝반짝.

'…….'

베르는 자신을 향해 뜨거운 눈빛을 보내고 있는 어린 소군주님을 보면서 식은땀을 흘렸다.

부담스러운 분위기를 피해 자리를 옮기려 해도.

"갸미! 갸미!"

견디다 못해 하늘로 날아올라도.

"갸미! 갸미!"

어느새 뒤를 돌아보면 소군주님이 거기에 서 있다.

'…….'

물론 마음먹고 달아나면 아기 하나를 따돌리는 것쯤이야 일도 아니지만, 문제는 그 아기가 주군의 자식이라는 것 아닌가?

무리하게 소군주님을 피해서 도망가려다 도리어 소군주님께서 다치기라도 하면 그 뒷감당을 어찌하랴.

"갸미!"

결국 자연스럽게 수호의 어머니 해인을 도와 수호를 돌보는 건 세 군단장 중에서도 베르의 몫이 되었다.

"……."

수호가 자는 것을 확인한 베르가 조용히 '안식의 영역'으로 돌아갔다.

그림자 속으로 스르륵 사라지자 무한한 어둠의 세계가 펼쳐졌다. 누구는 무섭다고도 하겠지만 베르는 주군의 권능에 속한 이곳이 편했다.

개미 군단 거주지로 향하는 동안, 베르는 곰곰이 생각에 잠겼다.

'소군주님께서는 왜 항상 나를 찾으시는 걸까?'

……아무래도 모르겠다.

자신은 늘 두려움의 대상이었고, 그 사실은 지금도 별반 다를 바가 없이 느껴지는데.

문득 떠오른 의문이 쉽게 해결되지 않자 베르는 방향을 돌렸다.

인간의 마음을 알기 위해서 인간의 조언만큼 도움이 되는 것이 있을까?

주군께선 사람을 그림자 병사로 쓰는 일을 싫어하셨기에 인간 출신의 병사는 거의 남아 있지 않지만…….

다행히 한 명, 베르가 알고 있는 인간 출신 병사가 있었다.

바로 군단장 이그리트였다.

이그리트에게 자초지종을 설명했더니 답은 금방 나왔다.

"싫어할 수가 없지."

[……?]

고개를 끄덕이던 그가 빠르게 설명을 덧붙였다.

"사람보다 더 큰 개미가 걷고 날 수 있는데 말까지 해. 대체 어떤 아이가 싫어할 수 있겠나?"

[…….]

여태까지 생각해 보지 못했던 신선한 관점이었다.

베르는 다시 개미 군단의 영역으로 돌아가며 이그리트에게 들었던 대답을 곱씹어 보았다.

내가 사람보다 더 크고, 날 수 있고, 말을 하기 때문에 소군주님께서 나를 좋아하신다라.

그렇게 단순한 이유로 뭔가를 좋아할 수 있다면 단순한 이유로 쉽게 싫어할 수도 있지 않을까?

하긴, 어른이 되어서까지 벌레를 좋아하는 인간들은 거의 없다고 들었다.

생각이 거기까지 미치자 왠지 기분이 가라앉았다.

거리낌의 시선은 이미 익숙한데도 소군주님까지 그런 눈빛으로 바뀐다고 생각하면 조금 씁쓸해진다.

'…….'

말없이 날아가던 베르가 다시 방향을 바꾸었다. 이번에 도착한 곳은 공사 현장이었다.

베르의 계획에 따라 이곳 '안식의 영역'에 거대한 주군의 석상을 만들고 있던 수염 난쟁이족과 개미 병사들이 베르를 보고서 일제히 고개를 숙였다.

현장 감독을 맡은 장로가 달려 나와 베르를 맞았다.

"군단장님, 오셨습니까."

끄덕끄덕.

작업의 진척을 살펴보던 베르가 장로에게 물었다.

[계획을 좀 변경하고 싶다.]

"예엣?"

지금까지 공들여 작업한 것이 아까웠는지 장로가 두려움에 떨면서도 급히 만류했다.

"이 '신성한 주군상' 제작 계획은 군단장님께서 군주님의 32번째 생신을 기념하기 위해서 몇 달 전부터."

[아니, 계획을 철회하겠다는 것이 아니라 이 부분을 이렇게…….]

곰곰이 설명을 듣던 장로가 옳거니 고개를 끄덕였다.

"물론 가능합니다. 훨씬 더 멋진 결과물이 나올 것 같네요, 군단장님."

[케켁, 좋다.]

잠시 얼어붙는 듯했던 분위기가 화기애애하게 변했다.

"그럼 지금 바로……."

신이 난 장로가 들뜬 목소리로 말을 이으려던 그때, 베르가 자신의 입가에 검지를 세워 붙였다.

[잠깐 볼일 좀 처리하고 오지.]

* * *

"형님, 정말 하는 겁니까?"

"이 새끼가…… 이제 와서 겁나냐?"

"아, 아닙니다, 형님."

조수석의 부하를 매섭게 노려보던 남자가 다시 주택으로 시선을 돌렸다.

마치 일부러 사람들을 피하려고 한 것처럼 외진 곳에 덩그러니 세워진 2층짜리 개인 주택.

저기가 성진우 형사의 집이다.

몇 번이나 확인하고 찾아온 길이니 틀림없다.

"성진우 그 새끼 하나 때문에 우리 조직이 공중분해 됐다. 그만큼 당했으면 우리도 그 새끼한테 족적 하나는 남겨 줘야 계산이 맞는 거 아니겠냐?"

"맞습니다, 형님."

세 부하들 입에서 이구동성으로 대답이 나왔다.

좋다.

"우리는 4인조 강도인 거고, 그 형사 놈의 마누라와 애새끼는 대낮에 집을 털러 온 강도한테 당해서 죽은 거다. 다들 알겠냐?"

"네, 형님."

형님이라 불린 남자의 입가에 비열한 미소가 걸렸다.

저 넓디넓은 집에 방범 시스템이 전혀 없다니, 이쯤 되면 '나 잡아먹어 주십쇼' 하고 목을 내놓고 있는 것이나 다름없었다.

지금까지 털리지 않았던 것이 용할 지경이다.

"떨지 말고 실수만 없이 해라."

남자가 부하들을 돌아보자 부하들이 고개를 끄덕였다.

"가자."

탁, 탁, 탁, 탁.

조심스럽게 차 문을 닫고 내려선 네 남자가 주변을 두리번거리며 주택 근처로 접근하더니, 급하게 담벼락을 올라갔다.

예행 연습을 수차례 거친 후라 담쯤은 가볍게 넘을 수 있었다.

그런데.

착!

바닥에 내려선 다리가 네 개였다.

'……나머지 둘은?'

남자가 옆의 부하를 마주 보았다. 부하는 고개를 가로저었다.

담을 올랐던 사람은 넷이었는데, 내려서는 사람이 둘이라니? 이런 귀신이 곡할 노릇이 다 있나.

전후좌우를 살피던 남자가 다시 옆을 보았을 때는, 거기 있던 부하마저 감쪽같이 사라진 뒤였다.

'이 새끼들이 진짜……!'

분노한 남자가 자신의 처지도 잊고 고함을 터트리기 직전.

어느새 다가온 손이 남자의 입을 틀어막았다.

[쉬…….]

이제 막 소군주님께서 낮잠에 드신 참이다. 불청객 따위에게 방해를 받을 순 없었다.

다행히 잠에 빠진 소군주님의 고른 숨소리가 귓가에까지 들려왔다.

베르는 만족스러운 눈빛으로 옆을 내려다보았다. 붙들려 있는 남자가 사시나무처럼 떨고 있었다.

"읍…… 읍, 읍!"

익숙한 눈빛.

익숙한 감정.

주군의 신뢰나 소군주님의 호감도 좋지만, 역시나 이쪽도 나쁘지 않다. 포식자 앞에 선 피식자들의 표정이란 늘 이런 법이니.

[킥킥.]

남자의 눈에 새겨진 공포를 마음껏 즐기던 베르가 곧 남자를 끌고 사라졌다. 비명은 금방 사그라졌다.

* * *

"어떠십니까?"

장로는 자랑스럽게 '신성한 주군상'을 선보였다.

주군의 얼굴을 하고 있는 석상은 꼭대기를 보려면 고개가 아플 정도로 거대한 규모를 자랑했다.

기한 내 제작을 끝마치기 위해 모든 수염 난쟁이들은 물론 개미 병사들까지 총동원됐다.

[키킥.]

흡족한 눈빛으로 주군상을 바라보던 베르가 일전에 추가했던 변경 사항을 확인했다.

"군단장님께서 말씀하신 대로 왼쪽 어깨에는……."

장로의 설명처럼 주군의 왼쪽 어깨 위에는 해맑은 얼굴의 소군주님이 얹혀 있었다.

아버지와 아들.

주군께서도 이 웅장하고 아름다운 석상을 보시면 기뻐하실 것이 틀림없다.

그리고.

만약 먼 훗날 소군주님께서도 이곳에 발을 들이실 수 있게 된다면 분명 뜻깊은 선물이 되리라.

그런 확신이 든 베르가 큰 웃음을 터트렸다.

[키헤헤헤헤헷~!]

기뻐하는 베르를 따라 수염 난쟁이족들과 개미 병사들도 웃었다.

와하하하!

"꺄하!"

웃음소리에 섞여 웬 아기의 환호성이 흘러나왔을 때.

[……?]

놀라 뒤를 돌아본 베르는 자신의 뒤편에 딱 붙어서 있는 아기 하나를 발견했다.

"갸미!"

아, 아아.

그 아버지에 그 자식이라고 했던가?

어느새 '안식의 영역'까지 출입할 수 있게 된 수호를 보며, 육아 담당 군단장 베르는 머리를 감싸 쥐었다.

[키학!]

2.

"어서 오세요, 수호 어머니."

"아, 네."

해인은 긴장된 얼굴로 유치원 원장실의 문턱을 넘어섰다.

다섯 살이 되도록 또래 아이들과의 교류가 전무했던 수호가 걱정되어 근처 유치원에 보낸 지 딱 일주일 되던 날.

유치원에서 방문해 달라는 전화가 걸려 왔다.

혹시 수호가 잘못된 것은 아닌지, 혹은 수호가 뭔가를 실수한 것은 아닌지.

원장 선생님의 안내에 따라 맞은편 소파에 앉는 해인의 얼굴은 장마철의 먹구름처럼 어두웠다.

중년의 여성인 원장 선생님은 해인의 마음을 충분히 이해하고 있었다.

그래서 그녀는 상대가 크게 놀라지 않도록 최대한 부드러운 목소리를 내기 위해 애를 썼다.

"너무 그렇게 걱정하실 필요는 없습니다. 다만…… 저희 쪽에서 몇 가지 여쭤보고 싶은 것들이 있어서요."

"네, 네."

굳은 얼굴로 연신 고개를 끄덕이는 해인에게, 원장 선생님은 스케치북 하나를 슥 내밀었다.

"여기…… 이 그림들을 좀 봐 주시겠어요?"

해인이 스케치북을 받아 들자 원장 선생님은 말을 이었다.

"수호가 그린 그림입니다."

하얀 도화지 위에는 아이의 그림 실력으로 그려진 귀여운 개미 한 마리가 있었다.

이걸 왜 보여 주는 걸까?

의미를 찾지 못한 해인이 의아한 눈빛으로 물었다.

"이 그림이 왜……?"

잠깐 망설이던 원장 선생님은 작은 한숨과 함께 말문을 열었다.

"선생님이 스케치북에 그려 보라고 했던 게 '친구'였거든요."

"아."

그러고 보니 개미가 두 다리로 서 있구나.

해인은 그제야 거기 그려진 것이 평범한 개미가 아니라 베르 군단장임을 깨달았다.

"뒤에도 그림이 더 있습니다. 다른 친구는 없냐는 선생님의 말씀에 수호가 그린 그림들이에요."

해인은 스케치북의 페이지를 한 장 넘겼다.

머리에 빨간 깃을 단, 검은 형태의 사람이 누가 봐도 칼로 보이는 물건을 들고 있는 그림이었다.

'이그리트…….'

한눈에 그림의 주인공을 알아본 해인은 한 손으로 이마를 감싸 쥐었다.

정체를 알고 있는 사람에겐 듬직한 기사로 보이지만 다른 사람의 눈에는 어떻게 비칠까?

그렇게 생각하니 머리가 살짝 아파 왔다.

그 뒤에도 늘어나는 칼을 든 벨리온과 마법 쇼를 벌이는 어금니의 그림이 나왔다. 물론 그림을 살펴보던 해인의 머리는 조금 더 아파졌다.

'…….'

말이 없어진 해인의 표정을 다른 방향으로 오해한 원장 선생님은 걱정스러운 표정으로 말을 이었다.

"그다음 그림은 수호가 가족을 표현한 겁니다."

펄럭.

스케치북이 넘어갔다.

자신과 남편 진우로 생각되는 사람 뒤에 그려진, 무수히 많은 검은 형체들.

어릴 적부터 그림자 병사들과 함께 지내 온 수호는 그들까지 모두 가족으로 여기고 있는 모양이었다.

'수호의 눈에는 우리가 이렇게 보이고 있었구나.'

수호의 따뜻한 시선이 녹아 있는 것 같아 해인은 코끝이 찡했지만.

이해할 수 없는 내용에 적잖이 당황한 선생님들은 수호에게 무슨 문제가 있는 것이 아닌가 하는 결론을 내리고 말았다.

당연히 해인을 유치원으로 호출한 원장 선생님 또한 같은 생각이었다.

그녀는 자못 심각한 얼굴을 하고서 말했다.

"마지막 장은 수호가 그린 '우리 집'입니다. 제가 수호 어머니를 모신 이유기도 하고요."

이번엔 또 뭐가 그려져 있을까.

해인은 긴장된 눈빛으로 마지막 페이지를 펼쳤다.

작은 집 하나.

작고 평범한 집 하나가 땅 위에 그려져 있었다.

문제는 집을 받치고 있는 땅 아래가 전부 새까맣게 채워져 있었다는 점이었다.

스케치북의 70퍼센트 이상이 검은색으로 가득했다.

"저희가 많은 아이들을 돌봐 왔지만 이런 식으로 친구, 가족을 표현한 그림들은 보지 못했습니다."

원장 선생님은 담담히 그림의 검은 부분을 가리켰다.

“담당 선생님이 왜 집 밑을 이렇게 그렸냐고 물었더니 수호가 말하기를 여기에 친구와 가족, 커다란 아빠가 있다더군요.”

‘커다란 아빠……?’

잠깐 고개가 갸우뚱해지는 설명이었으나 해인은 이런 그림이 나오게 된 이유를 대충 짐작할 수 있었다.

그러나.

“혹시 수호가 왜 이런 그림들을 그리는지 알고 계신가요?”

자신이 알고 있는 것들을 다른 사람들에게 말할 수는 없는 노릇.

해인은 고개를 저었다.

“……역시 그렇군요.”

원장 선생님은 알겠다는 듯 고개를 끄덕거렸다.

처음엔 수호가 집에서 학대를 받고 있는 건 아닌지 의심도 들었었지만 늘 밝은 모습의 수호에게선 아무런 흔적도 찾을 수 없었다.

흔하진 않지만 가끔은 있는 일이다. 어린아이들이 자신만의 눈으로 세상을 그려 내는 것 말이다.

“어쩌면…… 수호는 예술에 남다른 재능을 가지고 있는 지도 모르겠네요.”

원장 선생님은 그렇게 자신을 납득시키며 미소를 지었다.

이 모든 일의 원인을 알고 있는 해인도 어두운 표정에서 벗어나 어색한 미소를 지었다.

“아, 네. 네.”

큰일이 아니어서 다행이다. 간신히 마음이 놓였다.

그런데 원장 선생님의 용무는 그림이 다가 아니었다.

이걸 말해야 하나, 말아야 하나 망설이던 그녀가 어렵게 결론을 내린 듯 고개를 들었다.

그녀의 눈빛이 그림을 건넬 때보다 훨씬 더 진지했다.

"수호 어머니…… 실은 말씀드리고 싶은 것이 하나 더 있어요."

* * *

중부경찰서 강력계.

승진 심사 발표 후 사무실 안에는 흥분한 목소리들이 울려 퍼졌다.

"선배님, 승진 축하드립니다!"

"축하드립니다!"

"한턱 쏘셔야죠, 선배, 아니 성 반장님?"

한참을 팀원들에게 둘러싸여 있던 진우는 파트너인 이세환이 오고서야 간신히 풀려날 수 있었다.

"형님, 가시죠."

"어."

여기저기서 터져 나오는 축하의 말들을 뒤로하고서, 진우는 미소와 함께 사무실을 빠져나갔다.

어느덧 베테랑 형사가 된 이세환도 존경하는 선배인 진우에게 축하 인사를 건넸다.

"형님, 축하드립니다."

진우는 소리 없는 미소로 대답을 대신했다.

싱글벙글하며 진우와 나란히 걷던 세환이 주위를 둘러보다가 은근슬쩍 가까이 붙었다.

"그런데, 형님…… 요번엔 웬일로 승진하시는 겁니까? 위에서 진급해라, 진급해라 할 때마다 거절하시더니."

그런 게 뭐 중요하냐는 눈빛으로 세환을 곁눈질하던 진우가 피식 웃고선 대답했다.

"더 이상 거절할 핑계가 없어서."

기가 막힌 대답에 세환도 실소를 터트렸다.

"참 대단하십니다, 형님도."

농담처럼 들리지만 진우의 말은 농담이 아니다.

세환도 알고 있었다.

여느 분야와 마찬가지로, 형사들도 직급이 높아지면 현장 일에서 점점 멀어지게 된다.

진우는 될 수 있는 한 현장에 남고 싶어 했고 상부, 특히 우진철 서장은 진우의 뜻을 존중해 주었다.

그러나 그것도 하루 이틀.

눈부신 실적을 올리고 있는 형사의 진급을 막아야 할 이유가 다 떨어지게 되자, 결국 진우도 이번 심사 결과를 받아들여야 했다.

"형님은 욕심 같은 거 없으세요? 승진이나 돈벌이, 뭐 그런 거."

돈이라.

세환보다 훨씬 더 어린 나이에 어지간한 대형 로펌 수입 뺨치는 돈을 혼자서 벌던 시기가 있었다고 하면 믿어 줄까?

진우는 유진호와 함께 아진 길드를 운영하던 때를 떠올리며 하고픈 말을 삼켰다.

'이제는 정말 추억이 되었네.'

그러나 기억의 바다를 헤매는 것도 잠시.

세환과 함께 차에 타려던 진우는 울리는 핸드폰을 집어 들었다.

'음?'

해인의 전화였다.

*　*　*

전화를 받고 평소보다 이른 시간에 귀가한 진우는 수호의 그림들을 보고서 끅끅대며 웃었다.

"우리 아들이 또 그림에 이렇게 소질이 있는 줄은 몰랐는데."

그중에서도 베르의 그림.

세상에 개미를 이렇게 잘 그릴 수 있는 다섯 살배기는 없을 거다.

흐뭇하게 그림을 바라보던 진우는 해인의 따가운 눈빛에 곧 미소를 거두어들였다.

"흠흠."

그렇게 금세 태도를 바꾸는 남편을 보고 해인도 피식 웃음이 새어 나왔다. 해인은 마치 자신에게 하는 말처럼 진우에게 얘기했다.

"웃을 일이 아니라니까요. 맨 끝을 봐요."

"끝?"

끝장에는 수호의 손끝에서 완성된 작품, 작품명 '우리 집'이 있었다.

"수호 말로는 그 검은 땅속에 커다란 아빠가 있다고 했다던데 혹시 당신 생각나는 거…… 왜 웃어요?"

"아. 아니, 그냥 웃긴 일이 좀 생각나서."

안식의 영역 한복판에 세워져 있는 '신성한 군주상'을 떠올린 진우는 차마 웃음을 참지 못하다가 눈가에 맺혀 버린 눈물을 훔치며 스케치북을 덮었다.

이 정도면 그냥 웃고 넘어가도 되지 않을까?

그런 낯빛이 진우의 얼굴에 스쳐 지나갔다.

그러자 가볍게 한숨을 내쉰 해인은 원장 선생님에게서 전해 들은 얘기를 털어놓았다.

“아이들이 수호를 무서워한대요.”

“……?”

진우의 얼굴에서 미소가 조금 사라졌다.

“아이들이?”

걱정스레 고개를 끄덕인 해인이 설명을 이어갔다.

“수호가 그냥 가까이 가기만 해도 안색이 달라진대요. 누구를 괴롭히거나 소리 지른 적도 없는데.”

“…….”

그 말은 가벼이 들을 수가 없었다.

진우의 표정이 굳어졌다. 미소는 이미 얼굴에서 지워진 지 오래였다.

우려했던 일이 실제로 일어났다.

‘아이들은…….’

아이들은 어른보다 훨씬 더 순수하다.

단순히 생각의 어림만을 말하는 게 아니다.

감각의 순수.

그렇기에 이성과 학습을 통해 자신에게 주어진 동물적 본능을 제어할 수 있는 어른들에 비해 죽음의 공포를 훨씬 더 생생히 느낀다.

아이들이 수호를 피하려 했던 것은 바로 그 죽음의 그림자를 느졌기 때문이리라.

'그림자 군주의 힘…….'

진우에게 넘어갔기에 재앙이 되지 않았던 것일 뿐.

사실 그 힘은 원래 '이계의 신'이 자신이 만들어 낸 모든 것들을 파멸시키기 위해 가장 충직했던 신하의 안에 숨겨 두었던 끔찍한 무기다.

수호가 뜻하지 않게 자신에게서 물려받은 이 그림자 군주의 힘이 점점 더 수호 안에서 커져 간다면.

'……정상적인 삶은 불가능해.'

적어도.

적어도 수호가 자신의 힘을 완벽히 컨트롤할 수 있는 나이가 될 때까진 그 힘을 억제시킬 필요가 있었다.

진우는 거실 벽면에 걸린 사진들을 둘러보았다.

가장 큰 액자에 담겨 있는 진우와 해인의 결혼사진 양옆으로 많은 수호의 사진이 놓여 있었다.

그리고 그 사진들 대부분이 그림자 병사들과 함께였다.

베르의 목 위에 올라타 더듬이 두 개를 힘껏 당기고 있는 수호의 해맑은 미소.

가정교사를 자처하는 이그리트를 피해서 어디론가 도망가는 수호와 장난감 칼로 벨리온과 칼싸움을 하는 수호.

그 외의 많은 사진들.

진우는 그것들을 하나하나 아공간 창고로 보내기 시작했다.

"여보……?"

"수호가 다른 사람들과 탈 없이 지낼 수 있을 때까지…… 수호의 힘과 그림자 병사들에 대한 기억을 잠시 봉인해 두려고 해."

수호는 배워야 한다.

그림자 병사들이 아니라, 사람들 속에서 평범하게 그들과 어울릴 수 있는 방법을.

그때까지는…….

하나 남은 사진까지 전부 아공간 창고로 들어갔을 때.

진우의 결정을 알게 된 베르가 땅속에서 스르륵 올라왔다.

[왕이시여…….]

자신의 아이처럼 수호를 소중히 여겼던 그림자 병사의 마음이 진우에게도 전해져 온다. 그러나 진우는 결심을 굳혔다.

곧 주군의 마음을 돌릴 길이 없다는 사실을 깨달은 베르가 고개를 떨어뜨렸다.

힘없이 바닥을 향해 있는 베르의 눈앞에 웬 그림 하나가 들어왔다.

진우가 베르에게 내민 수호의 스케치북이었다.

[이것은……?]

'수호가 그린 너.'

도화지 위에는 베르가 이제까지 봐 왔던 그 어떤 그림보다 멋진 작품이 그려져 있었다.

베르의 커다란 두 눈에 그렁그렁 눈물이 맺혔다.

[주군…… 제가 소군주님께 작별 인사를 드려도 되겠습니까?]

끄덕.

진우의 허락을 받아 낸 베르가 조심스럽게 수호의 방으로 들어갔다.

끼익.

곤히 잠들어 있는 수호의 새근새근한 숨소리가 베르에겐 달콤하고 부드러운 음악처럼 들려왔다.

베르는 수호가 깨지 않도록 조용히 수호의 옆에서 한쪽 무릎을 꿇었다.

[소군주님이시여…… 모든 그림자 병사들을 대신해 제가 인사를 드리겠습니다.]

꿈속에서 들리는 것처럼 낮게 울려 퍼지는 목소리.

수호는 잠결에 목소리가 들려오는 방향으로 몸을 틀고서 잠꼬대를 웅얼거렸다.

"대장 개미…… 대장 개미……."

자신의 뒤를 졸졸 따라다닐 때보다 훨씬 더 '개미' 발음이 정확해진 수호를 대견스럽게 바라보며, 베르가 인사를 올렸다.

[소군주님을 모실 수 있어서 영광이었습니다. 다시 뵐 때까지 부디 안녕히 계시기를…….]

침대 끝을 향해 뻗어 있는 수호의 손등에 가볍게 입을 맞춘 베르가 몸을 일으켰다.

베르의 그림자 밑에서 병사들이 일제히 작별 인사를 보내왔다.

[소군주님, 제가 없더라도 공부 시간만큼은 철저히…….]

[건강하십시오, 소군주님.]

[으흐흐흑, 으흑, 으허어어어엉, 으허어엉.]

인사를 끝마친 베르가 뒤를 돌아보았다.

진우는 고개를 끄덕였다.

말없이 수호에게 다가간 진우가 내려가 있는 이불을 수호의 가슴까지 끌어올려 주었다.

그리고 수호의 이마에 손을 얹었다. 강력한 마법의 힘이 잠깐 그 손끝에 머물렀다 떠났다.

이제 수호가 눈을 뜨면 아이에게 있었던 비일상적인 힘과 기억은 사라져 있으리라.

'좋은 꿈을 꾸길…….'

천사처럼 자고 있는 수호의 이마에 입을 맞춰 준 진우가 방문을 닫았다.

그날.

수호의 꿈속에서는 개미와 기사들과 오크가 밤새 춤을 추었다.

3.

빙글빙글.

이제 막 고등학생이 된 이은철의 레이더가 돌아간다.

새로운 학교, 새로운 교실, 새로운 급우.

교실 뒤쪽에 앉아 반의 분위기를 살펴보는 이은철의 눈매가 사납다. 누굴 자신의 아래로 둘 것인지, 누가 자신의 친구가 될 것인지. 한 번의 시선으로 빠르게 결정이 내려진다.

이곳은 약육강식의 세계.

중학교에서부터 주먹으로 일대를 장악한 이은철에게는 반 아이들 대부분이 먹잇감으로 보였다.

눈을 마주친 애들은 거의 다 시선을 피했다.

'……별거 없네.'

그러나.

오히려 웃으며 다가오는 녀석도 있었다.

'조성호.'

옆 동네에서 좀 날렸던 친구다. 친구들과 술을 마실 때 가끔 마주쳤던 적이 있다.

"너도 여기였냐?"

"어."

서로 아는 친구들의 안부를 물으며 인사를 나누는 사이, 짧은 기싸움이 오고 갔지만 그것도 잠시.

이은철의 악명을 익히 들어 왔던 조성호가 먼저 숙이고 들어갔다.

"잘 지내 보자."

이은철은 씩 웃으며 조성호가 내민 손을 맞잡았다.

서열의 우위는 있지만 이런 녀석은 '친구'다.

그렇게 반의 서열 관계를 정리하는 동안.

이상하게 이은철의 눈에 걸리는 녀석이 하나 있었다.

맨 앞쪽에 앉은 모범생도 아니고, 그렇다고 뒤쪽에 자리를 잡고 허세를 부리는 놈도 아니고.

교실 어중간한 위치에 앉아 있으면서도 자신의 시선을 피하지 않는 이상한 놈.

꼭 있다.

반에 하나쯤은.

자신의 분수를 몰라서 무슨 일이 일어나야 위아래를 알아보는 둔해 빠진 녀석들이.

뒤를 돌아보고 있던 그 녀석이 한심하다는 듯 한숨을 쉬고 앞을 바라보자, 이은철이 참지 못하고 일어났다.

드르륵.

의자가 끌리는 소리가 시끄럽게 교실을 울렸다.

당연히 교실 안의 모든 시선이 이은철을 향했다.

이은철은 그 시선들을 즐기며 우쭐해진 기분으로 분수를 모르는 녀석에게 다가갔다.

"어이."

그 녀석의 어깨를 잡아 돌려세우려는데.

생각하지도 못했던 곳에서 태클이 걸려 왔다.

"잠깐만."

자신의 손목을 잡고 있는 조성호를 보고서 이은철이 입을 열었다.

"뭔데?"

불쾌한 심기가 고스란히 녹아 있는 목소리에 잔뜩 긴장한 조성호가 꼴깍 마른침을 삼켰다.

"같은 학교였다. 얘는 웬만하면 건드리지 마라."

"……같은 학교?"

고작 같은 학교란 이유로 이렇게 감싸고돈단 말인가?

그렇다면 둘 중 하나다.

말하기가 힘든, 건드려서는 안 될 이유가 따로 있거나, 아니면 이 이은철을 우습게 보고 있거나.

얼굴이 팍 굳어진 이은철이 이 소동에도 뒤를 돌아보지 않는 '그 녀석'의 의자를 툭툭 찼다.

"야, 야. 너 뭔데? 네가 말이나 해 보던가. 넌 입 없냐?"

그러자 사색이 된 조성호가 앞으로 나서며 만류하려 들었다.

인내심의 한계에 다다른 이은철이 조성호의 손을 힘으로 쳐 내고는 눈을 부라렸다.

"넌 따라와라."

교실을 나가는 이은철의 뒤로, 그와 같은 중학교를 나온 일진 두 명이 따라붙었다.

교실 문턱에 선 이은철이 뒤를 돌아보자 식은땀을 흘리고 있는 조성호와, 아직까지 관심조차 보이지 않는 '그 녀석'이 눈에 들어왔다.

뿌득.

이은철은 눈에서 허연 살기가 감돌았다.

* * *

"커헉!"

얼굴이 엉망으로 망가진 조성호가 비틀거렸다.

그래도 여전히 분이 풀리지 않는지 이은철의 눈빛은 살벌했다.

조성호를 벽으로 몰아넣은 이은철이 물었다.

"그 새끼가 뭔데? 뭔데 네가 싸고도는 거냐?"

바닥을 향해 거친 숨을 토해 내던 조성호가 핏물이 섞인 침을 뱉었다.

고개를 든 그의 얼굴은 지친 표정이었다.

"우리 중학교에서 제일 센 놈."

"……?"

이은철의 고개가 기울어졌다.

이 녀석.

그거 좀 맞았다고 정신이 나가 버린 건가?

조성호 패거리가 그쪽 학교들을 꽉 잡고 있었다는 것은 공공연히 알려진 사실이었다.

그러나 조성호는 고개를 저으며 강조했다.

"우리는 손도 못 대는 애다. 혹시 여기서도 일이 잘못될까 봐 내가 눈치껏 나섰던 거고."

처음엔 무슨 헛소리를 하나 했는데 그런 것치곤 조성호의 눈빛이 되게 진지했다.

'이 새끼…… 진심인가?'

아니.

그런 놈이 있다면 소문이 안 났을 리가 없다.

성수호.

초등학교에서부터 쭉 이 동네에서 살아온 이은철의 귀에 그런 이름이 들려 왔던 적은 없었다.

애초에 그 샌님 같은 자식이 나에게 뭘 어떡할 수 있단 말인가?

겨우 그딴 녀석에게 겁을 먹어서 자신을 욕보인 조성호에게 이은철은 머리끝까지 화가 치솟았다.

짜악!

이은철이 풀스윙으로 휘두른 손에 조성호의 고개가 옆으로 돌아갔다.

곧 맞은 뺨이 시뻘겋게 부어올랐다.

어렸을 때부터 권투를 배웠다더니 확실히 이은철의 팔심은 정말 장난이 아니었다.

하지만 조성호가 진짜 무서워하는 건 따로 있었다.

그때 무자비한 이은철의 폭력을 묵묵히 버텨 내던 조성호가 무언가를 발견했다.

'……!'

조성호의 눈이 커지는 걸 보고서 이은철의 고개가 뒤로 돌아갔다.

저 멀리서.

그 샌님 녀석이 이쪽으로 다가오고 있었다.

조성호는 가까워지고 있는 상대와 눈을 마주치기 싫은지 고개를 숙이고 중얼거리듯 말했다.

"그냥…… 사과해라. 진심으로 하는 충고다."

"이 새끼가 진짜!"

이은철이 조성호의 뒷머리를 잡고 흔들었으나 조성호는 그저 입을 꾹 다물고 있을 뿐이었다.

이은철의 입에서 험한 말이 튀어나오기 직전.

이 모든 일의 발단인 수호가 그들 앞에 섰다.

방금 조성호에게 들었던 얘기 때문일까?

평소라면 일단 주먹부터 날리고 보았을 이은철이 조성호에게서 물러나며 수호를 경계했다.

작지는 않지만, 고1 수준을 벗어난 본인이나 조성호에 비하면 커 보이지도 않는 키.

평범한 덩치.

교복 사이로 드러난 목이나 손목이 조금 다부져 보이기는 하나 운동을 전문적으로 한 몸은 절대 아니다.

이은철은 조성호의 말을 믿을 수 없었다.

그러거나 말거나 수호는 조성호의 코앞에 서서 엉망으로 다친 그의 얼굴을 들여다보았다.

쯧쯧.

안타까운 마음에 혀를 차는 소리가 절로 나왔다.

"성호야."

"……어."

"이번에도 네가 한 걸로 하자. 이 정도면 그냥 정당방위겠네."

조성호가 망설임 없이 고개를 끄덕거렸다.

"그래."

뭘 한 걸로 한다는 거지?

의아한 얼굴로 듣고 있던 이은철이 얼굴을 구겼다.

"어이."

수호를 돌려세우기 위해 그가 수호 어깨를 짚은 그 순간, 이은철의 눈앞에 별안간 빛이 번쩍거렸다.

쿵!

의식을 잃은 이은철이 바닥에 고꾸라졌다.

그와 거의 동시에 이은철의 뒤를 지키고 서 있던 두 똘마니도 의식을 잃었다.

쿵, 쿵!

'무서운 놈…….'

조성호는 혀를 내둘렀다.

운동으로 끌어올린 동체 시력이 아니었다면 제대로 보지도 못했을 움직임.

이은철의 얼굴에 한 방, 뒤 똘마니들의 급소에 각각 한 방씩, 기계처럼 정확하고 짐승처럼 무지막지한 타격이었다.

처음에 '실수'로 성수호와 시비가 붙었을 땐 본인도 정말 인간의 파워인가 생각했었다.

그 뒤론 예상과 달리 학교 생활이 편해졌지만.

쓰러진 이은철 일당들을 보며 조성호는 뒷머리를 긁적였다.

'…….'

박살 난 이은철의 코, 뼈가 부러진 졸개들.

소문은 금방 날 것이다.

천하의 XX중 이은철이 YY중 조성호에게 쓰러졌다고.

소문이 그렇게 나는 게 이름 없는 평범한 학생에게 맞고 뻗었다는 것보다 나으니, 이은철도 입을 다물겠지.

'그럼…….'

이렇게 또 자신의 전적에 승리가 추가됐다.

누가 떠먹여 주는 승리라 어쩐지 민망한 기분이다.

이런저런 생각을 하고 있는 사이, 어느새 다가온 수호가 조성호에게 손을 내밀었다.

"기왕 이렇게 됐으니…… 여기서도 잘 부탁한다."

뺨을 긁적거리던 조성호가 말없이 손을 맞잡았다.

뭐…… 나쁘지 않은 거래였다.

* * *

"와, 조성호가 그 셋을?"

"처음 봤을 때부터 진짜 포스가 장난 아니더라니."

"걔 어릴 때부터 유도 배워서 동네에선 유명했대."

"나도 유도나 배울까?"

이은철 일당 전원이 병원에 실려 갔다는 소리에 교실 분위기는 후끈 달아올랐다.
특히 같은 학교 출신을 보호하다 싸움이 붙었다는 이유로 조성호는 영웅 취급을 받았다.
새 학년의 시작이라 다들 어색한 사이면서도 그 주제로 시끄러운 가운데, 수호는 혼자서 멍하니 창밖을 바라보았다.
어느덧 방과 후가 얼마 남지 않아 하늘이 노랗게 물들어 가고 있었다.
어째서인지 자꾸만 하품이 흘러나오려 하는 걸 억지로 참았다.
'……따분해.'
지루하다.
요즘은 영문도 없이 하품이 나오고 지루함을 느끼는 순간이 많아졌다.
뭔가.
뭔가 좀 더 가슴이 뛰고 놀라운 일들을 많이 알고 있었던 것 같은 아련한 느낌.
그런 느낌이 들 때마다 수호는 지루함을 견딜 수가 없었다.
드르륵-
교실 문이 열렸다.
아이들의 시선이 일제히 교실 뒤쪽으로 쏠렸다.
조성호는 별 반응 없이 자리로 가 앉았다.
오-
얼굴에 상처가 가득한 조성호를 바라보는 아이들의 시선에 선망의 눈빛이 어리었다.

이제 교실의 주인은 이은철에서 조성호로 바뀌었다.

"얘, 얘."

여전히 창밖 외에는 아무런 관심을 보이지 않고 있던 수호의 등을 누군가 콕콕 찔렀다. 돌아보니 단정하게 생긴 여학생 하나가 말을 걸어왔다.

"너 도와준 친구가 저렇게 돼서 왔는데 인사도 안 할 거야?"

"……했어."

"아, 응."

수호가 딱 잘라 말하자 민망한지 여학생은 황급히 교과서를 펼쳤다.

수호는 다시 창밖을 바라보았다.

'지루해.'

해가 저물어 가고 있었다.

* * *

하교 시간.

모두가 바쁘게 밖으로 나가려는 가운데, 수호만이 창가에 서서 운동장을 바라보았다.

학생들이 줄지어 교문을 나서고 있었다.

혼잡한 것은 좋아하지 않는다.

그런 점이 아빠를 쏙 빼닮았다고 엄마는 늘 웃으며 이야기했다.

도서관에서 빌린 책을 보다가 이제 슬슬 갈까, 하고 고개를 들었더니 이미 교실에는 아무도 없었다.

수호는 느긋하게 가방을 챙긴 뒤 어깨에 멨다.

여유도 좋지만 이 이상 시간을 지체하면 분명 저녁 시간에 늦게 될 거고, 그러면 어머니의 분노와 맞서야 한다.

거기서 끝나면 그나마 다행.

어머니께서 분노하셨다는 소식이 아버지의 귀까지 들어가면…….

'윽, 상상해 버렸다.'

갑자기 소름이 돋은 수호가 고개를 절레절레 흔들었다. 아버지가 몇 세가 되시면 좀 덜 겁나게 될까?

아버지가 노인이 된다고 해도 절대 이길 수 있을 것 같지가 않았다.

몸서리치던 수호가 얼른 달려가 닫혀 있는 교실의 뒷문을 열려고 하는 순간.

'문이…… 안 열려?'

단순히 문이 잠긴 것뿐이라면 다른 사람도 아닌 자신이 이렇게 힘을 주고 있는데도 꿈쩍도 하지 않을 수가 없다.

문은 마치 처음부터 거기 있었던 벽면처럼 미동이 없었다.

'뭐지?'

눈을 동그랗게 뜬 수호가 이번에는 교실 앞문으로 달려가 손잡이를 잡았다.

앞문도 마찬가지.

놀란 수호는 창가로 달려가 밖을 내다보았다.

그러자 믿기지 않는 광경이 눈앞에 펼쳐졌다.

교문을 빠져나가는 학생들, 운동을 하고 있는 학생들, 차도를 지나는 차, 그 옆의 인도를 지나는 사람들, 그리고 심지어는 공중에 띄워진 공까지.

전부 멈춰 있었다.

'어떻게 이런 일이……?'

양 주먹을 말아 쥔 수호는 온 힘을 다해 창문을 내려쳤다.

텅!

그러나 창문이 깨지기는커녕 힘껏 내려친 손이 고무라도 친 것처럼 다시 뒤로 튕겨 나왔다.

'……!'

그때였다.

창가에서 물러난 수호가 뒷걸음질 치며 어떻게든 머릿속으로 상황을 정리해 보려 노력하고 있을 때.

그것이 나타났다.

수호는 갑작스레 교실 뒤편에 나타난 둥근 형태의 검은 구멍을 보았다.

처음엔 배구공쯤 되는 크기였던 구멍은 점점 넓어지더니 금세 사람이 들어갈 수 있을 만한 크기로 바뀌었다.

빨려 들어가고 말 것 같은 짙은 어둠의 문.

평범한 아이라면 충분히 겁에 질리고도 남을 만한 일이건만, 수호는 울거나 비명을 지르는 대신 자신의 가슴에 손을 얹었다.

두근, 두근, 두근.

흥분한 심장이 거칠게 박동하고 있었다.

어쩌면.

어쩌면 자신은 오래전부터 이런 일을 기대하고 있었는지도 모른다.

'엄마는 항상 내가 아빠를 닮았다고 했었지.'

만약 아버지였다면…… 이럴 때 어떻게 움직였을까?

답은 나와 있었다.

두근, 두근, 두근.

심장이 발을 옮기고 있었으니까.

게이트 앞에 선 수호가 표면으로 손을 내밀었다.

지직, 지직.

가벼운 전기가 이리저리 튀었으나 통증은 조금도 없었다.

아니, 도리어 게이트 앞에 서고 나니 오래전에 떠났던 고향에 돌아온 것처럼 기분이 편해졌다.

왠지 전에도 이런 곳을 드나들었던 것 같은 묘한 기시감.

수호는 천천히 심호흡했다. 미친 듯 날뛰던 심장이 안정을 찾으며 머리가 맑아진다.

좋아.

수호의 얼굴에 짧은 미소가 스쳐 지나갔다.

순간.

수호는 주저 없이 안으로 뛰어들었다.

4.

수호는 터널 같았던 긴 어둠을 지난 뒤 주위를 둘러보았다. 오래되어 보이는 건물의 복도 안이었다.

주위를 밝히는 불빛이라고는 한쪽 벽면에 걸린 횃불 한 개뿐.

'이게 대체……?'

어두운 조명 탓에 가늘어진 눈으로 주변을 돌아보았다.

퇴로는…… 차단되어 있었다.

뒤를 가로막고 있는 단단한 벽을 더듬어 보던 수호는 고개를 저었다. 벽의 뒤쪽으로도 빈 공간은 느껴지지 않았다.

'앞으로 가는 거 말고는 길이 없네.'

횃불이 일렁인다.

수호는 벽면에 걸린 횃불을 빼 들고는 앞을 밝혔다.

그러자.

"와-!"

양쪽 벽면에 가지런히 진열된 무기들이 눈에 들어왔다.

장검, 단검, 활, 창, 철퇴 등등.

정말로 다양한 무기들이 고요한 어둠 속에서 주인을 기다리고 있는 것처럼 끝도 없이 늘어서 있었다.

넋을 놓고 무기들을 둘러보던 수호는 마른침을 꿀꺽 삼켰다.

여기 이렇게 무기들이 놓여 있는 까닭은 뭘까?

뻔했다.

'선택…….'

수호의 눈빛이 그 어느 때보다 신중해졌다.

자신이 이곳으로 옮겨진 까닭은 모르겠지만 만약 이 길의 끝에 출구가 있다면 여기서 고른 무기는 든든한 동반자가 되어 줄 것이다.

그런데 이상했다.

이 고양되는 기분은 뭐지?

친구들과 같이 뛰어놀 때나 그들이 추천해 준 게임을 할 때도 뛰지 않던 심장이 쿵쾅거리기 시작했다.

무기들을 살피는 수호의 눈이 설렘으로 빛났다.

'좋아…….'

진열된 무기들을 끝까지 다 살펴본 수호는 반대 방향으로 돌면서 한 번 더 꼼꼼히 돌아보았다.

몇 가지 후보들이 눈에 띄었지만 역시나 '그것'보다 나은 건 없었다.

뒤쪽 벽면에 횃불을 건 수호가 조심스럽게 '그것'을 양손에 착용해 보았다.

철컹, 철컹.

처음부터 자신을 위해 만들어진 것처럼 손에 꼭 맞는 강철 건틀릿.

숙련도가 필요한 다른 무기들과 다르게, 두 손은 언제나 수호에게 가장 익숙하고도 가장 강력한 무기였다.

'이거다.'

수호는 건틀릿이 마음에 드는지 쫙 편 손가락을 하나씩 접어 보았다.

그러자.

화륵!

전방의 횃불들에 일제히 불꽃이 올라왔다.

길고 긴 복도.

마치 오래된 성의 비밀 통로 같은 길이 끝없이 안쪽으로, 안쪽으로 뻗어 있었다.

곧 뭔가가 시작되려 한다.

수호는 뛰는 가슴을 진정시키며 앞으로 나가려다가 문득 건틀릿 옆에 배치된 단검들에 눈길이 갔다.

그러나 그것도 잠시.

'……저렇게 약해 보이는 무기를 누가 써?'

천천히 걸음을 옮기는 수호 뒤로 남겨진 한 쌍의 단검이 어쩐지 슬퍼 보였다.

* * *

수호는 조심스럽게 복도를 걸어 나갔다.

"거기 누구 없어요?"

소리쳐 누군가를 불러 보기도 했지만 돌아오는 대답은 없었다. 아니, 인기척 자체가 아예 없었다.

얼마나 걸은 걸까?

지칠 만도 하건만 수호는 여전히 감각을 곤두세운 채 주변 경계를 늦추지 않았다.

타닥타닥 불똥을 튀기는 횃불들과 고풍스러운 건물 양식, 그리고 벽면을 빽빽하게 채우고 있는 갑옷 장식들.

'무슨 성의 지하 같은 곳인가?'

수호는 갈수록 이곳이 어디인지, 또 자신이 왜 이곳으로 불려 왔는지 더 궁금해졌다.

그런데.

'가만.'

뭔가 오싹함을 느낀 수호가 길을 돌아가 한 갑옷 장식 앞에 섰다.

이상하게 이 갑옷 장식의 자세가 방금 지나쳐 갔을 때와는 조금 달라 보였다.

'이거…… 아까도 이렇게 검을 위로 쳐들고 있었던가?'

분명 아까는 검 끝이 바닥을 향해 있었는데.

수호가 고개를 갸웃거리며 한 걸음 내디딘 순간, 갑옷 장식의 검이 일직선으로 떨어져 내렸다.

캉!

급히 건틀릿으로 검을 쳐 내지 않았다면 검이 수호의 머리를 두 조각으로 나눴을 것이다.

"뭐야?"

검을 떨어뜨린 갑옷은 수호가 놀랄 틈도 주지 않고 수호의 목을 조르려고 덤벼들었다.

쾅! 쾅! 쾅!

수호의 건틀릿이 다급하게 수차례 굉음을 냈고.

투구가 박살 낸 갑옷 장식이 움직임을 멈췄다.

"헉, 헉, 헉."

쓰러진 갑옷 장식을 발끝으로 밀어내며, 수호는 가쁜 숨을 몰아쉬었다. 다행히 피해는 전혀 없었지만 심장이 폭발할 듯 날뛰었다.

잠깐.

만약 움직이는 갑옷 장식이 이거 하나만이 아니라면?

그리고 그들 모두가 나에게 적의를 가지고 있다면?

이제까지 무심코 지나쳤던 갑옷 장식들이 머릿속을 스쳐 지나갔다.

그들만이 끝이 아니다. 당장 눈앞에도 있고, 앞쪽의 길도 전부 장식들로 가득하다.

아니나 다를까.

철컥, 철컥.

갑옷 관절들이 삐걱거리는 소리와 함께.

하나둘, 갑옷 장식들이 장식대에서 내려서기 시작했다. 그들 손에 들린 무기들이 시퍼렇게 빛났다.

"아……."

나도 철퇴를 골랐어야 했나.

수호는 밀려드는 약간의 후회를 속으로 삼키며 두 주먹을 불끈 쥐었다.

갑옷 장식들이 수호를 향해 달려든 것은 그 직후의 일이었다.

* * *

쾅!

마지막 갑옷 장식을 쓰러뜨리자 그 소리가 또다시 들려왔다.

[레벨이 올랐습니다!]

[레벨 : 19]

"후-."

몸을 기역 자로 숙이고 있던 수호가 숨을 크게 내뱉고는 상체를 일으켰다. 메시지가 들린 후에는 이상하게도 피로감이 싹 가신다.

그것뿐만이 아니다.

호흡을 가다듬은 수호가 정권을 내질렀다.

슉-!

주먹이 총알처럼 튀어 나갔다. 몸 전신에서 불가사의한 힘이 흘러넘친다.

"알겠다."

단순하다.

이 살아 움직이는 갑옷 괴물들을 쓰러뜨리면 레벨이 올라가고, 레벨을 올린 만큼 나는 더 강해진다. 당연히 더더욱 쉽게 괴물들을 쓰러뜨릴 수 있게 된다.

간단하고 강력한 선순환.

수호는 지금까지 자신이 걸어온 복도를 뒤돌아보았다.

제 형태를 알아보기 힘들 정도로 망가진 갑옷들이 곳곳마다 수북이 쌓여 있었다.

수호는 입맛을 다셨다.

'아쉽다…….'

조금 더 레벨을 올릴 수 있었으면 좋았을 텐데.

조금 더 강해지고 싶은데.

그러나.

모든 길에는 끝이 있다.

수호는 자신의 눈앞에 놓인 거대한 문을 바라보았다.

레벨이 올라가면서 훌쩍 성숙해진 감각이 안에 있는 강력한 존재를 감지하고 있었다.

그렇기에 성장이 더더욱 아쉬운 것이다.

아버지에게 배운 것처럼 눈을 감고 잠시 심호흡을 해 보던 수호가 곧 양손으로 문을 밀었다.

끼이익-

육중한 문이 움직였다.

안쪽은 왕궁의 거대한 방 같은 곳이었다.

좌우 빽빽이 늘어서 있는 기둥들을 따라가다 보니 가장 깊숙한 곳, 높은 왕좌가 설치된 장소까지 다다랐다.

수호는 일순간 긴장감에 몸이 굳어졌다.

왕좌 위 괴물 갑옷이 하나 앉아 있었다.

그런데 이놈, 지금까지 상대해 왔던 괴물들과는 차원이 다른 강함이 느껴졌다.

'저거다…….'

문 바깥에서 느낄 수 있었던 소름 돋는 존재.

그 괴물이 천천히 일어서더니 왕좌 밑 계단을 한 걸음씩 내려왔다.

검은 기사.

투구에 붉은 깃을 단 검은 기사가 완전히 바닥에 내려섰다.

언뜻 느껴지는 기운만으로도 살이 떨려 온다.

하지만.

어째서인지 수호는 웃음이 나왔다. 온몸의 털이 곤두설 만큼 짜릿짜릿한 기분이 전신을 휘감았다.

스릉.

기사가 검을 뽑기 시작했다.

저 검이 나오기 전에, 내가 선수를 친다.

수호가 내달리려 한 순간.

이미 검은 기사는 코앞까지 다가와 있었다. 그가 휘두른 검이 번쩍 하고 검광을 뿜었다.

"……어?"

눈부신 빛이 시야를 물들였다.

* * *

"헉!"

수호가 벌떡 몸을 일으켰다.

잔뜩 긴장한 채로 사방을 둘러보았지만 그 검은 기사는 없었다. 아니, 오히려 그놈이 있던 방도 아니었다.

어느새 이동을 시작했던 지점으로 돌아와 있었다.

'뭐지?'

다리에 힘이 탁 풀린 수호가 주저앉았다.

'죽는 줄 알았네.'

기사가 검을 뽑던 순간을 떠올리면 아직도 섬뜩했다.

정말로 죽는 줄 알았다.

"그나저나 그 길을 또 가야 하는 건가?"

불만과 함께 자리에서 일어나던 수호는 처음과 달라진 부분을 깨닫는다.

시작점에 놓여 있던 횃불.

화르륵.

그중에서 딱 세 개 있던 푸른색의 횃불 중 하나가 꺼진 걸 발견했다.

이게 우연일까?

아니.

시작점 이전에 있던 무기들, 괴물을 잡으면 올라가는 레벨, 레벨 숫자만큼 강해지는 신체.

어느 것 하나 우연은 없었다.

작은 깨달음이 수호의 머릿속을 스쳐 지나갔다.

'죽는 줄 알았던 게 아니라…….'

이 괴상한 장소 안에는 고통이나 죽음의 개념이 없는 대신 푸른 불꽃이 기회를 대신한다.

세 개의 불꽃이 모두 꺼지면…… 어떠한 결과가 발생할지 지금으로선 예상조차 힘들었다.

'그렇다면.'

좀 더 신중하게.

수호의 눈빛이 처음 출발할 때보다 훨씬 더 매서워졌다.

한 번 더, 이번엔 기회를 놓치지 않겠다.

쾅!

수호는 자신에게 덤벼드는 괴물 갑옷을 날려 버리며 다짐했다.

* * *

"으아아아아! 으아아아아!"

다시 출발 지점으로 돌아온 수호가 바닥을 데굴데굴 굴러다녔다.

물론 아파서는 아니다.

또 한 번의 기회를 허무하게 날려 버린 것이 분해서였다.

바닥을 탕탕 치는 수호의 눈가에 그렁그렁 눈물까지 맺혔다.

그만큼 속이 많이 상했다.

어느 정도 분을 삼킨 뒤, 슬쩍 고개를 들어 보니.

역시나 푸른 불꽃의 개수가 하나 더 줄어 있었다. 이제 마지막 하나 남았다.

'그 검은 기사, 너무 세잖아!'

반칙, 오버 밸런스라고 말할 수밖에 없을 정도로 너무 큰 격차가 났다.

이대로는 절대 그놈을 이길 수 없다.

"으아아아아!"

수호는 다시 바닥을 데굴데굴 굴러다녔다.

그러기를 한참.

굴러다니기도 지친 수호가 벽에 기대어 통로 쪽을 바라보았다.

어디서들 그렇게 불러 모으는지, 갑옷들은 다시 나타나 그 자리를 지키고 있었다.

"너네는 지겹지도 않냐?"

이번이 세 번째 보는 것이다 보니 이제는 갑옷 괴물들이 반갑기까지 한 수호였다.

"하아-."

수호는 땅이 꺼져라 한숨만 푹푹 쉬다가.

"어?"

머릿속에 스파크가 튀었다.

수호의 고개가 다시 갑옷 괴물들을 향했다.

'재네들 언제 다시 나타난 걸까?'

처음에는 단순히 자신이 출발 지점으로 돌아왔기 때문에 다시 나타난 것이라고 생각했다.

하지만 그게 아니라 일정 시간이 되어서 재생성된 것이라면?

두근.

두근, 두근, 두근.

한 줄기 빛이 보이기 시작했다.

'일단 해 보자.'

수호는 입구 쪽의 갑옷 괴물들을 두들겨 패서 부숴 버리고는 다시 시작 지점으로 가 기다렸다.

등을 벽에 기대고 앉아 괴물들의 변화를 관찰했다.

얼마쯤 시간이 지나고.

퍼석, 퍼석.

죽은 갑옷 괴물들이 하나씩 모래로 변하더니 땅으로 흡수되었다.

그리고.

수호의 눈이 커졌다.

'……!'

그 녀석들이 서 있던 장식대 위에 다시 모래들이 뭉치며 새것 같은 갑옷 장식이 생겨났다.

"됐어!"

수호가 두 주먹을 움켜쥐었다.

이게 정답이었다.

레벨업을 도울 수 있는 이 유일한 존재들은 고맙게도 일정 시간이 지나면 리스폰 된다.

그러면 그 끔찍한 검은 기사의 움직임에 다다를 수 있을 때까지 이 녀석들을 신물 나게 때려잡기만 하면 되는 일 아닌가?

수호가 미소를 지으며 자리에서 일어났다.

불똥이 튀고 있는 수호의 두 눈에, 괴물 갑옷들이 움찔 몸을 떨었다.

* * *

레벨 70.

그 이상은 아무리 사냥을 반복해도 레벨이 오르지 않았다.

하지만 그걸로도 충분했다.

수호의 어깨 위에서 서서히 검은 오러가 피어올랐다.

수호는 아직 그 검은 아지랑이의 정체를 몰랐지만 이것 하나만큼은 알 수 있었다.

온몸에 주체하기 힘들 정도의 에너지가 흘러넘치고 있다는 사실.

수호는 검은 기사가 기다리고 있는 방의 문을 벌컥 열었다.

이전 두 번의 전투와 달리 이번엔 검은 기사가 문 근처까지 마중나와 있었다.

수호가 씩 웃었다.

"오래 기다렸지?"

검은 기사는 대답 대신 검을 뽑아 들었다.

어째서인지.

검은 기사가 웃고 있는 것 같기도 했다.

레벨을 70까지 끌어올린 수호가 신체에 모여든 마력을 일순간 사방으로 방출했다.

땅이 흔들리며 돌조각이 땅 위로 솟아올랐다.

"이제 내 차례다."

5.

놈과의 거리는 30미터 정도.

'……간다.'

수호가 정신을 집중하자 일순간 주위의 시간이 급격하게 느려지며, 그동안 보이지 않았었던 것들이 하나하나 눈에 들어오기 시작했다.

검은 기사가 휘두르는 검.

그리고 '번쩍' 하며 그 검 끝에서 자신을 향해 일직선으로 날아오고 있는 푸른빛의 번개.

'저거였구나!'

뭘 해 보기도 전에 싸움의 막을 내려 버렸던 강력한 공격의 정체가 이제는 보인다.

레벨업으로 끌어올려 놓은 민첩과 감각이 극한까지 발동되었다.

정면으로 날아오는 섬광을 피하며 한 걸음 전진.

탓!

단 한 번의 도약으로 순식간에 15미터의 거리가 사라지며 놈과의 간격이 반으로 줄었다.

번쩍!

두 번째 번개가 머리 위를 아슬아슬하게 스쳐 지나간다.

일격을 시도한 뒤 곧바로 자세를 바꿔서 두 번째 공격을 날린 검은 기사의 순발력에 감탄하면서.

수호가 다음 걸음을 내디뎠다.

탓.

둘 사이에 있었던 거리가 없어졌다.

콰드득.

수호가 건틀릿을 끼고 있는 주먹을 말아 쥐었다.

'이제 내 거리다.'

흠칫, 검은 기사가 긴장한 것 같은 기운이 차가운 공기를 타고 수호의 두 뺨에 전해졌다.

자신의 능력을 이렇게 극한까지 끌어올려 준 레벨업에 감사하면서.

수호가 정권을 내질렀다.

쉬이익-!

이제는 총탄 수준을 넘어서 포탄 수준이 된 주먹이 검은 기사의 정면을 타격했다.

투쾅!

급히 검을 세로로 세워 건틀릿을 막으려 했던 검은 기사는 두 발이 붕 뜬 채로 맹렬하게 밀려났다.

콰지지지직!

검은 기사의 발끝에 닿은 바닥의 석판들이 깨져 나가며 두 줄의 기다란 홈을 만들었다.

그렇게 한참을 밀려 나가던 검은 기사가 간신히 멈춰 섰을 때.

'……!'

그는 자신의 등 뒤에 기둥이 있는 것을 깨달았다.

아뿔싸!

당황한 검은 기사가 다시 고개를 정면으로 향했다.

어느새 수호가 앞을 막고 있었다.

'설마…… 방금 전의 공격은 나를 이곳으로 몰아넣기 위해서?'

검은 기사는 상대의 기지에 크게 놀라면서도 반사적으로 검을 움직였다.

수호의 눈동자에 비친 검광이 서슬 퍼런 빛을 뿜어냈다.

일순간 호흡을 멈춘 수호가 사선으로 떨어져 내려오는 기사의 검을 건틀릿이 보호하고 있는 손등으로 쳐 낸다.

그리고 성큼 걸음을 내디디는 수호.

서로 간의 간격을 제로로 만든 수호가 다시금 주먹을 내질렀다.

이번 일격은 검은 기사의 가슴에 적중했다.

투쾅!

원래라면 나가떨어져야 했을 검은 기사를 받아 낸 기둥의 표면에 콰지지직 금이 갔다.

경악스러운 파괴력.

그러나 그런 파괴력을 지닌 공격이 단발로 끝나지 않는다는 것이 더욱더 경악할 일이다.

이윽고 수호의 공격이 연타로 쏟아졌다.

두두두두두두두두두!

흡사 주군의 스킬을 보는 것 같은 수호의 공격을 막고 쳐 내면서 검은 기사, 아니 이그리트는 속으로 연신 감탄을 터트렸다.

'이것이 아직 100퍼센트가 되지도 못한 소군주님의 힘이란 말인가?'

신적 존재와 한 몸이 된 아버지와, 한때 S급 각성자였던 과거가 있는 어머니.

두 사람 사이에서 태어난 수호의 잠재력은 이그리트가 상상했던 것 이상이었다.

콰직!

무수히 떨어지는 일격에, 강고한 갑주가 조금씩 부서져 나가기 시작한다.

속도를 한계치까지 올렸지만 공격을 다 막아 내기엔 역부족이었다.

그러다 결국.

챙강!

수호의 강공을 힘겹게 버텨 내던 검이 요란하게 부서졌다.

끝났다.

산산조각이 나 떨어져 내리는 쇳조각들을 보며 이그리트는 승부가 끝났음을 직감했다.

그러나 진우를 처음 이곳에서 만났을 때와 마찬가지로, 이번 패배 역시 이그리트의 가슴을 뛰게 만들었다.

수호는 마지막 일격을 위해 주먹에 모든 마력을 실었다.

우웅!

주변의 마나가 물결처럼 일렁이며 주변으로 퍼져 나갔다.

그리고.

투콰!

대포처럼 쏘아진 주먹은 검은 기사의 복부에 휑한 구멍을 남겼다.

기둥에 부딪힌 검은 기사가 스르륵 미끄러졌다. 그러고는 더 이상 움직이지 않았다.

'…….'

조심스럽게 검은 기사를 툭툭 건드려 보던 수호가 참고 있었던 숨을 크게 토해 냈다.

"하아!"

이겼다.

이길 수 없을 것 같았던 강한 적을 상대로 승리했다.

가슴속 깊은 곳에서부터 기쁨이 밀물처럼 몰려왔다.

하지만.

예상과 달리 상황에 큰 변화는 없었다.

'끝이…… 아닌 건가?'

천천히 주변을 돌아보던 수호는 뒤늦게 저 멀리, 왕좌가 설치되어 있는 계단 아래에 새로 생겨난 게이트를 발견했다.

수호의 눈이 커졌다.

출구!

영문이야 어찌 됐든 겨우 이 괴이한 모험을 끝낼 수 있게 된 수호의 얼굴에 미소가 번져 나갔다.

기쁜 마음으로 달려간 수호가 바로 게이트에 몸을 던졌다.

들어올 때와 같이 긴 어둠을 지나 눈을 떴더니.

"키에에에에에엑!"

"키게게겍!"

"……."

이번엔 사람만 한 크기의 인간형 개미들이 괴성을 내지르고 있었다.

* * *

"헉, 헉, 뭐 이렇게 무식한 개미들이 다 있어?"

수호는 자신이 처치한 개미들의 사체를 보면서 혀를 내둘렀다.

이상하게 어렸을 때부터 개미가 좋아서 줄지어 가는 개미 떼를 발견하면 실수로라도 밟지 않게 조심조심 걸었던 과거의 자신이 원망스러워졌다.

그 정도로 이 개미들은 지독하고 강하다는 뜻이다.

갑옷 괴물들과는 비교를 불허했다.

'그래도 그나마 위안이 되는 점을 찾는다면…….'

정체되어 있던 레벨이 개미들을 사냥하며 다시 빠르게 오르기 시작했다는 것이었다.

샤삭, 샤삭.

또 어디선가 개미들의 발소리가 들려온다.

그사이 잠깐 숨을 고르는 데 성공한 수호가 주먹을 꽉 움켜쥐었다.

콰드득.

"키엑!"

"칵!"

수호는 검은 기사를 상대할 때의 교훈을 바탕으로 동굴 구석구석을 누비며 레벨을 올리는 데 집중했다.

미로처럼 복잡하게 얽힌 동굴 속 여기저기서 개미 괴물들의 비명이 쉴 새 없이 울려 퍼졌다.

동굴 안을 얼마나 누볐을까?

'좋아…….'

더 이상 개미를 때려잡아도 레벨이 오르지 않게 되었을 때, 수호는 동굴의 마지막 방에 들어섰다.

비어 있는 거대한 방.

공동.

보스 방 안에는 빛 하나 들어오지 않았지만, 이미 인간의 감각을 아득히 넘어선 수호가 앞을 보는 데는 아무 지장도 되지 않았다.

'여기 주인은 얼마나 크길래 방이 이래?'

슬슬 걱정이 들기 시작한 무렵.

수호는 방의 끝에서 돌아서 있는 인간형 개미 하나를 보았다.

다른 개미들과 달리 날개가 달린 개미였다.

'이 방에는 저 녀석 하난가?'

공동의 분위기는 검은 기사가 있던 방과 비슷했다. 하지만 저 개미 인간은 그 기사 때와 다르게 놈이 가진 힘을 전혀 느낄 수가 없었다.

강한 건지, 약한 건지.

수호는 고개를 갸웃거리며 발소리를 죽여 조심조심 개미에게 다가갔다.

충분히 가깝다 여겨질 만큼 다가갔을 때.

그 개미가 별안간 기척도 없이 수호가 있는 쪽으로 돌아섰다.

'헉!'

수호는 움찔하며 한 걸음 물러섰다.

겁이 난 것은 아니었다. 단지 의외의 상황에 놀랐을 뿐이었다.

그도 그럴 수밖에 없는 것이.

돌아선 개미가 울고 있었다.

너무 구슬프게 울고 있어서 어차피 대화가 통하지 않는 괴물이라는 사실을 알고 있으면서도, 수호는 먼저 선공을 가할 수가 없었다.

왜일까?

사람 크기의 곤충이 두 발로 서서 눈물을 뚝뚝 흘리고 있다면 기괴함을 느끼는 것이 정상일 텐데.

왠지 모르게 그 개미를 달래 주고 싶어졌다.

그런 마음이 들었다.

그러나 측은한 마음도 잠시.

강력한 기운을 감지한 수호가 뒤로 펄쩍 뛰어 물러났다.

'……?'

마치 약한 마음을 다잡으려 하는 것처럼, 개미가 손등으로 슥슥 눈물을 훔치고 있었다.

맙소사…….

개미에게서 느껴지는 강대한 힘에 놀란 수호가 자신의 팔에 곤두서 있는 솜털들을 내려다보았다.

저 개미.

지금까지 싸웠던 개미들은 물론, 검은 기사와도 차원이 다르다.

온몸에 전율이 흘렀다.

'어……?'

드리워진 그림자에 수호가 문득 고개를 들었더니, 어느새 다가온 개미가 코앞에 서 있었다.

덩치가 두 배는 더 부풀어 오른 개미가 이윽고 끔찍한 포효를 내질렀다.

[키에에에에에에에엑!]

* * *

다행이다.

천만다행이었다.

기진맥진해 쓰러져 있던 수호는 수없이 그 생각을 되풀이했다.

날개 달린 개미는 정말 무서운 적이었다.

하지만 위험한 순간이 올 때마다 왜인지 모르게 그 개미는 공격을 하지 못하고 멈칫거렸다.

덕분에.

어려웠지만 아슬아슬하게 개미를 쓰러뜨릴 수 있었다.

"으으……."

쑤시는 삭신을 비틀며 수호가 몸을 일으켰다. 강적을 쓰러뜨린 대가로 새로운 게이트가 생성되어 있었다.

수호는 레벨을 확인해 보았다.

[레벨 : 99]

레벨은 99에서 멈췄다.

보통 99의 레벨이라면 어지간한 게임에서는 전부 만렙 취급이다.

'그러니 이제 진짜 집에 돌아갈 수 있겠지.'

기대에 부푼 수호의 심장이 쿵쿵 뛰었다. 수호는 기꺼이 다음 게이트로 뛰어들었다.

그리고 눈을 떴을 때.

"음? 음음?"

"크르르르……."

시야를 가득 채우고 있는 거인들과 드래곤들을 발견할 수 있었다.

"하……."

* * *

산 넘어 산.

수호는 거인들과 드래곤들이 쌓인 사체들의 산을 만들어 가며 벌판에 길게 이어져 있는 길을 따라갔다.

레벨은 여전히 99.

능력치가 오르지는 않았지만 많은 싸움을 거치는 동안 자신의 힘을 보다 능숙하게 다룰 수 있게 됐다. 강한 힘과 그 힘을 다루는 기술은 수호에게 커다란 자신감을 주었다.

잠시 뒤.

수호는 길의 끝에서 기다리고 있는 또 다른 검은 기사를 발견했다.

'…….'

투구 위에 붉은 깃이 있었던 검은 기사와 다르게, 그의 덩치는 몹시 컸고, 등 뒤쪽에는 부러진 날개들의 흔적이 있었다.

강하다. 어쩌면 얼마 전에 싸웠던 그 개미보다도 강할지 모른다.

하지만.

'……저 녀석은 가짜야.'

수호는 확신했다.

왜냐하면 진짜라고 생각할 수밖에 없는 존재가 바로 머리 위 상공에 떠 있었기 때문이다.

어마어마한 존재감을 느낀 수호가 고개를 쳐들었다.

그러자.

[끼악-!]

하늘을 날고 있는 비룡이 크게 울부짖었다.

그 비룡에게서 뭔가가 떨어져 내린 것은 바로 그 직후의 일이었다.

끝없이 떨어지던 인영이 가볍게 착지하자 충격으로 땅이 움푹 들어가며 흙먼지가 날렸다.

쿠웅!

수호는 침을 꼴깍 삼켰다.

'저게 진짜다…….'

얼굴을 알아볼 수 없도록 후드를 뒤집어쓰고 있는 누군가에게선 숨이 막힐 정도의 압박감이 느껴졌다.

그가 내려서자, 검을 뽑으려 했었던 뒤쪽의 기사가 행동을 멈추고 몇 걸음 뒤로 물러났다.

마치 자신은 더 이상 이 싸움에 참견하지 않겠다는 것처럼.

'역시 진짜는 이쪽이었어.'

수호는 숨 막히는 압박감에 떨리고 있는 다리에 힘을 주었다.

괴물이 아니라 사람이 나타난 건 처음이다.

"저기요!"

그에게 말을 붙여 보았으나 후드 아래로 드러나 있는 입술은 미소만 짓고 있을 뿐 대답을 돌려주진 않았다.

"아 진짜……."

말을 붙이려다 포기한 수호가 무언가를 발견하고는 눈을 둥글게 떴다.

'저건……?'

처음으로.

적을 쓰러뜨리기도 전에 먼저 게이트가 생성되어 있었다.

위치는 그 후드 사내의 뒤였다.

'그렇다는 얘기는…….'

아마도 이번이 마지막.

저 남자만 쓰러뜨리면 집으로 돌아갈 수 있다.

그런 결론이 든 순간.

몸이 움직였다.

극한까지 치솟아 있는 능력치와, 능력치들을 감당할 수 있을 만큼 성장한 전투 능력.

두근, 두근!

폭발할 것처럼 날뛰는 박동을 느끼면서.

탓! 탓! 탓!

음속을 넘어선 수호가 순식간에 사내의 앞으로 쇄도했다.

적은 코앞.

결코 피할 수 없는 거리에서, 막아도 견디지 못할 주먹이 사내의 얼굴을 향해 쏘아졌다.

그러나 사내는 슬쩍 얼굴을 뒤로 빼는 것만으로 너무도 쉽게 공격을 흘려보냈다.

그때.

수호는 느려진 시간 속에서 후드 아래로 살짝 드러난 사내의 맨 얼굴을 보았다.

"……아빠?"

사내는 피식 웃었다.

"아직 물러."

커진 수호의 눈에, 빛보다 빠르게 다가오는 사내의 손바닥이 보였다.
수호는 눈을 질끈 감았다.
곧 빛이 시야를 뒤덮었다.

* * *

"헉!"
의자에서 벌떡 일어난 수호가 주위를 두리번거렸다.
교실.
방과 후의 한적한 공기가 물씬 스며들어 있는 교실 안이었다.
수호는 식은땀에 젖어 있는 이마를 닦아 냈다.
'별 이상한 꿈도 다 있네.'
게임을 너무 많이 했나?
이상한 던전을 헤매다가 간신히 만난 최종 보스가 아빠라니.
어디서 말하지도 못할 창피한 개꿈이다.
꿈이라 정말 다행이었다.
안도의 한숨을 내쉬며 돌아서는 수호의 눈앞에 얼음처럼 굳어 있는 여학생 하나가 보였다.
자고 있던 수호가 갑자기 일어나는 바람에 놀란 모양이었다.
어색한 분위기를 무마시키기 위해서 수호가 먼저 말을 걸었다.
"집에 안 가?"
자세히 보니 뒷자리에서 등을 쿡쿡 찌르며 말을 걸어왔던 그 여학생이었다.
"나 주번이라…… 문단속하고 가야 돼서……."

떠듬떠듬 말을 잇는 여학생에게 수호가 대수롭지 않게 말했다.

"도와줄까?"

"어?"

미처 생각하지 못했던 제의에 당황하던 여학생이 부끄러운 듯 고개를 끄덕였다.

"……그래."

* * *

같은 시각.

같은 학교의 옥상 위에 진우와 베르, 이그리트가 서 있었다.

이그리트가 말했다.

[주군……. 이제 소군주님께 힘을 돌려주셔도 되지 않겠습니까?]

전에도 몇 번 테스트를 했었지만, 수호가 진우에게 도달한 것은 이번이 처음이었다.

이그리트는 훌륭히 시험을 치러 낸 수호에게 합격점을 주고 싶었다.

그러나 진우는 입가에 미소를 띤 채로 대답했다.

"내가 가진 힘만 믿고 처음부터 용제와 맞붙으려 했다면 우리가 이길 수 있었을까?"

이그리트는 고개를 저었다.

진우가 수호에게 가르치고 싶었던 것은 그거였다.

아무리 강한 힘을 가지고 있더라도 승리가 보장되지 않는 상황에선 도망칠 수도 있어야 한다는 사실.

강한 적을 상대로 아무 계산 없이 무턱대고 덤벼드는 것은 용기가 아니다.

'어리석은 만용이지.'

이길 수 없다는 사실을 느끼고 있으면서도 수호는 자신에게 도전해 왔다. 용기는 가상하지만 아버지의 입장에서는 걱정되는 결과였다.

아직은.

그래, 아직은 이르다.

하지만 수호는 똑똑한 아이기에 머지않아 알게 될 것이다.

상황에 맞춰 힘을 사용하는 방법을.

[소군주님…….]

베르는 자신이 그려진 낡은 도화지를 보며 또 눈시울을 붉히기 시작했다.

툭툭.

풀 죽어 있는 베르의 어깨를 두드려 준 진우가, 난간으로 다가가 학교 아래를 내려다보았다.

같은 반 여학생과 함께 교문을 나서는 아들의 뒷모습이 보였다.

턱을 괴고 수호를 바라보던 진우가 피식 웃으며 말했다.

"오늘은 간만에 가족끼리 외식이라도 할까?"

6.

−전국을 떠들썩하게 만들었던 형제 사기단의 황동석, 황동수 형제가 오늘 검거된 가운데…….

삑-

뉴스가 흘러나오던 강력계 사무실의 TV가 꺼졌다.

리모컨을 내려놓은 진우가 외투를 챙기며 자리에서 일어나자, 옆자리서 남은 서류 작업을 처리하고 있던 세환이 물었다.

"어? 형님, 가시게요?"

"오늘은 볼일이 좀 있어서 먼저 들어가 볼게."

"예입."

장난스럽게 경례하는 파트너에게 미소로 답해 준 진우가 사무실을 빠져나갔다.

세환은 진우의 뒷모습을 지켜보다가 팔짱을 끼며 웃었다.

"참 이상하네. 형님, 매년 이날만 되면 퇴근이 이르단 말이지."

가만.

벽면에 걸려 있는 달력을 지켜보고 있던 세환의 뇌리에 문득 어떤 결론이 스쳐 지나갔다.

"그렇구나, 오늘이……."

* * *

얼굴 곳곳에 시꺼먼 검댕이 묻은 백윤호가 한숨을 내쉬었다.

"후-."

방금 막.

인근 주택가까지 번지려 했던 대형 산불을 막았다.

50대가 넘는 소방차와 소방 헬기, 그리고 800명의 소방 인력이 동원되어 이룬 쾌거였다.

백윤호가 주변을 둘러보았다. 탈진한 동료들이 여기저기 쓰러져 있거나 주저앉아 있었다.

그러나 누구 하나 표정이 어두운 이는 없었다.

몇몇은 눈이 마주치자 씩 미소를 짓거나, 엄지를 보이기도 했다.

그럴 때면 백윤호도 엄지를 척 들었다.

아무도 죽거나 다치지 않고 불길을 잡아냈다. 이런 대형 화재 현장에서는 기적 같은 일.

밤새 불길과 씨름했던 탓에 다들 기진맥진한 가운데서도, 그들은 서로를 표정으로 격려하며 각자 승리를 자축했다.

백윤호도 기쁜 마음이었다.

그때.

“아, 차가워.”

목에 닿은 냉기에 화들짝 옆을 돌아보니, 성일환 지휘대장이 차가운 생수가 담긴 병을 들고 서 있었다.

“감사합니다.”

꾸벅 인사한 백윤호가 생수병을 받아 들었다. 성일환도 그 옆에 앉아 다른 생수로 목을 축였다.

백전노장.

혹은 명장(名將).

어떻게 불려도 이상할 것 없는 성 대장은 오늘 현장에서도 역시 독보적인 존재감을 발휘했다.

백윤호는 언제나 성일환과 같은 팀이라는 사실이 자랑스러웠다. 그의 얼굴에 묻어 있는 검댕들조차 훈장처럼 느껴졌다.

‘나도 언젠가는…….’

그렇게 존경하는 선배의 얼굴을 곁눈질하던 백윤호는 남은 생수를 자신의 머리 위에 들이부었다.

"푸하."

이제 좀 살 것 같다. 가득 찼던 열기가 머리 위에서부터 씻겨 나가는 기분이었다.

그러다.

"아."

문득 과거의 한 장면이 백윤호의 머릿속을 스쳐 지나갔다.

그때 보았던 옆얼굴!

"대장님!"

성일환이 눈을 동그랗게 뜨고 있는 백윤호를 돌아보았다.

"응?"

백윤호가 말을 이었다.

"왜 있잖습니까, 3년 전 대성 빌딩에서 났던 대형 화재……. 기억하시죠? 우리 팀도 갇혀서 다 죽을 뻔했던 거."

"기억하지."

그때 의식을 잃어 가고 있었던 성일환과 팀원들은 거짓말처럼 나타난 누군가의 도움으로 살아남을 수 있었다.

고립된 소방관들을 구한 의문의 사나이는 그대로 자취를 감춰 버려, 소방관들이 단체로 환각을 본 것이 아니냐는 얘기가 나오기도 했다.

"사실 제가 기절하기 직전 잠시 그 사람 옆얼굴을 봤었거든요."

"그래?"

"네, 그런데 그게 꼭……."

그러나 백윤호는 말을 더 이을 수 없었다.

성일환이 물과 함께 가져왔던 빵의 봉지를 뜯어 백윤호의 입에 물려 줬기 때문이었다.

"읍, 읍."

백윤호는 빵을 우물거리며 고개를 갸웃거렸다.

"대장님?"

성일환은 별다른 대꾸도 없이 다른 빵을 베어 물며 싱긋 웃었다.

열기에 지친 소방관들의 머리를 식혀 주려는 듯.

어디선가 시원한 바람이 한 줄기 불어와 그들의 머리카락을 가볍게 흔들고 지나갔다.

*　*　*

어느 고층 빌딩 최상층에 위치한 회의실의 안.

"대표님?"

"……."

"대표님, 괜찮으십니까?"

유진호는 자꾸만 하늘로 치솟는 입꼬리를 간신히 억눌렀다.

"네, 괜찮습니다. 그럼……."

앞에 놓인 서류를 뒤적거리던 유진호가 고개를 들어 올리자, 회의실을 가득 메우고 있는 직원들의 얼굴이 보인다.

유진호는 쑥스러운 듯 씩 웃으며 물었다.

"우리 어디까지 얘기했었죠?"

"……."

회의가 진행되는 30분 동안 자신들의 보스가 아무것도 듣고 있지 않고 있었다는 사실을 깨달은 직원들의 표정이 잠시 굳어졌지만…….

이내 차분한 분위기로 다시 회의가 재개되었다.

"우리 회사에서 출시되는 가상현실 게임의 타이틀을 정해야 한다고 말씀드렸습니다."

"아, 그랬었죠."

고개를 끄덕거리던 유진호가 그만 더 이상 참지 못하고 벌떡 일어나 직원들에게 소리쳤다.

"여러분, 우리 와이프가 아이를 가졌습니다! 벌써 6주랍니다!"

그 얼굴엔 주체할 수 없는 기쁨이 흘러넘쳤다.

회의실 안에 정적이 흘렀다.

그러나 그것도 잠시.

곧 서류들이 날아다님과 동시에 직원들의 환호성이 터져 나왔다.

"축하합니다, 대표님!"

"축하합니다!"

"드디어 우리 대표님도 아버지가!"

유진호는 자기 일처럼 기뻐 날뛰는 직원들과 하이파이브를 하면서 회의실 내부를 한 바퀴 돌았다.

사랑스러운 아내, 곧 태어날 아이, 연이어 대박을 치고 있는 자신의 게임 개발 회사.

세상은 어쩜 이리도 아름다운지.

'헛!'

세리머니 도중 강력한 영감을 얻게 된 유진호가 책상으로 올라가 자신 있게 선언했다.

"뷰티풀 월드!"

당연히.

직원들의 시선이 모두 유진호에게 모였다.

"예?"

귀를 의심하고 있는 직원들에게, 유진호는 친절히 그들의 청력이 잘못되지 않았음을 증명해 주었다.

"우리 신작 게임 타이틀 말입니다! '뷰티풀 월드'로 하겠습니다!"

기쁨이 넘치던 회의실 안에 다시금 정적이 일었다.

"……진심이십니까?"

유진호는 조금의 망설임도 없이 대답했다.

"물론이죠. '뷰티풀 월드'야말로 완벽에 가까운 가상현실을 구현할 우리 게임에 딱 맞는…… 아, 왜들 이래요? 잠깐, 잠깐만! 나 떨어져요!"

필사적으로 자신을 책상에서 끌어 내리려 드는 직원들과 몸싸움을 하던 유진호가 문득 창가를 바라보았다.

'어라, 뭔가 지나간 거 같은데?'

그러나 곧 자신을 둘러싼 직원들의 성화에 십자포화당하며, 무언가를 본 것 같은 느낌은 머릿속에서 금방 지워졌다.

"대표님, 다시 한번 생각을……."

"이번 게임에 우리 회사의 명운이 걸려 있단 말입니다!"

"진짜 '뷰티풀 월드'는 아니지 않습니까?"

"해도 너무 하시잖아요!"

비록.

자신의 작명 센스가 직원들에게 무참히 거부당하며 온갖 치욕을 받고 있긴 했어도 유진호는 마냥 행복했다.

하하.

그래, 작명 좀 못 하면 어떠냐?

세상은 이렇게 아름다운걸.

유진호는 햇살이 내리비치는 창을 바라보며 속으로 중얼거렸다.

'그럼 아이 이름은 진우 형님께 부탁해 볼까?'

* * *

[아진 소프트 유진호 대표, 재벌 승계를 거부한 젊은 기업가의 기적 같은 성공 신화!]

스각, 스각.

유진 건설의 회장실 안에서 신문 기사를 오려 내는 가위질 소리가 부지런히 이어졌다.

스크랩 작업을 끝낸 유명한 회장이 고개를 들었다.

"다른 기사는 더 없나?"

한 손 가득 신문을 들고 있던 김 비서가 고개를 가로저었다.

"……알겠네."

스크랩북을 덮는 유명한 회장의 얼굴에는 못마땅한 기색이 가득했다.

"기껏 만들어 준 자리를 때려치우고 나가서 세운다는 게 게임 회사라니…… 쯧쯧."

김 비서는 물끄러미 책상 구석을 바라보았다.

그곳엔 유진호의 기사만을 찾아내 오려 낸 신문들이 수북이 쌓여 있었다. 그것도 전부 회장님께서 손수 혼자서 작업한 신문들이었다.

'…….'

김 비서는 가슴 깊숙한 곳에서 올라오는 웃음을 참기 위해 잠깐 헛기침을 했다.

그때.

회장님의 고개가 창가로 돌아갔다.

"……?"

창가로 걸어간 김 비서가 밖을 내다보며 물었다.

"왜 그러십니까, 회장님?"

"아니…… 아닐세."

이곳은 마천루의 꼭대기.

뭔가가 근처를 지나갔을 리 없다. 아니, 지나갔다고 해도 작은 새나 그 비슷한 무언가이리라.

고개를 절레절레 젓던 유명한이 스크랩북을 김 비서에게 건넸다. 공손히 받아 든 김 비서가 그걸 회장실의 책장에 꽂아 넣었다.

벌써 네 개째.

본인과 김 비서 외엔 아무도 알지 못하는, 유명한 회장의 소중한 비밀 컬렉션이 차곡차곡 늘어 갔다.

* * *

평화로운 하굣길.

수호는 어느새 친해진 같은 반 여학생과 함께 책가방을 누가 들지 정하는 중요한 승부 중이었다.

"가위, 바위……."

여학생의 진지한 얼굴이 승부에 무게감을 더한다.

곧 결판의 시간이 오고.

"보!"

여학생은 묵을, 원래 빠를 내려던 수호는 그걸 보고 동작을 바꾸어 찌를 만들었다.

평범하지 않은 동체 시력과 운동 신경의 합작품이었다.

"아싸!"

승리에 기뻐하던 여학생이 뿌듯한 표정으로 자신의 책가방을 내밀었다. 수호는 피식 웃으며 그녀의 가방을 다른 어깨에 짊어졌다.

"너 진짜 가위바위보 못한다."

"그러게."

"남자가 가위바위보를 그리 못해서 어디다 쓸래?"

"너한테 배우지, 뭐."

양쪽 어깨에 하나씩 책가방을 멘 수호가 웃으며 앞서 나갔다.

"야, 같이 가!"

두 사람은 평범한 잡담을 나누며 조용한 골목길을 나란히 걸었다.

그러다 문득.

걸음을 멈춘 수호가 하늘을 향해 고개를 들었다.

'……?'

여학생도 수호를 따라 하늘을 바라봤지만, 거기엔 아무것도 없었다. 두 사람을 구경하는 것처럼 말없이 흘러가고 있는 구름들밖에는.

"왜? 위에 뭐가 있어?"

한참 하늘을 응시하던 수호가 여학생을 돌아보며 싱긋 웃었다.
"아니, 아무것도."

* * *

[키아악-!]
포효를 내지르며 시원하게 하늘을 가로지르고 있는 비룡 위에서 해인이 물었다.
"여보, 이거 진짜 이래도 괜찮은 거예요?"
"괜찮아."
진우는 마법으로 카이셀의 기척을 지워 아무도 듣거나 볼 수 없을 거라고 설명해 주었다.
"꽉 잡아."
진우의 미소 섞인 당부에, 남편의 허리를 감싸고 있는 해인의 팔에 더욱더 힘이 들어간다.
진우가 속도를 높였다.
[키악!]
날갯짓이 훨씬 더 빨라진 카이셀이 위로 치솟으며 구름을 뚫고 나왔다.
더없이 넓고 푸른 세계가 발아래에 펼쳐졌다.
'조금 더!'
카아아악!
카이셀의 날갯짓이 더욱 거세진다.
높이, 더 높이.

마법으로 보호받고 있는 두 사람은 이제 하늘이라기보다는 우주에 가까운 공간까지 올라갔다.

커다란 태양이 지구 윤곽에 떠오르고 있는 장관.

고요한 하늘 위에서, 남편의 어깨에 기대어 장관을 지켜보는 해인의 얼굴에 미소가 떠올랐다.

기회를 보고 있던 진우가 미리 준비해 둔 선물을 꺼내었다.

해인의 눈이 커졌다.

"여보……."

손재주가 뛰어난 수염 난쟁이들에게 부탁해 만든 특별한 목걸이.

진우는 태양 빛을 받아 빛나는, 아름다운 목걸이를 조용히 아내의 목에 걸어 주었다.

그림자 속에서 조용히 주군의 완벽한 결혼기념일 이벤트를 응원하고 있었던 그림자 병사들이 환호성을 내질렀다.

와아아-!

그러나 점점 가까워지던 진우와 해인의 입술이 부딪히기 직전.

진우가 해인에게 말했다.

"여보, 먼저 돌아가 있어. 바로 따라갈게."

벌써 16번째 결혼기념일을 맞이한 해인은 진우가 이런 말을 할 때의 상황을 너무도 잘 알고 있었다.

"금방 올 거죠?"

고개를 끄덕인 진우가 카이셀에게 명령을 내렸다. 지상으로 방향을 돌린 카이셀이 빠르게 멀어졌다.

물끄러미 멀어져 가는 아내의 뒷모습을 지켜보던 진우가 돌아섰다.

아니나 다를까.

비틀고 휘어지던 우주 공간에서 시퍼런 안개가 새어 나오고 있었다.

공간의 벽을 억지로 허물어 이곳에 모습을 드러낸 푸른 안개가 한 점에서 서서히 뭉치며 거대한 형상을 갖춰 갔다.

진우는 예전에 지배자들의 하수인에게서 들었던 얘기를 떠올렸다.

'강대한 힘을 가진 존재는 자석처럼 다른 세계의 끔찍한 것들을 끌어들일 수도 있다고 했었지.'

저 푸른 안개 괴물이 누구를 찾아왔는지는 물어볼 필요도 없었다.

찢어진 공간들이 늘어나며, 푸른 안개들의 숫자도 가파르게 증가하기 시작했다.

수백, 수천? 어쩌면 수만 이상일지도 모른다.

"후-."

진우는 늘 하던 대로 눈을 감고 심호흡을 했다.

언젠가 수호도 이 자리에 있을 수 있을까?

글쎄.

하지만 그 장면을 상상해 보니 기분이 썩 나쁘지는 않았다.

'아버지와 아들이 같은 적을 상대로 맞선다라…….'

진우가 미소와 함께 눈을 떴다.

어느새 차원의 틈새를 모두 빠져나온, 헤아릴 수 없이 많은 푸른 안개들이 진우의 존재를 알아차리고 끔찍한 적의를 뿜어 대고 있었다.

전투 직전의 짜릿한 긴장감이 발끝을 타고 올라와 전신에 퍼져 나간다.

'좋아.'

이쪽도 준비는 끝났다.

마침내.

크아아아아아아아아-!

하나의 의지로 뭉쳐진 '그것'들이 감지된 위협을 제거하기 위해 진우가 있는 방향으로 일제히 움직이기 시작했을 때.

진우는 웃으며 말했다.

"일어나라."

– 나 혼자만 레벨업 THE END

나 혼자만 레벨업 8

1판　1쇄 발행 2019년 8월 19일
1판 23쇄 발행 2024년 8월 1일

지은이_ 추공
발행인_ 최원영
편집장_ 이호준
편집디자인_ 최은아
영업_ 김민원 조은걸

펴낸곳_ (주) 디앤씨미디어
등록_ 2002년 4월 25일 제 20-260호
주소_ 서울시 구로구 디지털로32길 30 코오롱디지털타워빌란트 1301-1308호
전화_ 02-333-2513(대표)
팩시밀리_ 02-333-2514
E-mail_ papy_dnc@dncmedia.co.kr
블로그_ blog.naver.com/gnpdl7

값 12,000원

ISBN 979-11-364-0128-1 (04810)
ISBN 979-11-364-0120-5 (set)